KEITAI
SHOUSETSU
BUNKO
野いちご SINCE 2009

総長に恋したお嬢様

Moonstone

○ STARTS
スターツ出版株式会社

カバー・本文イラスト／やもり四季。

日本一の大財閥、聖堂財閥令嬢で、
ある事件でお兄ちゃんを亡くし、不良を怖がっていた私。

ある日、不良に絡まれた私を助けてくれたのは……、
なんと暴走族の総長だった!?

「玲、大丈夫か？」

　なぜか私の名前を知ってるし、

「こいつは俺の大事なヤツだ」

　冷たいかと思えば、優しい微笑みを向けてくれる。

　幹部のみんなとの出会い、初めて見る暴走。
　彼は私に、新しい世界をたくさん見せてくれる。

　そんなわくわくした気持ちを与えてくれる彼に、
　なんだか最近……、
　……ドキドキ、しちゃってるんです。

「総長に恋したお嬢様」登場人物紹介

救世主！

守りたい

聖堂 玲（しょうどう れい）

財閥令嬢で、ちょっと天然な高校1年生。暴走族が苦手だったけれど、ピンチを助けてくれた憐斗に心を開いていき……？

碓氷 憐斗（うすい れんと）

竜龍の総長。イケメンで、一見クールに見えるけれど、仲間思いで熱い性格。

一ノ瀬 誠（いちのせ まこと）

玲の幼なじみ。竜龍と関わっている玲を心配している。

佐藤 美樹（さとう みき）

玲の親友。明るい性格で、頼りになるお姉さん的存在。

暴走族「竜龍」幹部

高野 葵(たかのあおい)

竜龍の副総長。物腰は柔らかいけれど、冷静に周りを見ているタイプ。

田辺 真(たなべしん)

女嫌いで不愛想。でも、玲のことは気になるようで？

工藤 宗(くどうそう)

たくさんつけたピアスがトレードマークのチャラめ男子。

明野 奏(あきのかなで)

大人っぽく落ち着いた性格で、気づかい上手。

contents

出会い	9
初めての気持ち	51
金曜日の放課後に	65
幼なじみ	77
彼女は……彼のなに？	95
学校での5人	107
初めて見た暴走	133
嫉妬	147
いじめ	165
紹介	179
風邪と看病と……	197
たくさんの誤解	231
付き合い始めて	245
初めてのデート	255
告白	267

嫉妬して	277
美紅と憐斗	283
キス	293
過去	309
クリスマス	319
新学期と命日	331
婚約	339
誕生日	363
そして……	377

特別書き下ろし番外編

美樹と奏	382
結婚と波乱万丈	411
あとがき	464

出会い

【玲side】
「おはようございます、お嬢様」
「ふわぁ……。おはよう！」

　そう言って窓に近づきシャッとカーテンを開けると、初夏の眩しい朝日が差し込んできて、その光に目を細めながら大きく伸びをする。

　うーん、今日もいい天気！
「お嬢様、そろそろお支度を」
「はーい」

　執事に制服を取ってもらって、ササッと着替えた。

　お気に入りの、チェック柄のリボンを胸元に着けて完成。
「今日もお車でよろしいですか？」
「ええ。よろしくお願いします」
「かしこまりました」

　朝食を食べていざ学校へ。

　私は車に乗り込んで窓の外の景色を眺めた。

　——私の名前は聖堂玲。

　日本一の財閥令嬢で、皇峯学院に通っている高校1年生の16歳。

　皇峯学院は、大企業の子息や名家の令嬢も通う、いわゆるお金持ち学校。

　海外でも名高い建築士が建てた校舎は、まるでどこかの宮殿のように煌びやかで美しいことで全国でも有名。

　他にも、ブレザーの色が光沢感のあるホワイトという珍しいデザインの制服や、勉強とスポーツ両方に力を入れて

いることでも知られている。
　しばらくして、外車がずらりと並んだ駐車場に到着し、執事にドアを開けてもらって外に降り立つ。
「いってらっしゃいませ、お嬢様」
「いってきます」
　私は笑顔でそう返して鞄を受け取り、校門をくぐった。
「おはよ、玲！」
　教室に着くと、親友の佐藤美樹が真っ先に私に挨拶してくれる。
「おはよ、美樹。なんかご機嫌だね」
「あ、わかる？　実は今日も先輩に話しかけられたの!!」
「よかったじゃない！」
　美樹は１歳年上の、五十嵐亮太先輩に恋をしている。
　先輩は爽やか系で、キラキラした笑顔が眩しいテニス部のエース。航空会社社長の御曹司で、美樹はお父さんに連れられて行ったパーティーで知り合ったらしく、そこでダンスに誘われて一目惚れしたとかなんとか……。
「もう先輩カッコよすぎ〜！」
「へ、へえ……」
　あの先輩、なんか裏がありそうだけどな……。
　ちょっと笑顔が胡散臭い気がするし、何人もの女の子を泣かせたっていう噂を少し前に聞いたし……。
　美樹はまさに"恋は盲目"という感じで、そんな噂を全然信じてないみたいだけど。
「もう！　興味なさそうな顔して！　いい加減、玲も恋し

なさい!!」
「え〜……」
　そんなこと言われたって……。
「はあ、まあいいわ。授業始まるわよっ」
　そう言うと美樹は自分の席に戻っていった。
　恋かぁ……。"あのこと"があってから、そんな気分になれないんだよねぇ……。
　思い出してまた気分が沈みそうになり、慌てて首を振る。
　……いつまでも落ち込んでちゃダメダメ！
　私は気持ちを切り替えて、授業を受けた。

　――放課後。
「お帰りなさいませ、お嬢様」
「ただいま〜」
　私は迎えの車に乗り込みながら、運転手さんにお願いしてみる。
「今日は古書店に寄ってくれる？　あの、繁華街の方の」
　すると案の定、顔をしかめる運転手さん。
「お嬢様……日頃から申し上げておりますが、あのような場所には……」
「大丈夫だから！　あそこにしかない本がたくさんあるの！」
「それならば、お取り寄せいたしますのに……」
「それだと自分で紙質を確認できないでしょ？　私の楽しみはそこなの」

古い本って、色の褪せた感じとか手触りも含めて素敵なんだから！
「とは言いましても……」
「たしかにママは心配してたけど、パパは外の世界を見るのも大切だって言ってたよ。これは私の唯一の趣味なの。だからお願い！」
　私がそう言うと、しぶしぶ頷いてくれた運転手さん。
　ありがとうございます……！
　心の中で感謝しながら、窓の外を眺めた。
　私が行こうとしている古書店は、ひとことで言うと、ガラが悪いところにある。
　ゲームセンターやパチンコはもちろん、怪しげな占いの館や、古くてボロボロの事務所なんかもあって、通りをひとつ外れると迷い込んでしまいそうな、不気味さも感じさせる。
　そんな通りにひっそりと佇んでいる古書店は、周りにあるお店に比べるとかなり小綺麗な感じはするけど、それでも看板はところどころ剥げてしまっているし入り口は手動だし、大通りにあるような本屋さんとは全然違う。
　だからいつも反対される。
　でも、たしかにちょっと怖いけど、読書好きの私からすればすごい穴場で……。
　雑誌で見つけてから、ついつい行っちゃうんだ。
　古書店のすぐ近くには駐車場がないので、少し離れた駐車場に着いて運転手さんに扉を開けてもらい、車を降りる。

だけど……。
「ひとりで行かせてほしいの」
「さすがにそんなことはできません、このような危ないところでお嬢様の身になにかあれば……」
　そう言って車の鍵を閉めようとする運転手さん。
　たしかに、決して治安がいいとは言えない場所だと思う。
　でも、私だっていつかは社会に出るんだし、そんなに子ども扱いしなくたっていいじゃない。
「私だってもう16歳だよ」
「ですが……。」
　ああ～、もう!!
「携帯もあるし自分の身くらい自分で守れるよ、すぐに戻るから車で待ってて!!」
「待ってください、お嬢様!!」
　運転手さんの声を振り切って、古書店まで一目散に走っていく。こんな、歩いて10分くらいの距離でなにか起きるとも思えないし、心配なんていらないのに。
　そう考えているうちに到着。
　ほら、やっぱりなにも問題なかった。
　少し得意な気分になりながら扉をひく。
「いらっしゃい」
「こんにちは」
　店番らしき人にそう挨拶してから急いで小説のコーナーに行って本を数冊取り、中を確認してパパッと購入。
　前から目、つけてたんだぁ。

本当はもっとゆっくり見たかったけど、パッと見でもイメージどおりの手触りや質感に満足。
　軽い足取りで駐車場に戻ろうとすると、ドンッと誰かにぶつかった。
「すみませんっ！」
　顔をあげると、サアッと顔から血の気が引くのを感じた。
「あぁ？　てめぇどこに目ぇつけてんだコラ」
　そう言った人は金髪で、耳にはいくつものピアス。
　ま、まさかの…………不良!!
「お、かわいいツラしてんじゃん。ちょっと来いよ。遊ぼうぜ？」
　げ、冗談じゃない！
「あの、急いでいるので……」
「あーその制服、皇峯学院じゃん。なに？　お勉強？　じゃあ俺と楽しい勉強しよーよ」
　ちょっと、ふざけないでよ……。
　そう思って踵を返すと、ぐいっと腕を引っぱられる。
「ちょ……やめてください!!」
「いいからいいから、行こうぜぇ？」
　そう言ってすごく強引に引っぱられる。
　やだ、力が強くて振りほどけない……！
「――その手、離せ」
　誰……？
　振り返るとそこにいたのは、おそらく不良……だけど、なんだかカッコいい人……。

髪は染めてなくて綺麗な黒だし、目鼻立ちも整ってる。不良っぽいところと言えば、鋭い目つきとピアスくらい。
　ポーッと見惚れていると、私の腕をつかんでいる不良が声を上げた。
「あ？　てめぇ誰だよ」
「誰でもいいだろ。その手、離したら？　イヤがってるけど」
「は？　お前の相手してる暇ねぇから。うせろっ」
　そう言うやいなや、殴りかかってきて——。
　え!?　危ないっ！
　思わず頭を抱えてぎゅっと目をつむると、聞こえてきたのはドカッ、バキッというすごい音。
　え……殴……られた……？
　おそるおそる目を開けると、絡んできた人が倒れてる。
　実は弱かったんだ……。
　それともイケメンさんが強かったのかな？
　ハッと我に返ってお礼。
「あ、あの……ありがとうございました……！」
　正直不良は怖いけど、助けてくれたんだし……。
「……いいけど、ここはお前の来るような場所じゃない。早く帰りな」
　そう言うと、クルッとうしろを向いて去っていってしまう。
「あ、あの！　ほんとにありがとうございました！」
　彼は振り返らなかったけど、なんだか……私の心臓はドキドキ鳴っていた。なんだろう……この気持ち。

私はまたハッとして、駐車場に戻ろうと振り返ると、そこには息を切らした運転手さんがいた。
「お嬢様！　ご無事でなによりです!!」
　私の姿を見て心からホッとしたような運転手さんに、ちょっと罪悪感。さっきのやり取りは見えてなかっただろうけど、彼の言う通りになっちゃったな……。
「お嬢様？　……やはりなにかあったのですか!?」
「な、ない!!　本当に！　ほら、早く帰りましょう？」
　まだ訝(いぶか)しげな彼にそう言って、車のドアを開けてもらう。なんとかごまかせた……。
　車に乗り込んで、さっきの出来事を思い出す。
　私の心臓は、なぜかまだドキドキと鳴っていた。

　次の日。
　昨日の出来事を誰かに話したくて、美樹と待ち合わせて少し早めに学校に行き、いつもより静かな教室で打ち明けると。
「えええぇぇぇぇぇぇぇぇぇ!!」
　と、朝の喧騒(けんそう)に包まれた廊下(ろうか)に負けないくらいの声量で叫(さけ)ばれて。
「玲!!　なにやってるのよ!?　二度とそんなとこ行っちゃダメ!!　今回はその男の人が助けてくれたからよかったけど、いなかったらどうするつもりだったの!?」
　ガミガミと叱(しか)られてます……。
　こうなるとは思ってたけど、予想以上にお怒(いか)り……。

うぅ……とうつむいていると、美樹がそんな私を見てため息をつく。
「……あんなこともあったし。不良は嫌(きら)いでしょう？」
「……うん……」
　暗い記憶が頭をよぎって思わずうつむく。
　そんな私の思考を断ち切るように、美樹が大きなため息をついた。
「はぁぁぁぁ……。とにかく！　絶対行っちゃダメ！　二度と!!」
　えー……そんなぁ……。
「毎週行ってるのに……。店主のおじさんとも仲よしなんだよ？」
「なにそれ!!　怪しい人じゃないでしょうねぇ？」
「ち、違うよ！」
　おじさん、ほんとに優しいもん。しかも……。
「私の伯父(おじ)だから」
「えええええええええええ!!」
　また絶叫された……。
　もう、うるさいよ～……。
「パパのお兄さんなんだ～」
　そう言うとまた身を乗り出す美樹。
「伯父さん!?　玲の伯父さん!?　しかもお父さんの方の!?　どうして古書店!?　しかもあんなにガラの悪いところで!?」
　……言いすぎ。

「……伯父さん、べつに古書店が本業ってわけじゃないよ」
「なんだ、ちょっとホッとした……」
　もう、早とちりしちゃうところは美樹の数少ない悪い癖だよ……。
「伯父さん、もともと本好きだったから、ずっと穴場になるような古書店を経営したかったんだって。でも、親戚には内緒にしてたみたいで。私が見つけたのは本当に偶然だったの」
　だから初めて行った時は、伯父さん、びっくりして読んでた本を手から落としちゃってたもんね。
「う、嘘でしょ……。まあ！　でも！　ダメだよ!!　絶対行っちゃダメ!!」
「え〜……」
　そんなこと言われたって……。
「伯父さんもいるし大丈夫だよ……」
「ダメ！　昨日はどうだったの!?」
　う、反論できない……。
　黙り込んでいると、予鈴が鳴り響いた。
　いつの間にか教室は人でいっぱいになっていて、みんなもう自分の席について、あとは先生を待つばかり。
「ああ、もう始まっちゃう。玲、とにかくダメだからね！　じゃあ!!」
　美樹はそう言うと自分の席に戻っていった。
　ひどいよ……。絶対行くんだから！
　……だって……一番楽しみにしてることだし……。

小さい頃からパパもママも忙しくて、出張に行ったり、家にいる時でも書斎にこもりきりだったりと、どこかに連れていってもらったり、一緒に遊んだ記憶があまりない。
　だけど私を心から愛してくれてるし、いつも私のことを思ってくれてるのはわかってる。
　それでも、外出中だけじゃなく家にいる時も執事やメイドさんに監視されているのは、息が詰まって。
　一度、そんな家がイヤになって屋敷からの脱走を試みてから、常に監視されるようになって、さらに縛られた感じになっちゃって……。
　まあ金・土・日は自由だけどね。
　初めは『金曜だけは家にひとりにして！』って両親に言った。それはそれは猛反対されて何ヶ月もバトルしたけど、ついには勝ったんだ。
　そしてやっと手に入れた自由。
　でも週一じゃ足りなくて……。
　しかも……金曜日も、家の周りにはバッチリ警護の人がついて監視されていた。
　だからまた猛烈なバトルをして、家にひとりにしてもらう日を金・土・日に増やしてもらった。監視も抜きで。
　まぁ、心配症な両親のことだから、隠しカメラとか、なにかしらの手段を使って私のことを見守ってるんだろうけど。
　ついでに『もうあと数年で大人になるんだから家事をする習慣を身につけたい』と言って、ひとりで過ごすのにちょ

うどよい広さの別宅も用意してもらった。もちろん、社会人になったら費用を返すと約束して。
　周りの友達にはやりすぎ……って言われたけど。
　私からすれば、監視の方がやりすぎだと思う。
　パパやママが私を心配してくれるのは嬉しいんだけど、もっと……監視なんてなしで普通に暮らしてみたい。
　まあとにかく、そういうひとりで寛げる日には読書がベストで、よって古書店に行くことは欠かせない！
　まあ美樹の言うこともわかるんだけどね。
　それでも、唯一の私の趣味で、しかも息抜きのできる場所だからここだけは譲れないんだ。
　私はため息をついて先生が入ってくるのを待った。

　そして金曜日。
　美樹の反対を押し切っていつもどおり古書店に向かった。
　今日は運転手さんはなし。
　先週はあの後パーティーがあったから車だったんだけど、別宅も古書店も、本当は学校から歩いて行ける距離。
　だから、いつもはできるだけ速く走って行く。
　……前みたいに怖い人に出会ったらイヤだしね。
　すると突然、グッと腕をつかまれた。
　ハッとして振り向くと、そこにいたのは──前に助けてくれた、あのイケメンさんだった。
　鋭い目つきの彼。

少し怒(おこ)ったような表情を見て、思わず頬(ほお)が引きつる。
「……こんなところでなにしてんだ？　ここはお前の来る場所じゃない。前にも言ったよな？　それに今日は走ってきたのか？　車はどうし……」
　彼は途中で言葉を区切った。
　どうしたんだろうと思って彼を見ると、じっとどこかを見ている。
　私がその方向を見ようとすると「見るなっ」と言って手を私の目元に押しつけた。
「ちょ、どうしたんですか!?」
「……間の悪い……」
　彼はそう言って舌打ち。
　……こわっ!!
「……お前、走れるか？」
「え？」
　どういう意味？　走れるけど……。
　運動神経には一応自信あるし……。
「ほんとは巻き込みたくねぇけど……もう巻き込んでるしな……しかたねぇ。……走れっ!!」
　そう言うと、ダッと走り出した彼。
　速い!!　速すぎる!!!
　速すぎて足がもつれそう。
　それに……引っぱられた手が熱い……。
　どうしてだろう……。
　ドキドキする胸を押さえて、走って走ってやっと裏路地

に入った。
　はあ、はあ、と息を整える。
「な……なんだったの……」
　息切れしながらそう言って彼を見ると、なにやらあたりの様子を窺っている。
「あの……！　どうかしたんですか？」
　そう言うとやっとこっちを向き、私を見てなにやら考え込んでいる彼。
「……今はまだ危険だな。お前、今日なんか用事とかあるか？　迎えとか」
「いえ、ないですけど……今日は誰もいませんし」
「……ならいい。ここは危険だから場所を移す。迎えの車がそろそろ来るはずだ」
　まだあたりの様子を窺っている彼。
　な、なんだか聞きづらい……。
「……いいか、もうすぐこの角を曲がって、黒い車が入ってくる」
「え？」
　突然の言葉に、どういう意味か一瞬では理解できない。
「その車が見えたらまた走るから、すぐに乗り込め。いいな？」
「えっ、あ、あのっ……！」
『どういう意味ですか!?』と尋ねようとした時。
「……来たな」
　低い声がしたかと思うと、素早く前後左右を確認し、ま

た強く手を引かれる。
「あああの!!　これってどういう……」
「いいから玲!!　早く乗れ!」
　え?　どうして私の名前……。
　考える暇なく車に乗せられたあと、続いてその人も乗り込み、バタンっと扉を閉める。
　まだ混乱したまま、ふと運転席を見ると。
「……ひっ!」
　ハンドルを握(にぎ)っていたのは顔に深い傷があるこわ～い顔のお兄さん。
「忠(ただし)、出せ」
　おお、この怖い顔の人に命令する立場なんだ……。
「はい」
　運転手さんもちゃんと返事してる……。
　そう思いながら、ちらりと黒髪の彼を見る。
　……この人、いったい何者なの?
「あの、あなたのお名前は……」
　とりあえずそれだけでも知りたい。
「憐斗(れんと)。碓氷(うすい)憐斗」
　憐斗さん、か……。
　今さらだけど、私、ほぼ初対面の人の車に乗り込んじゃったんだ……。
　いくら、この前助けてくれたからと言っても。
　もしかして、これからどこかに連れていかれたりするのかな……。

さあっと顔が青ざめていく。
　どうしよう、家に連絡しようにも、急に『動いたら殺す』とか言われたら……。
「……玲？　どうした、怪我でもしたのか」
「いえ、あの……。ど、どこに向かってるんでしょうか？」
　緊張のあまりちょっとかしこまりすぎた気もするけど、もうこの際そんなの気にしてられない。
　心臓がばくばく鳴っているのを感じながら、憐斗さんの返事を待っていると、彼は「とりあえずたまり場」と答えた。
「たまり場……？」
　聞きなれない言葉に首をかしげる。
　たまり場って……。
「心配するな、べつにお前をどうこうしようとか考えてねぇよ」
　憐斗さんの真剣な黒い瞳は嘘をついているようには見えない。
「え、えと、じゃあどうして私のこと助けてくれたんですか？　あと、私の名前だって……どうして知ってるんですか？　私たちが会ったのって、まだ２回目ですよね？」
　この前助けてもらった時は、名乗ってないはずだし。
　そんな混乱と、だんだん窓の外が見慣れない景色に包まれていくことへの不安に駆られて、ついつい矢継ぎ早に質問してしまう。
「それに……」

「ストップ。着いたら全部説明してやる。だからいったん落ち着け」
　憐斗さんに言われて初めて気づく。
　私、テンパってたんだ……。
　かあっと顔が赤くなってくるのを感じながら、少し口をつぐんでいると。
「慌てるのも無理はねぇ。俺だってお前と同じ状況ならそうなる」
「そ、そうですか……？」
　憐斗さんが慌てるところなんて想像できないけどな。
　すごく大人な雰囲気だし。
　そんなことを考えているうちに、キッとブレーキがかかってドアが開いた。
「降りるぞ」
「あ、はい」
　車を降りると目の前には大きな廃墟のような建物が。
　古くてボロボロってわけじゃないけど、決して新しくはない。
　昔は会社かなにかだったのかな？
　っていうかまさか、たまり場ってここのことなのかな？
　それにしてはあんまりそれっぽくないというか……。
「なにしてる？　入るぞ」
「は、はいっ、すみません」
　やっぱりここなんだ……と思いながら憐斗さんの方に向かうと、憐斗さんはふとこっちを見た。

「……？　どうかされましたか？」
「いや、同い年なんだから敬語じゃなくていいけど？」
　え!?
「同い年なんですか!?　16歳ってことですよね!?」
「ああ、そうだけど」
　『なに驚いてんの？』と言いたげな顔してるけど……。
　そりゃ驚くよ！
　この貫禄と雰囲気で同い年って……！
　驚きがおさまらないまま憐斗さんについていき、開け放たれた扉をくぐって建物に入ると……。
「ひっ!!!」
　そこは『たまり場』という言葉がぴったり当てはまるような場所。
　薄暗い場所に不良っぽい男の人がたくさんたむろってて、よく見れば鉄パイプなんかも転がってるし……。
　思わず頬が引きつる。
　し、しかも不良さんたちは全員髪を染めてて、ピアスとかタトゥーなんかをしてる人までいる!!
　そして、こっちをじっと見ている気が……。
　そ、そりゃそうだよね、いきなり自分たちの縄張りに素性のわからない女子高生が入り込むなんて……。
「……こっち。お嬢様だし、こんなとこイヤだろ？」
　憐斗さんはそう言ってスタスタ歩いていく。
　なんかみんなが憐斗さんに頭下げてるけど……。
　私、やっぱりすごい見られてるし。

……怖いな……。

　いつの間にか手が震えていた。

　ああダメ！　思い出したくない！

　震える手をぎゅっと握りしめて、憐斗さんについていく。

　タンタンタンと階段をのぼって、ドアを開けるとすごく豪華な部屋にたどり着いた。

「わあ……」

　思わず声が出る。

　さっき通った場所とは違ってすごく綺麗にしてある。

　部屋の大きさは学校の教室くらいで、奥に小さなキッチンがあり、左側にはテレビ、右側には大きな窓。

　家具もおしゃれなものが揃ってるし、全体的に白を基調としているためか、部屋全体が明るく見える。

「ひ、広いですね……」

「こんなのお前の家に比べればどうってことないだろ。座れば？」

　そう憐斗さんが言ったので、部屋の中央に向かい合って置かれてある白いソファに腰掛けた。

　わあ……ふかふかだ。

　ソファの間に置かれてある、ピカピカに磨かれたコーヒーテーブルなどに目をやっていると、ふと窓際の隅っこに誰かがいることに気づいた。

　……どうやら寝ているみたい。

　日差しが当たっててなんだか気持ち良さそうだな。

　そんなことを思いながらその人を見ていると、憐斗さん

がアイスティーを持って戻ってきた。
「ありがとう」
　そう言って受け取ると一口飲んだ。
「ん、おいしい……」
　これは……セイロンかな。
「セイロン、結構好きなの」
「さすがだな」
　憐斗さんはそう言うと私の正面に座った。
「突然連れてきてしまってすまない。ちょっと理由があってさ。少しの間ここにいてもらう。まあ今日中には帰すけどな」
　憐斗さん、ときどき口調が変わるような気がする。
　大人の口調の時と高校生っぽい時と。
　『ぽい』っていうか高校生なんだけどね。
「ここは限られた人間しか出入りできないから安心しろ。いいヤツばっかりだから」
「そうですか……。あ、あの、ここってなんのために使ってるところなんですか？」
「ああ、言ってなかったな。竜龍のたまり場ってとこかな」
「竜龍って？」
　するとじっとこっちをみる憐斗さん。
「……暴走族だ。お前の兄……蓮さんも、ここにいた」
　暴走族と、蓮。
　そのふたつの単語を聞いて固まってしまった私。
　憐斗さん、お兄ちゃんの知り合いだったんだ……。

「どうした？　やっぱりショックか？」
　心配したようにそう声をかけてくれた憐斗さんを見て、ごまかすように首を横に振っていたら、突然バンッと扉が開き、びっくりした私は思わずソファから飛び上がった。
「あー！　疲れた!!」
　声がした方を振り返ると、
「え？　なんで……玲ちゃんが……」
　向こうはすごく驚いている。
「あ、葵くん!?」
　私も驚いて彼を見る。
「なんだ、葵のことは知ってたのか」
　憐斗さんの言葉にコクリと頷くと、葵くんが目を見開いたまま憐斗さんのほうを向く。
「憐斗っ、なんで玲ちゃんがここにいるの？」
「今日、偶然あの古書店の前で会った。で、あいつらに見つかったからやばいと思って連れてきた」
　すると頭を抱える葵くん。
「マジかよぉ……。玲ちゃん、なんであんなところに？　お嬢様が来る場所じゃないよ」
「ああ。俺もそう思って先週注意したんだよ。なのにまた来てたから……それであいつらに見つかっちまったわけ」
「それで、玲ちゃんの顔は見られた？」
「わからない。とりあえず探らせてるけど……」
　さっきからなんの話だろう？
　それにしても、憐斗さんがお兄ちゃんの知り合いだった

ことにまだ戸惑いが隠せない。
　私の1歳上のお兄ちゃん、聖堂蓮は……聖堂家の長男で、いつもプレッシャーに押しつぶされてた。
　聖堂家の名を汚さないように、学業では一番であるように、品性を保つため節度ある行動をとるように……他にもたくさんのことをパパやママ、さらに親戚一同に言われてた。
　成績は常にトップだったし、スポーツだって万能。
　礼儀正しくて上品で紳士的。
　そんな人を……演じてた。
　私の前でだけ、素を出してくれて……本当はもっと活発なスポーツ少年だったんだ。
　毎日学校からの帰りの車で、おたがいに今日あった出来事を話したり。
　家では一緒にテレビゲームをしたり、おしゃべりをしたり、時には勉強を教えてもらったりもした。
　パパとママは、私たちがまだ幼い頃から忙しくしてたから、お兄ちゃんは私の心のよりどころでもあった。
　そんなある日、中学生になったお兄ちゃんが夜にひとりで街に出たことがあった。
　というのも、うちで開かれたパーティーを抜け出してちょっと気分転換をしたかったらしい。
　昔から上手に抜け出してたから、私もそんなに気にすることはなかった。
　けど無事に抜け出して街に出たあと、運悪くガラの悪い

人たちに絡まれてしまったらしい。
　それでも昔から習っていた武道の腕前を活かして、相手をあっという間にねじ伏せた。
　その様子を見ていたのが、暴走族のひとりだった。
　お兄ちゃんが絡んできた人を倒しおえると、その人が声をかけた。
『お前、暴走族に入らないか？』
　初めはお兄ちゃんもわけがわからないと思ってみたいだけど、そこにたくさんの仲間がバイクに乗って現れたんだとか。
　その光景に、どうやら一目惚れしてしまったらしい。
　武道の腕と生まれ持った頭のよさを活かし、お兄ちゃんはあっというまに暴走族の総長にまで上りつめた。
　総長になってからも、家には帰ってきたし、私と普通に話をしてくれた。
　私にはもちろん、パパとママにも、そのことは伝えてなかったと思う。
　そもそもその頃はふたりともすごく忙しい時期で、私たちのことをかまっている暇はなかった。
　だからお兄ちゃんは学校では周りの期待にしっかりと応えていく優等生、放課後は暴走族の総長というふたつの顔を持っていた。

　でも、私はお兄ちゃんが夜な夜な外に出ていくことに気づいてた。

なにしに行ってるんだろう？
　そう思ったけど、お兄ちゃんが私に話さないのは知られたくないってことだから、そっとしておいた。
　そんなある日、話題になっていた流星群がどうしても見たくて、警護の人と一緒に外に出て、夜の散歩を楽しんでいた。
　夜風がそっと吹き抜け、少し肌寒い日。
　夕立が降った後で、すべてが洗い流されたような美しい夜空には星がキラキラと瞬いていた。
　そんな時、ちょっとしたいたずら心が芽生えた。
　ここを抜け出して、ひとりになったらどうなるだろう？
　そう思った次の瞬間、私は駆け出していた。
　警備の人は慌てたように追ってくるけど、私はおかしくてたまらない。
　パーティーを抜け出す常習犯のお兄ちゃんならともかく、妹の私までがそんなことするなんて！
　けどそんな浮き足立った心はすぐに奪い去られた。
　目の前に並ぶ、たくさんの不良。
『お前、聖堂蓮の妹だな？』
　なんで……お兄ちゃんの名前を？
『だったら、なんですか』
　虚勢を張ってなんとかそう答えると、不良さんたちはニヤリと笑った。
『よし、やれ！』
　そう言ってその人たちが私に飛びかかろうとする。

恐怖と混乱のあまり、私は動けない。

どうしよう、どうしよう!?

お兄ちゃんっ……!

ぎゅっと目をつぶった時。

『なーにが、やれ!だ』

男の人にしては高い声がして、そっちを振り返る。

『誰だ、お前』

『高野(たかの)葵。玲ちゃんの護衛係ってところかな?』

え……? どうして私の名前……。

っていうか護衛係って?

『高野……葵?』

『おい、もしかしてこいつ、あの聖堂蓮の右腕とかいうやつじゃ……』

え、右腕?

そう思っていると、葵くんはにっこりと笑った。

かと思えば、

『……蓮さんのこと呼び捨てとか、ぶっ殺すぞ』

ひぃいいいい!!

かわいい顔から発せられたとは思えないドスのきいた声に、不良さんだけでなく私まで震え上がった。

『お、覚えてろー!!』

それだけ言うと、不良さんたちは風のような速さで去って行ってしまった。

『怖い目にあったよね、大丈夫?』

葵くんの優しい声にホッとしたのをよく覚えてる。

その後少し話してみて初めて、お兄ちゃんが暴走族に入り、総長になった経緯がわかった。
　そうなると、私は総長の妹だから敵に狙われやすい立場になるわけで、今回みたいなことがないようにって葵くんが私の護衛係になったらしい。
『あ、でも僕の名前言ったし、もうこんなことはないと思う！』
　グッと親指を立てる葵くんは、見かけによらず、どうやら相当強いらしい……。
　その後、警護の人がいるところまで送り届けてもらってこってり絞られて落ち込んだけど、それよりもお兄ちゃんの素顔が知れた安心感の方が大きかった。
　たぶん、葵くんからの報告を受けてただろうけど、お兄ちゃんは私になにも言ってこなかった。
　暴走族と聞いて最初は怖かったけれど……それでも、お兄ちゃんの表情が日に日に明るくなっていくのを見て、安心した。
　きっと、お兄ちゃんはお兄ちゃんなりの、居場所を見つけられたんだ……って。
　相変わらずゲームをしたり、おしゃべりしたり。
　本当に楽しい日々だった。
　こんな日がずっと続けばいい、そう思っていたのに。
　……お兄ちゃんは、仲間を守ろうとしてケンカで死んでしまった。
　そのことを知ったのは、なんてことない平日の夕方。

いつもどおり学校から帰ってきて、疲れた身体を休めようと本を開いていた時だった。
　突然廊下が騒がしくなって『なにがあったんだろう？』と思って顔をあげると、私の名を呼ぶ声がした。
『玲ちゃんっ！　玲ちゃん……っ！』
　この声、葵くん……？
　絶叫するような声を聞いて、執事が止めるのも聞かずに声のする玄関まで行くと、足を引きずるようにして、歩いているのもやっとといった感じの葵くんが警備の人に捕らわれていた。
　その顔には、あちこちにガーゼが貼られていて、アザもできている。
『葵くん!?』
　慌てて警備の人に解放するよう伝え、とりあえず一番近くの部屋から持ってきたイスに葵くんを座らせる。
　うつむいている葵くんの顔を覗き込むと、その口がゆっくりと開いた。
『……蓮さんが、死んだ』
　……葵くんが震える唇でそう告げた時、私の頭は真っ白になった。
　どういうこと？
　お兄ちゃんが、死んだ……？
『ま、まさか。なんの冗談なの？　葵くん』
　自分の心を落ち着かせるように、なにか事件が起きたことを裏づけるような葵くんの怪我から目をそらして言う

と、彼は苦しそうに顔を歪めた。
『……冗談なんかじゃ、ない……。蓮さんは、竜龍の仲間を庇って……』

　仲間を庇って死んでしまった……？

　やだ、そんな言い方されたら本当に信じちゃうじゃない。

　あの優しいお兄ちゃんなら、仲間を守るためなら自分の命さえ厭わない。

　そういう人だもん。

『……嘘……だよね？』

　震える声でそう言うと、葵くんは真っ赤な目を私に向けた。

『……っ……僕も、嘘であってほしかったよ……っ』

　葵くんのその言葉に、私は膝から崩れ落ちた。

　葵くんがその理由を執事に伝えるまでもなく、病院から電話がかかってきて、お兄ちゃんが死んだことを屋敷にいる人たち全員が知った。

　出張中だったパパ達にもその連絡が行き渡り、急遽帰国して病院へ。

　葵くんはどうやら、連絡先を教えそびれていた私にこのことを伝えるために病院から抜け出して来ていたようで。

　一緒に病院に行くと、私たち一家は、神妙な面持ちをした院長に導かれて霊安室へと向かった。

　そこで私が見たのは、もう動かなくなったお兄ちゃんだった。

『……なんで』

ポツリとつぶやいた私の声は、泣き崩れたママの絶叫にも似た声にかき消された。
『蓮！　蓮っ……！』
　パパは自分も唇を噛みながらそんなママを支えて、一度霊安室を出る。
　残された私は、院長にお兄ちゃんの顔にかかった布をとってもらい、その顔を見た。
『……お兄ちゃん』
　いつもキラキラと輝いていた目はしっかりと閉じられ、私が何度呼ぼうと決して開けられることはない。
　これって現実なの？
　もしかして私、夢見てるんじゃない？
　ねえお兄ちゃん。
　私ね、今すごく怖い夢見てるの。
　お兄ちゃんが死んじゃう夢。
　馬鹿みたいだよね。お願い、早く目を覚まさせて。
　お話してる時につい居眠りしちゃった時みたいに、優しく揺り起こしてよ。
　だけど、何度見ても、何度頬をつねっても、目の前の景色は変わらない。
　私はお兄ちゃんの遺体を前にただ呆然として、なにも考えられなかった。

　お葬式は身内だけですませた。
　いろんな人が来たとしても、挨拶を返す余裕だってな

かったと思う。
　みんなお兄ちゃんの死を嘆き悲しみ、誰も彼もが涙を流した。
　ただ、私の目からは涙が出なかった。
　この景色は現実じゃないように感じて、誰のことも目に入らない。
　お葬式が終わっても、それは変わらなかった。
　学校へ行っても、家にいても。
　なにも感じない。
　なにも考えられない。
　そんなある日、葵くんが屋敷に来た。
　まだ傷は残っていたけれど、しっかりとした足取りで。
　執事に通されて私の部屋に入り、なんの反応も示さない私を見て、辛そうに眉を寄せた。
『……今日は、渡すものがあって来たんだ』
　その声は確かに聞こえているのに、どこか遠くから話しかけられているような気がする。
　出窓に座って窓の外を見つめながらそんなことを考えて、葵くんを見ることもできなかった。
『……これね、蓮さんが持ってた』
　優しい口調に、少しだけ顔を上げる。
　葵くんを見ると、その手には小さなキーホルダーがついた鍵が乗っていた。
　お花の形をした、ピンク色のキーホルダーに目が留まる。
　あ……私があげたやつだ。

数年前、お兄ちゃんの名前がハス、とも読めることを知って、誕生日プレゼントにハスの花のキーホルダーをあげようと思ったんだよね。
　今思えばピンクでお花の形をしているものなんて完全に女の子向けだし、お兄ちゃんも複雑な気持ちだったはず。
　渡した時は苦笑いしてたっけ。
　だけど幼かった私は『家の鍵につけて』なんて言って強引に着けさせたんだよね。
　もう、ずっと前に外してたと思ってた。
　それをまさか使ってくれてたなんて。
　キーホルダーから目を離さない私を見て、葵くんが私の手にそっと乗せてくれる。
　手に乗ったそのキーホルダーは、少し冷たくて。
　それでも、お兄ちゃんの優しさが伝わって来るようで。
　ふと、葵くんがハッと息を飲んだ。
　……なに驚いてるんだろう？
　そう思っていると、ポタリと、ハスの花に雫が乗った。
　まるで朝露が乗ったような花のキーホルダーを見て、自分が泣いていることに気づく。
　お兄ちゃんが死んだと知ってから初めて流した涙だった。
　一度溢れ出したら止まらなくて、嗚咽（おえつ）が溢れる。
『っ……ひくっ……』
　今まで、ずっと涙を堪（こう）えていた。
　泣いたら、お兄ちゃんの死を認めてしまうようで。

泣いたら、もう自分が立ち直れないような気がして。
　堰(せき)を切ったように溢れ出す涙は、そんな思いさえ振り切ったようだった。
　寂しい。
　お兄ちゃんがいない毎日が、あの温もりがなくなってしまったことが。
　泣き続ける私を見て、葵くんが歯を食いしばって涙を堪えているのがわかった。
『お兄ちゃんっ……』
　その名を呼び続けた。
　涙を流し続けた。
　泣いて泣いて、本当に涙が枯れるんじゃないかってくらい。
　枯れたって構わなかった。
　もう、あれ以上の悲しみを味わうことなんて、決してない。
　お兄ちゃんの優しいあの笑顔を、もう二度と見ることができない事実に胸が張り裂けそうだった。
　そうして……暴走族が怖くなった。
　人が死んでしまうようなことまでするんだ、って思ったから。
　それから私は今まで以上に勉強やスポーツをがんばって、なんとかお兄ちゃんの代わりを務めようと思ったんだ。
　跡取りが……死んでしまったから。
　ううん、私が継ぐことにならないとしても、勉強やスポー

ツに打ち込んでいないと、また思い出して泣いてしまいそうだったから。
　だから死ぬほど勉強した。
　昼も夜も。
　高校で習うものはもちろん、大学レベルのものにも手をつけた。だから今は、ほとんど勉強しない。
　する必要がないから。
　それに、いくら勉強しても、お兄ちゃんのことが忘れられないから……。
「……じゃあ無事撒(ま)けたって報告が来たら、すぐ帰してあげなきゃな……。玲ちゃん、まだ怖いでしょ？　ごめん」
　葵くんが謝ってきて、ハッと我に返る。
「こ、怖くないよ！　葵くんは全然怖くないし……。憐斗さんだって前に助けてくれたし、ほんとに怖くないの。そりゃ下にいる髪の色が変な人たちは怖いけど……」
　すると葵くんが笑い出した。
「ははっ、たしかに変だよね！　僕たち派手な色じゃなくてよかった！　玲ちゃんに髪の色が変って言われなくてすむし！」
　そう言ってまた笑う。
　葵くんのかわいい笑顔を見て、少し心が和んだ。
　ほんとかわいいよね、葵くんって。
　でもケンカはすごく強い。
　ギャップが激しいんだよね……。
「って、真(しん)！　ずっと寝てたの!?」

葵くんの目線を追っていくと、さっき寝ていた人。
　そういえば……忘れてた。
「真———!!!　起きろぉー!!」
　葵くんが叩き起こしてる。
「ん……葵……?　おはよ……」
「おはよじゃないっ!　さっさと起きる!!」
「眠(ねむ)い……」
　葵くんがソファから引きずり下ろしてる……。
　『真』と呼ばれた彼はやっとのことで体を起こし、こっちに来ると、私を見て固まった。
　それを見た葵くんが苦笑いで言う。
「玲ちゃんごめん。真、女が苦手なんだ」
「あ、ごめんなさい。私のことはいないと思って」
　するとスッと視線を逸らした彼。
　相当な女嫌いなんだね……。
「こいつね、田辺真(たなべ しん)。竜龍の幹部のひとりだよ」
　葵くんの紹介(しょうかい)に「へえ……」と言って真くんを見る。
　幹部ってえらい人なのかな?
　きっとそうなんだろうな。
「あの……葵くんたちも幹部なの?」
「うん。僕は副総長で、憐斗は総長なんだ」
　え!?　総長って一番えらい人でしょ?
　すごい!!　だからみんな頭下げてたのね!
「あとの幹部は、真の他にふたりいるんだ〜。また後で来ると思うよ。宗(そう)と奏(かなで)って言うんだ〜」

へえ……。
「そういえば玲ちゃん、家は大丈夫？」
「あ、うん。今日は誰もいないの」
「そっか……。よかった。あ、疲れてない？ 少し休んだら？ どうせ憐斗にすごい走らされたんでしょ？」
「そんなに走ってねぇよ」
　いや、すごく走らされたけど……。
「ううん。ありがとう、大丈夫」
「そう？ 疲れたなら遠慮なく言ってね」
「うん。ありがとう」
　するとガチャ、とドアが開いて男の子がふたり入ってきた。
　たぶん宗くんと奏くん。
「ただいま〜……って、え!?」
　びっくりしたように私を見る男の子。
　えーと、宗くんと奏くん、どっちがどっちだろう……？
「え、なんで……」
　あれ、この人も私のこと知ってるんだ……。
「玲ちゃん、言い忘れてたけど、ここにいる全員が玲ちゃんのこと知ってるよ」
「え!?」
　葵くんの言葉にすっとんきょうな声が出る。
　だ、だって私は葵くんのことしか知らないのに……。
「……蓮さんが自慢げに話してた」
　真くんが気だるそうにそう言ってあくびをひとつ。

じ、自慢げにって……。
「そーそー、かわいいかわいいってうるさいのなんの。まあ納得したけどな！」
　宗くん、奏くんのどちらかがそう言ったけど……。
　兄バカだなあ、お兄ちゃん……。
　けど、だから憐斗さんにも名前呼ばれたんだ。
　やっと納得できた。
「あ、そういえばこっちが宗でこっちが奏ね」
　葵くんの紹介に向き直る。
　宗くんはなんかチャラ男っぽい感じ。
　髪は金髪に近い茶色。ピアスがいっぱいで……正直ちょっと怖い！
　対して奏くんは落ち着いた感じ。
　髪は茶色っぽい黒でナチュラル。
「あらためて、聖堂玲です。よろしくね」
「俺は工藤宗、よろしくな！」
　宗くんはそう言うと私の手を取ってぶんぶん振り回して大きく握手。
　そんな動作に少し戸惑ってしまう。
　な、なんというか、距離が近い。
「よ、よろしく……」
「ってか、本当にかわいいな」
「え!?　そ、そんなことは……」
　宗くん……なんというか、見た目通りチャラい……。
　ちょっと苦手かも……。

宗くんから解放されると、次は奏くんが私に向き直った。
「俺は明野奏。よろしくな」
「うん、よろしく！」
奏くんはすごく感じがいい。
爽やかなタイプだな。
「はい、自己紹介はそこまで。それでふたりともどう？なにか情報得た？」
葵くんがそう言ってなんだか難しい話になったので、椅子に座りなおして部屋をぐるりと見回す。
「……玲、本当に怖くないか？」
憐斗さんが話しかけてくれた。
「うん、みんなすごくいい人っぽいし……。葵くんは前から知ってるし、なんだか落ち着くよ」
「そっか。よかった」
憐斗さんはそう言って微笑んだ。
ドキッと心臓が高鳴る。
なんだろう、もっとこの微笑みを見ていたいって思う。
さっき私の手を引いていた時に見せた、大人で冷静な表情とは違う、優しい微笑み。
こんな笑い方をするんだなって、やっと高校生の憐斗さんを垣間見ることができた気がして、それがなんだかくすぐったい。
「……蓮さんも、ここは落ち着くって言ってたんだ。いつも勉強とか礼儀作法ばっかりで疲れたって……お前もそうなんじゃないか？」

心臓がドクンと鳴る。
　たしかに、そうかもしれない……。
　私も聖堂家の長女として、いつでも礼儀正しくしとかなきゃいけないし……。
「よかったら息抜きにいつでも来いよ。……迎えに行ってやるからさ」
　憐斗さんの優しい笑顔に、ドキンドキンと心臓が音を立てる。
　なんだか、胸が締めつけられるみたいにきゅーっとなる。
「……蓮さんの妹」
　ぼーっとしていると、不意に真くんに呼ばれた。
　というか名前……覚えてないんだね……。
「は、はい」
「……やっぱなんでもない」
　な、なにそれ？
「そ、そうですか……」
　変わった人だな……でも嫌いじゃないかも。
「あ、玲ちゃん！　携帯持ってる？」
「うん。持ってるよ」
「貸して？　一応僕の連絡先入れとくから」
「あ、ありがとう……」
　そう言って素直に葵くんに携帯を出す。
　一応って、なにかあるのかな？
「はい、いざってなったら連絡してね？　飛んでいくから」
「あ、ありがとう……」

そうして携帯をしまうと奏くんにじっと見られた。
「あの……なにか？」
「いや……。ほんとかわいいなって。いや、べつにからかうとか口説くとかじゃなくて、蓮さんにも顔立ちがよく似てるな……って思ってさ」
　お兄ちゃんに似てる……か。
　そうだったら嬉しいよ……。
　にしても奏くんの言い方、不自然さがないっていうか、ほんとに口説くつもりじゃないんだなってわかる。
　宗くんなんか口説く気満々だったし……。
　私なんか口説いたって仕方ないのにね。
「そんなふうに言ってくれてありがとう。でもあんまり似てないと思うな。ほら、お兄ちゃんってすごくイケメンだったじゃない？　お兄ちゃんに似てたら、私すごくかわいい顔に生まれてるはずだよ……」
　お兄ちゃんがうらやましかったしね……。
　ほんとに。お兄ちゃんが女の人だったら絶対モテモテだよ。
「いや、玲ちゃんすごく似てるよ。蓮さんの女の人バージョンって感じ」
　葵くんがそう言ってうんうん頷く。
「絶対ありえないよ……。お世辞はいいよ？　もう自覚してるから……」
　美人だったら自分で美人って思うでしょ？
　だって美人なんだから。

それってイヤミとかじゃなく、仕方ないと思うんだよね、かわいいんだもん。
　でも私はそう思わないし。
　だから美人じゃないよ。
「あー……無自覚ってやつだね。ほんとにいるんだねー、自分がかわいいことに無自覚な人って」
「もういいよ……お世辞聞いてたら余計(よけい)辛くなる」
「こっちこそもういいや……」
　そうそう、べつにこの顔で不自由してないもんね。
「でも……蓮さん、思い出すなぁ……」
　葵くんが遠い目をする。
　……私も思い出すよ。
　お兄ちゃんの笑顔とか、お兄ちゃんの不機嫌な顔とか、私の頭を優しくなでる手とか……。
「はいはい！　しんみりするな！　なあ、あんたさーお嬢様なんだろ？　初めてかもしれないけど、ゲームとかしてみねぇ？」
「わ、私もゲームくらいはするよ」
「え？　そう？　じゃ、しよーぜ！」
「うん。いいよ」
　宗くんのお誘いでテレビゲームをすることになった。
　なんか……チャラ男っぽいけど、結構空気読んで明るくしてくれたりするんだね。
「なあ、憐斗もしよーぜ！　前負けたから今度は勝ってやる！」

「望むところ。絶対負かしてやる」
「よっしゃ！　やろうぜ！」
　宗くんの言葉に「うんっ」と笑顔で頷き返す。
　……ここが、お兄ちゃんが大好きだった場所。
　お兄ちゃんのことを思い出して少し悲しい気分になったけれど、ここにいるメンバーはすぐにその悲しさをぬぐい去って、笑顔にしてくれる。
　ふと窓の外を見ると、雲ひとつない青空の中を、どこまでも自由に飛んでいく一羽の鳥が見えた。
　今日この場所に来て初めて、お兄ちゃんがこの場所を大切にしていた気持ちがわかるような気がした。

初めての気持ち

「負けたぁ———!!! なんで!? お嬢様のくせに強すぎ!!」
　そう言って喚く宗くんに向かってふふ、と笑う私。
「お嬢様だからできないって思ってちゃダメだよ。ゲームは結構するし、これでもお兄ちゃんと互角だったんだから!」
「えー! そりゃ負けるだろ……」
　クスっと笑う。なんか楽しいな。
　なつかしい。
　お兄ちゃんともこんなふうに遊んだっけ。
　いつも真剣勝負してたなぁ……。
「にしてもやっぱ憐斗は強いっ! 俺完敗!! 最強だな!!」
　宗くんの言葉に憐斗さんはフッと笑う。
　……またドキっとしちゃった。
「……それにしても遅いね。なにかあったのかな?」
　葵くんの言葉に時計を見るともう5時。
　うちの学校は私立で、土曜日に学校がある代わりなのか、金曜日の授業は午前中まで。
　だから、ここに来たのは1時くらいだった。
　なのに、まだ連絡がない……。
「あいつはしくじらないと思うけどな。でも一応連絡入れてくる」
　憐斗さんはそう言って立ち上がると、携帯を持って部屋を出ていった。
「玲〜。もう一回勝負しようぜ?」

初めての気持ち ≫ 53

「うん、いいよ」
　そうしてピコピコやり始める。
　少し経つと、憐斗さんが戻ってきた。
「まだわからないってさ。ってことで、まだここにいろよ」
「うん、私はいいんだけど……迷惑じゃない?」
　そう言うと葵くんが笑って言う。
「迷惑?　まっさかー!!　玲ちゃんと会えて嬉しいし、蓮さんの妹だから親近感沸くし、大歓迎だよ。またいつでも来て?」
「そう言ってもらえて嬉しいな。私もこの場所すごく気に入っちゃったっ!」
「よかった～」
　葵くんはそう言ってニコッと笑う。
　ほんと、女の私よりかわいいな……。
「あ、宗と奏はそろそろじゃないか?」
　憐斗さんの言葉にふたりはチラッと時計を見る。
「「そうだな」」
　と言うと、ふたりは立ち上がって携帯を持った。
　なにか用事があるんだろうな。
「玲、会えてよかったよ。また対戦しよーな!」
「うん!」
「玲、また会おう」
「うん!　じゃあまた!」
　そう言うと同時に、ふたりは部屋を出ていった。
「ふう……。じゃ、僕たちも行こうか!」

「……だな。真、留守番頼(たの)んだからな」
「……マジ？」
「マジだ!!　玲ちゃんのこと頼んだよ！」
「……」
　真くん、嫌そう……。まあ女嫌いだもんね……。
「ごめんね、玲ちゃん。どうしても外せない用事なんだ。30分で戻ってくるから」
「あ、うん。気をつけてね」
「ありがとっ。真、玲ちゃんはいい子だし、これを機に女嫌いを克服(こくふく)しちゃえ！」
　葵くんの言葉に、憐斗さんも頷いた。
「たしかに、いい機会だと思うけど」
　ん？　もしかして、葵くんと憐斗さんはわざと出ていこうとしてるのかな……？
「……いってらー」
「行ってくる！　じゃあね、玲ちゃん」
　真くんの気の無い返事にもそう返して、葵くんが笑顔を見せた。
「いってらっしゃーい！」
「じゃあな」
　そうしてふたりは揃って出ていった。
　シーンと静まり返った部屋。
　その沈黙(ちんもく)はしばらく続き、私は結局本を読むことにした。
　テレビの前から立って、鞄から本を引っぱり出す。
　今読んでいるのはファンタジー。

初めての気持ち ≫ 55

　ちなみに今学校の図書館で人気のある本で、私もすっかりはまってしまった。
　ソファに寄りかかって表紙を開く。
　しおりは……どこに挟んだっけ？
　やっと見つけてページを開き、目を通す。
「……女嫌い……直そうとしないのか？」
　しばらく本を読んでいると話しかけられた。
　顔を上げて真くんの方を見る。
「だって、そんなに簡単に直せるものじゃないでしょ？ 今こうやって一緒の部屋にいるのも落ち着かないと思うし、ちょっとずつでいいんじゃないかなって思うから」
　すると真くんの表情が少しだけ、ほんとに少しだけ緩んだような気がした。
「……そうか。あんたは……他の女と違うんだな。みんな、俺の女嫌いを直そうとして急にすごい触ってきたりとかして……余計に女嫌いになってたから」
　私は彼に笑顔を見せた。
「大丈夫だから。絶対いつか直るよ。実際こうして話せてるのも、大きな進歩だと思わない？」
　するとまた少しだけ表情を緩めて、真くんは「そうだな」と言った。
　私は微笑み返して、また本に目を落とす。
　……そういえばさっきから真くんも本読んでるな。
「真くん、なに読んでるの？」
　思い切って聞いてみると、案外普通に答えてくれた。

「……外国の小説。まあ日本語で読んでるけど。外国が舞台の話のほうが好きだから」
「そうなんだ。私も結構外国の本読むよ。これもそうなの。ファンタジーなんだけど、知ってる？」
　そう言って真くんに表紙を見せる。
「へえ……今度読んでみる」
「あ、よかったら貸すよ」
「……じゃああんたが読み終わったら、貸してもらう」
「うんっ、遠慮なく言ってね！」
　私はそう言ってまた微笑んだ。
「うちに……結構本あるから俺も貸す」
「ほんと？　すごく嬉しい！　ありがとうっ！」
　私がそう言うと真くんの頬が少し染まったように見えた。
　そこでドアが開いて、葵くんが入ってくる。
「ただいま～……ってほんとに克服した!?」
「あ、おかえりなさい。克服はまだかもしれないけど、結構喋ったよ！」
「大進歩だよ!!　やったな！　真!!」
「……まあ……」
「よかったよかった！　玲ちゃんありがとう！」
「私はなにもしてないよ。あ、憐斗さん！　お帰りなさい！」
　私の言葉に憐斗さんはこっちをチラリ。
「あのさ……なんで俺だけ『さん』づけなわけ？」
「え？　あ、えーと……な、なんかえらい人っぽかったか

ら?」
「ははっ、玲ちゃん、なんで疑問形?」
「うーん。まあなんとなく」
　そう言うとまた「なにそれー?」とクスクス笑う葵くん。
　ほんとかわいい……。
「とにかくさ、普通に呼んでもらっていいから」
「そ、そう?　じゃあそうさせてもらいます……」
「ん」
　憐斗"くん"はそう言うと、ソファに座った。
　そして真くんの方を見る。
「真?　どうしたむっつりして」
「……べつに。むっつりなんかしてないけど」
「いや、してるよ?」
　葵くんの言葉にフイっと顔をそらす真くん。
　なにに対して不機嫌なのかはわからないけど、意外と顔に出やすいタイプなのかな?
「それにしても遅いね、報告。玲ちゃん、家帰らなくてほんとに大丈夫なの?」
　葵くんが心配そうに聞いてくる。
「うん。ほんとに大丈夫。金・土・日は別宅でひとりで過ごしてるの。警備もないし。だから好きなだけここにいられるよ」
「そっか……。それにしてもやっぱりすごいね、玲ちゃんの家。普通警備とかないからね?」
「うーん……まあそうなのかな?　私としては普通に暮ら

したいけどね。やっぱり、縛られてる感じがあるし……」
「そっか、まあそうだよね」
「うん。だから休日はひとりで過ごさせてって頼んでるの」
「結構いいアイディアだよね、それ。休みさえひとりで過ごせれば、そこまで縛られてる感じしないじゃん？」
「そうなの。すごいバトルしたけどね」
「だろうね〜。でも玲ちゃんが怒ってるところ見てみたい」
「えー？」
「火花が散ってたりして」

　ふたりでクスクス笑い合う。

　ああ、なんか楽しいな〜。

　今までひとりで過ごすのも楽しかったけど、こうやって学校以外の場所でわいわいするの、久しぶりだ。
「……葵、宗たちいつ帰ってくる？」
「うーん、もうすぐ帰ってくるんじゃない？」
「……そ」

　真くんがそう言った直後、

　なんだか下の階が騒がしくなってきた。

　……鉄パイプがぶつかり合うような音もする。

　私が不安そうな顔をしていたせいか、葵くんが私に微笑みかけてくれた。
「大丈夫。これ、新入りのヤツらが練習してる音なんだ。宗と奏相手にね。ふたりともめちゃめちゃ強いんだ」
「へえ……」

　なんか暴走族って感じしてきたなぁ……。

「……怖い？」
　葵くんが顔を覗き込んでくる。
「うーん……怖くないって言ったら嘘になるけど、前ほどじゃないかな。前は暴走族って……ごめんね、もっと野蛮かと思ってたけど、葵くんたち見てたらそんな人ばかりじゃないんだなって思ったの」
　暴走族っていったら、いつもケンカしたりだとか、目を合わせただけでなにか言いがかりをつけるとか、そんな感じだと思ってた。
　でもみんな、そんな様子全然ないし……それに、笑いかけてくれる目に込められた優しさを見たら怖がる気になんてならないよ。
「そっか……」
　葵くんはそう言って安心したような笑顔を浮かべた。
　と、そこで。
　——ピリリリリ……。
　電話の音が響いて、憐斗くんが素早く出る。
「どうだった？　ああ……うーん……そうだな……わかった。ごくろうさん」
　眉間に少しシワを寄せて電話を切る憐斗くん。
「どうだった？」
　葵くんが聞く。
「やっぱりさっき、玲の顔見られてたっぽい。でもヤツらは敵の下っぱだったらしくて、見たのはふたりだけらしい。それでも厳重注意しなきゃな」

「へえ、そうだったんだ。で、そいつらはどうなったの？」
「顔見られたし、当然ボコボコ」
　と、当然なんだ……。
「そっか。まあでも微妙だね……」
「ああ。ほんとに微妙だ」
　……。
　っていうか『下っぱ』とかって……。
　憐斗くんたちのライバルみたいな人たちなのかな？
　それで、私の顔が覚えられたら、憐斗くんの大事な人だと思われて狙われるとか。
　うーん……。
　たぶん、そんなところだろうな。
「まあ、今日のところは送ってく」
「そうだね、車出させるよ」
「頼んだ」
　葵くんは憐斗くんの言葉に頷き、部屋を出ていった。
　バタンと扉が閉まったのと同時に、私は鞄に本をしまう。
「今日は楽しかったよ！　絶対また来るね！」
「ああ。ほんとにいつでも来いよ。大歓迎だから」
「うんっ！」
「あ、あと」
　急にずいっと近寄ってきた憐斗くん。
　近い！　近いよ!!
「絶対にあの古書店がある通りに行くな。なにがなんでもな」

初めての気持ち　>> 61

「えー……。あそこすごい穴場なのに……」
「あのな……本当に危ないんだよ。あの裏通り治安悪いし、お前みたいなのが来る場所じゃないだろ？　だいたい、お嬢様なんだから取り寄せとかにしろよ。わざわざあんなとこ行かなくても……」

　『お嬢様』というワードに少しムッとする。
「家が財閥ってだけで、私としては普通の女の子として生活したいし、普通に買いたいんですっ」

　そう言い切ると憐斗くんは「はぁ……」とため息。
「……わからなくもない。でもほんとに危険なんだよ、お前が思ってる以上に。……まあ言ってもわかんねぇよな。ったく、しゃーねぇ。いいか、お前が古書店に行きたい時は俺たちの中の誰かに連絡しろ。同伴なら許す」

　……えー…………。
「ひとりで行きたい……」
「それは無理。今日会ったヤツらだって、ボコボコにはしたけど、また玲のこと狙いにくるかもしれねぇし。とにかくひとりで行くな。金曜だったな？　金曜は誰かが暇だろうから……いいな？　連絡しろ。葵の携帯から俺たちにもメール転送されるようにしとくから」

　そう言って再びため息をついて、こっちをじっと見る。
「どうせ行くなって言っても行くんだろ？　なら、誰かがついてたほうが安心だし……ほんと面倒だな……まあ元はと言えば、話しかけた俺が悪いのか」

　なんかブツブツ言ってる……。

「ま、そういうことだ。そろそろ車来たと思うから行くぞ」
「うん。……じゃあね、真くん！」
「……ああ」
　私は笑顔で手を振ると部屋を出た。
　付き添いか……なんか、そこまでしてもらうの申し訳ないけど……。
　憐斗くんに促されて車に乗り込む。
「聖堂家の屋敷か？」
「ううん。私が過ごしやすいように、って両親が小さめの別宅を用意してくれてるの。住所は……」
　ひととおり住所を言うと、憐斗くんは頷いて運転手に伝える。
　私は背もたれにもたれかかった。
「……なあ、なんであの店にそこまでこだわる？　穴場だからって理由だけじゃないだろ？」
　車が発進してしばらく経つと憐斗くんが口を開いた。
　たしかに……それだけじゃないんだよね。
「うん……まあ……」
　私は少しうつむいて話した。
「……こんなこと言うの、恥ずかしいんだけど……あの古書店に行ったらお兄ちゃんに会える気がするの」
「え？」
　憐斗くんが私を見る。
「ふふっ、バカみたいでしょ？　でもそんな気がするんだ。あそこね、実は私の伯父が経営してるの。お兄ちゃんのお

気に入りの場所で、ときどき出かけてた」
　私は自分の目が潤んできたことに気づいた。
　ほんと、なに話してるんだろ？
　助けてくれたとはいえ、憐斗くんとはまだ会うのも２回目なのに……。
　でも一度話し始めたら止まらなくて、私は続けた。
「お兄ちゃんを最後に見た日、今日もあの古書店に行ってくるって嬉しそうに話してたの」
　私は堪えきれずに、涙を流した。
「その……次の日に……お兄ちゃんが亡くなって」
　私はさっと涙をぬぐった。
「でも信じられなくて……『昨日見たのに』って。それから来るはずもないお兄ちゃんをあの古書店で待ってるの。金曜日にね……お兄ちゃんを見たのが金曜日だったから……だから……」
　憐斗さんは私の頭をぽんぽんとなでた。
「……いつまでも待っててあげろよ。たとえ会えなくても、蓮さんだって……きっと喜んでるよ。『こんなに自分に会いたいと思ってくれる人がいるんだ』ってさ」
　私の頬に涙がツーッと流れ、憐斗くんがそれを親指でぬぐってくれた。
「もう行くなって言わねぇからさ。俺らと行けばいいだろ、な？」
　私は泣きながら微笑んで「うんっ」と返事をした。

金曜日の放課後に

それから金曜日は私にとって、すごく待ち遠しい日になって……。
　今日はやっと、その金曜日。
　葵くんに『古書店に行きたい』とメールを打つと、すぐに返事が帰ってきて『僕が行く』とのこと。
　おとなしく校門で待っていると、前と同じ黒い車がキッと止まった。
「玲ちゃんっ、1週間ぶり！　乗って！」
「うん、わがまま言ってごめんね？」
「いいからいいから」
　そうして車に乗り込むと、すぐに発進した。
「今日はみんなたまり場にいるよ。古書店のあと、行く？」
　え？　いいの……？　なら……。
「行く！　すごく行きたい！」
「うんっ！　みんなも待ってるよ」
　そう言って、葵くんがにっこり微笑む。
「あ、着いたよ。行こうか」
　私も車を降りて、古書店に入る。
「玲ちゃん！　また来てくれたんだね。先週はさみしかったぞ～？」
「伯父さん！　ごめんなさい、いろいろあって……」
　伯父さんと話をしていたら、葵くんが不思議そうな顔をしているのに気づいた。
「葵くんっ、この人私の伯父さんなの！」
　すると、大きな目を見開く葵くん。

「え!?　竜也さんが!?　すごっ！　すごすぎ！」
　ん？　伯父さんってすごいの？
「伯父さん、えらい人なの？」
　そう聞いてみると、ははっと笑う伯父さん。
「いやいや、まあねぇ。これでも元総長だよ」
「……えぇぇぇぇぇぇぇ!!」
　思いっきり叫んでしまった私。
　だ、だってだって、伯父さんが総長!?
　パパのお兄ちゃんが総長で、私のお兄ちゃんも総長!?
　どんな家系よ……。
「すごい……うわぁ……伯父さんが……」
　ショックを受けながらも、気になっていた本が目に入り、数冊を手に取る。
「じゃあこれで……」
「玲ちゃん、ほんとよく読むねぇ……。そういや、君のパパも昔から好きだったなぁ……」
　へえ……パパも……。
「本好きな家系かな？」
　いえいえ暴走族の家系ですよ……。
　そんなツッコミを心の中で入れていると、伯父さんは微笑みながら私に本を渡した。
「じゃあまた！」
　私たちはそう言って店をあとにした。
「すごいね……玲ちゃんって、家系に総長がふたりいるってことでしょ？」

「まあ……そうなるのかな……。そんなことより、早く行こう！　早くみんなに会いたいよ〜」
「まだ1回しか会ってないのに、そんなふうに言ってもらえて嬉しいよ」
　葵くんはそう言って車に乗り込む。
　私も続いて乗り込み、たまり場へと向かった。

「着いたよ」
　葵くんの言葉を聞いて、車を降りる私。
　ううっ、やっぱりちょっと怖い……。
「怖いよね、ごめん。おーい！　みんな！　威嚇(いかく)するな！彼女は……蓮さんの妹だ!!」
　すると、ざわざわしていたのがピタッと止んだ。
「「「「「失礼しやした!!」」」」」
　と言って、いっせいにバッと頭を下げるみんな。
「行こうか。みんなのことは無視していいよ。怖いでしょ？」
「あ……うん……」
　葵くんのうしろを着いていく私。
　みんなの視線が痛い……。
「見るなって！」
　葵くんの言葉にみんな私から視線を逸らす。
　葵くん、なんだかすごい威圧感(いあつかん)。
　副総長って感じしてきた！
　階段をのぼってドアを開けると、やはり豪華な部屋。
「どうぞ」

葵くんがニコッと笑って、ドアを開けてくれる。
「ありがと」
　私はそう言って部屋に入った。
「おー玲！　1週間ぶりだな！　ゲームしようぜ！」
　真っ先に声をかけてきたのは宗くん。
「うんっ！　あ、みんなも1週間ぶりだね！　突然お邪魔してごめんなさい」
　私がそう言うと、
「いいえ。いつでも大歓迎だよ」
　と葵くん。
　私は微笑んで宗くんの隣に座った。
「よっしゃー！　やるぞぉー！　憐斗、お前も参戦しろ！」
「わかったわかった。負けてもぎゃーぎゃー言うなよ」
「い、言わねぇ！　まず負けねぇ！」
「……宗、うるさい」
　真くんの言葉によってすぐに静かになった宗くん。
　私は思わずクスッと笑って、
「じゃあ始めよっか」
　そう言ってコントローラーを手に取った。
　対戦すること30分。
「う……」
　油断したっ！
「どーだぁー!!　玲に負けないために特訓した成果だ!!」
「特訓なんてしたの!?」
　ゲームの特訓って、ある意味すごい。

私は一発でアウト。
　　こうなったら……。
「憐斗くん!!　がんばって!　宗くんなんかに負けちゃダメ!!」
「ちょ、『宗くんなんか』ってなんだ!」
「そうだな、負けてられねぇ……」
「憐斗!　お前が本気出したらマジで無敵だっ!」
　　葵くんはクスクス笑ってる。
　　部屋を見回すと、奏くんはパソコンとにらめっこしてて、真くんは読書。
　　ふたりとも、自由だなあ……。
「負けたぁ———!!!」
「ざまあみろ」
　　宗くんはがっくりとうなだれ、憐斗くんは笑っている。
　　——ドキッ……。
　　またた……。
　　これって、もしかしてギャップってやつなのかな？
　　総長なんていう肩書きを持っていて、困った時は助けてくれるのに、ゲームに勝って素直に喜ぶなんて。
　　少しだけ子どもみたいな一面に、なんだかきゅんとさせられる。
　　それに憐斗くんの笑顔を見てると、もっと見ていたいって思うんだよね……。
「ヤバっ、奏!　時間!」
　　宗くんの言葉を聞いて、奏くんが時計に目をやる。

また下でケンカの練習かな？
「もうこんな時間か……。行こう。じゃあまたね、玲。今度もっと話そう」
「あ、うん！　ぜひ！」
「玲！　今度までにゲーム鍛えとけ！」
「はいはい。じゃあね！」
　バタンと扉が閉まった。
「すごいね……」
　そう言うと葵くんが顔を上げる。
「まあ、これでも暴走族だからね。俺たちは無駄な縄張り争いはしないけど、いざ仲間を守らなきゃいけなくなった時のために、ケンカに備えておかないといけないから」
「へえ……」
　そっか、ときどき忘れそうになるけど、みんな暴走族の一員なんだもんね。
　ケンカだってかなり強いんだろうなあ……。
「幹部の中で一番ケンカが強いのって誰なの？」
　ふと気になってそう聞いてみると、葵くんが答える。
「そりゃあやっぱり憐斗でしょ。なにしろ総長だし」
「そうか？　お前も相当だろ」
　憐斗くんがそう言うと、真くんが本から顔を上げる。
「葵はギャップがやばい……」
「ああ、たしかに。突然鬼みたいになるもんな」
　そ、そうなんだ……。
　しゃべりながらふと時計を見ると、いつの間にか４時半

になっていた。
「そろそろ玲も帰さなきゃな。葵、車」
「はーい」
　葵くんはそう返事をして部屋を出ていき、私も帰りの用意をする。
　そして準備が整った頃にガチャッと扉が開き、葵くんが困ったような表情を浮かべて入ってきた。
「どうした？」
　憐斗くんがそう聞いて、葵くんが申し訳なさそうな顔を私に向ける。
「車、調子悪いらしい……。仕方ないからバイクでもいい？」
　ば、バイク……ちょっと怖いけど乗ってみたいかも。
「うん、いいよ。ごめんね」
「いや、全然いいけど……。真、送ってあげてよ。僕たち用事あるし、運転雑だから」
　葵くんがそう言って真くんを見る。
　え……。いいのかな？　女嫌いなのに……。
　真くんは私をじーっと見てから口を開く。
「……いいけど」
　いいんだ!?
「よかった。じゃあ玲ちゃん家の住所メッセージで送るから頼んだ！　玲ちゃん、また来週も来る？」
　葵くんが私を見て言う。
　それに対して私は微笑みながら答えた。
「うん！　来ると思うっ」

「そっか」
　葵くんは嬉しそうにニコッと笑った。
「……行こ」
　真くんはそう言ってスタスタと行ってしまう。
「じゃ、じゃあまた来週！　今日は楽しかった！　ありがとう！」
　早口でそう言うと部屋を出て、真くんに追いつくために早足で歩いた。
　バイクが置いてあるところに着くと、真くんはチャリっと鍵を取り出した。
「……バイクの乗り方知ってる？」
　そう聞いてきた真くんに私が首を振ると、ため息をつき、私を抱き上げて後部座席に乗せてくれた。
　手はちょっと震えていたけど……。
「ありがとう」
　私がそう言うと、真くんはチラッと視線を送ってバイクに乗った。
　エンジン音がすごい中、真くんが私の方を振り返ってひとこと。
「……つかまらないと危ない」
　え、ええと、バイクに乗ったら普通はどこにつかまるのかな？
　私が戸惑っていると、真くんはまたため息をついて「仕方ないよな……」とつぶやき、続けてこう言った。
「……俺につかまって」

そ、それって腰に手を回せってこと？
　大丈夫なのかな？
　そう思いながら、おそるおそる真くんの腰に手を回す。
　真くんは一瞬ビクッとしたけど、エンジン音を響かせてバイクを発進させた。
　──す、すごい！
　風を切っていく感じ。
　ちょっと怖いけど……同時に快感。
　真くんは安全運転でそんなにスピードを出さないし、なんだか安心感がわく。
　でもこんなとこ、家の誰かに見られたらたぶん、私の人生は終わるだろうな。
　こっぴどく叱られて、金土日のフリータイムはチャラ。
　まあ、ヘルメットかぶってるし絶対に見つからないはずだけど！
　それにしても真くん、よく耐えてくれてるよね……。
　女嫌いなのに私ったら腰に手を回してるんだし……絶対イヤだよね……。
　しばらくして、私用の別宅の前に到着。
　真くんは『ふうん……』というふうに家を眺めてる。
「……ほんとに普通の家だな」
「そうしてって言ったからね……」
　私はヘルメットを取って真くんに渡した。
「ありがとう。すごい快感だったよ。ごめんね、女嫌いなのに」

私がそう言うと、真くんは顔をそらして「べつに……」とひとこと。
「じゃあまた。ほんとにありがとう！」
　私はそう言って真くんに微笑みかけ、バイクを見送る。
　すごいなあ……。
　風のような速さで去っていく真くんを見て、つい感心してしまう。
　自分には一生縁がないと思ってたけど、乗ってみることができてよかったな。
　なんだか、竜龍のみんなに会えてから初めての経験だとか、新しく知ったことがいっぱいある。
　それに、一気に世界が色づいたというか……。
　家に入りながら、つい微笑んでしまう。
　来週も、楽しみだな……。
　今まで以上に金曜日を心待ちにしている自分に、少しくすぐったいような、そんな気分になった。

幼なじみ

家に入ってゆっくりとソファで読書をしていると、ピーンポーン、とチャイムが鳴った。

誰だろう？

とは言ってもパパもママもこの家に来ることはないし、大体の予想はついてるけど……。

「はーい」

と言ってドアを開けると、

「インターホン確認しろ！」

と怒られた。

「いいじゃない。わかってたもん」

別宅のことは、この人と美樹くらいしか知らないし。

「俺じゃなかったらどうするんだよ？　危ねぇな」

そう言う彼を、私は家に招き入れた。

彼は一ノ瀬誠。

一ノ瀬財閥の御曹司で、私とは赤ちゃんの頃からの幼なじみ。

ママ同士が高校時代からの大親友で、パパたちもビジネスの付き合いがあるから、小さい頃からよくおたがいの家に遊びに行ってた。

誠は頭がよくてスポーツもできて、おまけに目鼻立ちも整っている。

どこか涼しげな瞳とサラサラな髪の色は生まれつきの綺麗な茶色だし、すらっと長い足と程よくついた筋肉は、男子までもがうらやましがってるらしい……。

高校に入ってからは前にも増してモテてるみたいで、こ

の前も教室で公開告白があった。
　誠はきっぱり断ってたけど……。
　とは言っても、冷たい性格なわけじゃなくて、現に今日みたいに、私がひとりでいるのを心配してこんなふうに家に遊びに来てくれる。
「飲み物、コーヒーでいい？」
「あーうん。ありがとな」
「いいえ」
　私はそう言ってキッチンに入った。
　コーヒーフィルターを用意してコーヒーを淹れる。
　うーん、いい香り！
　誠のはブラック、私のには砂糖をドバドバ入れてミルクを注いだ。
「はい、どうぞ」
　リビングまで運んで誠に渡す。
「サンキュ」
　誠はそう言って受け取るとコーヒーをひと口飲んだ。
「そういえば今度パーティーあるだろ？　来る？」
　誠がそう言って私の方を見る。
「うーん、それって日曜でしょ？　遠慮しとく」
　私がそう言うと誠は苦笑い。
「ほんと嫌いだな」
「だってせっかくの休日なのに、潰したくないもん。どうせまた、ダンスするだけだし」
「普通パーティーって言ったら喜ぶけどな」

たしかに、おいしいものがたくさん並んでるし、知り合いの子はみんな喜び勇んで行くみたいだけど……。
「私、ダンスがイヤなんだよね……」
　美樹が先輩と仲良くなったきっかけもダンスだったみたいだけど、私はあれがどうも苦手。
　会ったばかりの人と一緒に踊（おど）らなきゃいけない時もあるし……。
　しかも、強制的な雰囲気があるから逃（に）げられないんだよね。
「……あのさ」
「うん？」
　そう言って誠を見ると……なんだろう？
　ちょっとだけ顔が赤い……。
「……ダンスが苦手なら、俺と行けばいいんじゃねぇの？」
　あ、そっか。
　パートナーとして誰かと一緒に行ったら、その人としか踊らなくてすむもんね。
　でも……。
「誠もダンス嫌いじゃなかった？」
　たくさんの女の子たちに迫（せま）られて、気分悪くなったことがあるもんね……。
　その時、私は『イケメンも楽じゃないな〜』なんて思ってたっけ。
「ダンスは嫌いだけど、俺はお前とならっ……」
「誠、無理しなくていいよ、ありがと」

そう言った私に、誠はがくりとうなだれる。
　誠はマジメだから、パーティーをサボる私が許せないんだろうなあ……。
「……まあ、お前がいいならいいけどさ。変なヤツに引っかかっても困るし」
「え？」
　どういう意味だろう？
　首をかしげていると、誠はやれやれ、というふうにため息をつく。
「じゃ、そろそろ帰るな」
「もう帰るの？」
　いつもは1時間くらい話して帰るのに、今日はまだ30分くらいしか経ってない。
「うちの学年に入学式以来、登校してないヤツいるだろ？」
　ああ、そういえば。
　入学式以来、一度も学校に来たことのない5人のイケメンがいるらしい。
　うちの学校の生徒は御曹司や令嬢ばかりだから、親の海外出張に勉強についていって、長期間学校を休まなければいけないケースも多い。
　その場合は、補習で単位をとることになるんだけど。
　うちの学年の5人も、そういう事情があるのかな。
　私は入学式の時、財閥令嬢だからということで前に出ずっぱりだったし、そんなイケメン集団がいたことに気づかなかった。

クラスの顔合わせは入学式の次の日だったから、5人のこと、よく知らないんだよね。
　そういえば、そのうちふたりはうちのクラスなんだっけ。名字しか知らないけど、たしか……高野くんと田辺くん。
　あれ、葵くんと真くんの名字と一緒だ。まぁ、よくある名字だよね。
「その人たちがどうかしたの？」
「うちのクラスのふたりが登校したらクラスになじめるように、協力してほしいって先生に頼まれた。今日はみんな家にいるらしくて、これから先生と一緒に家庭訪問みたいなことするらしい。ったく、なんで俺が……」
　たぶん、誠が学級委員でマジメなのを先生もよくわかってるからだろうけど……。
「どんな人たちなんだろうね？」
「さあな」
　興味なさそうだなあ……。
　そういえば、憐斗くんたちはちゃんと高校行ってるのかな？
　行ってないってことはないよね……。
　暴走族とは言ってもひとつの大きな組織を動かしてるわけだし、みんなテキパキしてるというか、頭の回転が早いな、って思うことが多い。
　実際頭がよさそうな顔してるし。
「玲？　なに考え込んでるんだよ」
　ハッ！

「ご、ごめん。　ぼーっとしちゃった」
「べつにいいけど。じゃあ帰るな、コーヒーごちそうさま」
「うん、また来てね」
　私はそう言って誠を見送り、戸締りをしっかりする。
　学校に行ってるのかどうか、一度みんなに聞いてみようかな。
　うん、そうしようっと。
　私はひとりそう決意して、金曜日を心ゆくまで楽しんだ。

　土曜、日曜も別宅で過ごし、月曜日に屋敷に帰った。
　あーあ、これから4日間またこの屋敷かぁ〜。
　まあでも、金曜日にまた楽しい時間を過ごせると思えば、がんばれるかも。
　そう思いながら、夕食のためにダイニングルームに行くと。
「パパ!?　ママも……!」
　久しぶりに見るパパとママ。
　一番最近会ったのって、1ヶ月くらい前かもしれない。
「ただいま〜!　玲!」
「お帰りなさい!　出張はもう終わったの?」
　とりあえず席について、パパにそう尋ねる。
「うむ、新しく展開した事業もうまくいってるからな」
「そうなんだ」
　我が親ながら、さすがだなあ……。
「落ち着いてきたから、しばらくは屋敷でゆっくり過ごす

よ」
「そっか、嬉しい」
　笑顔でそう答えると、ママが「あら?」と声を出す。
「玲、表情が明るくなったような気がするわ。なにかいいことでもあったの?」
「えっ?　そりゃあママたちが帰ってきたし……」
「うーん、それだけじゃなくて、ほら、たとえば恋とか」
「え!?」
「なにっ!?」
　私とパパがハモって、おたがい顔を見合わせる。
「ふふっ……。どっちにしろ、いい出会いでもあったのかしら?」
　いい出会い……。
「……うん、あったよ」
　憐斗くんや葵くん、竜龍のみんなとの出会いが。
「れ、玲、彼氏とかは早いからな。わかっているな?」
「もう、あなたったら」
　ふたりがそう話している間、私はなんだか胸のあたりがあたたかくなるのを感じて、その後も楽しいディナータイムを過ごした。

　そうして待ちに待った金曜日。
　今、校門で迎えを待っているところで、今日は憐斗くんが来てくれるらしい。
　ドキドキと高鳴る胸を押さえて、憐斗くんを待つ。

するとなんと、うしろから「待たせたか？」と声が。
　ゆっくり振り返ると……。
「!?」
　うちの学校の制服姿の憐斗くん。
　水色のシャツに白いジャケットという爽やかな制服を着こなしていて、カッコいい……。
「れ、憐斗くん、ここの生徒だったの!?」
　知らなかった!!　っていうか、同学年ってことでしょ!?
　学校で会ったことないんだけど！
「あー……一応そうだけど、入学式以来、来てなかったな。今日は暇だったから来た」
　ひ、暇だったからって……。
「ちなみに幹部のみんな、この学校。葵もな」
　えぇぇぇええ!?
「うっそ……」
　そ、想像したこともなかった。
　しかも幹部全員って……。
　ちょっと待って、つまり昨日誠と話してた5人って憐斗くんたちのことだったの!?
　ってことは、うちのクラスのふたりは葵くんと真くん!!
「ま、いいから行こうぜ。今日俺以外は全員サボりだから」
　み、みんなサボりって……。
「ほら、行くぞ」
　憐斗くんはそう言って歩いていく。
　私も慌てて後を追おうとしたけど……。

「「「「「憐斗様ぁ————!!」」」」」
　その声に憐斗くんが『げ!』っという表情。
　そんな憐斗くんに構わず、女子の集団は憐斗くん目指して突進!!
「憐斗様ぁ、久しぶりに学校に来られたのに、もう帰られるんですかぁ?」
　そりゃ、もう放課後だし……。
　っていうか、私、押しつぶされてるんだけど……。
「どいてくれ。もう帰るから」
　憐斗くんはそう言ったけど。
「つれないですわ……そこがいいんですけど!」
「さすがファンクラブの一員ですわ。よくわかっておいでで」
　ん?
「ファンクラブ?」
　思わず、憐斗くんと私は顔を見合わせる。
「入学式の日に一目惚れしましたの」
「なのに全然来てくださらないから……」
「普段はひっそり活動しているのですけれど、いざご本人を目の前にしたら興奮してしまって……」
「あ、ちなみに他の4人のファンクラブもありますのよ」
　な、なるほど……。
　入学式には5人とも来てたらしいもんね。
　きっと、初日から囲まれていたんだろうな。
「……なんでもいいけど、そこ通せ」

憐斗くんの低い声にみんな怯える……かと思いきや。
「「「「「きゃ———!!」」」」」
　……逆効果。
「クールでつれないところがいいですわー!!」
　あ、それはわかる気がする。
　って、そうじゃなくてっ……!
　ちょっと、さっきから息苦しい……!
　香水の匂い……い、息が詰まりそう……!
「ちょ、大丈夫か?」
　そんな声がして、次の瞬間ぐいっと腕を引かれる。
「わっ……」
　倒れるっ!と思っていると、
「……っと」
　そう言った憐斗くんの胸にぽすっとおさまった。
　ま、待って。
「玲? 大丈夫か」
　もう一度そう言った憐斗くんの顔が、近いっ……!
　鼓動がどんどん速くなって、憐斗くんに聞こえてしまいそう……。
「ちょっと〜、誰〜? その子」
「憐斗様のなんなの?」
　その声にハッとして憐斗くんから慌てて離れたけど、み、みんな、目がつりあがってる……。
「べつになんでもいいだろ。あんたら、迎え来てるけど」
　あ、ほんとだ。

執事さんたちがこっちの様子をすごいギラギラした目で窺ってる……。
　　憐斗くんのこと不審がってるのかな？
「憐斗様がそうおっしゃるなら……」
「これからは学校へいらっしゃるんですよね？　またお会いしましょうね！」
　　みんなはそう言うと、それぞれの車に向かっていった。
「はあ〜……。これだから学校ってイヤなんだよ。大丈夫か？」
　　憐斗くんが私に聞く。
「うん……ありがとう」
「それにしても、学校来ただけでなんでこんなに騒がれるんだよ。俺が暴走族ってバレてんのかな」
　　いやいやいや、カッコいいからだよ！
　　まさかの無自覚……！
「ま、いいや。行くぞ」
　　それからたまり場に着いて、またビクビクしながら階段を上がり、いつもの部屋に入る。
「あ、玲ちゃん！　いらっしゃーい」
　　葵くんが元気に挨拶してくれた。
「こんにちは。今日もお邪魔するね」
　　私も笑顔で返してソファに座った。
「玲！　新しいバージョンのゲーム買った！」
「え!?　買っちゃったの!?」
「ああ、思い切った!!」

ふふんと自慢気に笑う宗くん。
　ゲームはもうセットしてあって、いつでもできるようになっている。
　準備万端……。
「そういえば奏くんは？」
　私が聞いてみると。
「ああ、あいつは今日いない。デートでもしてんのかねぇ？」
　宗くんはそう言って肩をすくめる。
　奏くんモテそうだしね～。
「宗くんは彼女とかいないの？」
　私が聞くと顔を真っ赤にして、
「……好きな子いるから……」
　とつぶやくように言った。
　へえ～、意外と一途なんだ。どんな子なのかな？
　宗くんって見た目はちょっと怖いけど、すごくいい人だから、告白したらオッケーもらえると思うけど。
「葵くんは？」
「ぼ、僕!?」
　いきなり話を振られて驚いてる葵くん。
　なんかそういうとこもかわいい……。
「僕は……その……彼女はいないよ。好きな子はいるけどね」
　きゃ――!!!　なんか青春だね～みんな。いいなぁ！
「葵くん！　葵くんなら大丈夫だよ！　告白しちゃえ!!」
「え、ええ!?」

葵くんなら誰も断らないよ。絶対!!
「もうちょっと様子見しようかな。その子と仲よくなって間もないし。あ、そういえば今日幼なじみが来るんだ」
「そうなの?」
　葵くんの幼なじみかあ。どんな人だろう?
「でもさ……」
「こんにちはー!!!」
　葵くんの言葉を遮って、元気な声が響き渡る。
「げ、美紅」
　宗くんがそう言って、あからさまにイヤそうな顔をしたと思ったら……。
「憐斗!!　久しぶり!!」
　美紅ちゃんは、一直線に憐斗くんの方に歩み寄る。
　ん?　これってもしかして……。
　そう思って葵くんを見ると、苦笑いしている。
　なるほど……美紅ちゃんは憐斗くんが好き……か。
　──そう勘づいた瞬間、胸がズキッと痛んだ。
　なに?　この痛みは……。
「あれ?　あなたは?」
　ふわっときれいに巻かれた髪を揺らして、少し濃いめのメイクをした顔を向ける美紅ちゃん。
「あ、挨拶が遅れてごめんなさい。私は聖堂玲っていいます」
「美紅、玲ちゃんは僕らの尊敬する人の妹さんなんだ」
　尊敬する人……。
　葵くんの言葉に、私は胸がジーンと熱くなった。

「へえ、お上品……。私は西条美紅。葵の幼なじみよ。よろしくね」
「う、うんっ、よろしく！」
　私がそう言うと、美紅ちゃんはすぐ憐斗くんに視線を戻す。
「ねえ憐斗！　今度どこか行かない？」
　それってまさか、デートのお誘い？
　葵くんはまたもや苦笑い。
「なんで俺なんだよ。葵と行けよ」
　憐斗くんは気づいてないんだ……。
「え〜。憐斗と行きたーい」
　美紅ちゃん……結構押すなぁ……。
「イヤだ」
「つれないなぁ、いいじゃん」
「イヤだっつってんだろ」
　美紅ちゃん、くじけないタイプか。
　……私なら絶対折れてる……。
「……あんた、さっきからうるさい」
　さっきから黙ってた、というより気配を消してた真くんが、パタンと本を閉じて言った。
「あ、真！　久しぶり〜！」
「……」
　む、無視!?
「ひっど〜。まだ女嫌い直ってないんだ。玲ちゃんのこともイヤなんじゃないの？」

ん？　なんか美紅ちゃん、私に敵意むきだし……？
　気のせい？
「……玲は別」
　わ、初めて真くんに玲って呼ばれた……。
　っていうか『玲は別』って……どういう意味？
「ふうん……玲ちゃんモテるね～」
「はい？」
　意味がわからないんだけど……。
「うわ～、鈍感なんだ。それかわざとなの？」
　わざと？
「なにが？」
「あーもういい。あんたは葵と遊んでれば？」
　な、なにこの棘のあるしゃべり方……。
「美紅、そんな言い方するなよ。玲ちゃんに当たるな」
　葵くんの少し厳しい声。
「べつに当たってなんかないわよ。私の憐斗に近寄ったからでしょ」
「なにが私の憐斗だ。離れろ」
「やだ～」
　チクッと胸が痛んだ。
「……俺、あいつ嫌い……」
　近くで真くんがポツリとつぶやいた。
　んー……嫌いっていうか……。
　正直なだけで悪い子ではないんだろうけど、ちょっとキツイ性格だよね……。

「玲ちゃんごめん……あいつ、いつもあんななんだ」
　葵くんが謝ってくる。
「い、いいよいいよ！　葵くんが謝るようなことじゃないし……」
「ってか、憐斗以外の人を完全に敵視してるよな」
　宗くんがポツリとつぶやく。
「ま、まあまあ！　宗くん、ゲームしよ！」
　私はコントローラーを取って、ふたりに背を向ける。
　……ゲームがしたかったわけじゃない。
　けどなんだか今は、あのふたりの姿を見たくなくて。
　モヤモヤして、ぐるぐるして、なんだかイヤな気持ちになる。
　どうしてだろう？
　美紅ちゃんのこと知ったばかりなのに、なんだか快く思えないなんて。
　私、どうかしちゃったのかな……？
「玲？」
「あっ、ごめん、始めよっか」
　私は心配そうな目を向ける宗くんにそう返し、これ以上モヤモヤした気持ちにならないように、画面の方に集中した。

☆ ☆
☆ ☆

彼女は……彼のなに？

なんだか親しそうに話す憐斗くんと美紅ちゃんを見ていられなくて、ふたりに背を向ける形でゲームを始めたわけだけど、やっぱり耳まではふさげず……。
「憐斗ぉ〜」
「なんだよ」
　さっきからふたりの会話が聞こえてくる。
「遊びに行こって」
「イヤだ。何回言ったらわかるんだよ。ってか、俺もゲームしてぇ」
「え〜」
　憐斗くんは私の隣に座って、コントローラーを取った。
「俺も入れて」
「う、うん！　いい……」
「憐斗〜！　私もいい？」
　美紅ちゃんは私と憐斗くんの間に割り込み、彼にピタッとくっついた。
　またもやズキッと痛む胸を押さえて、コントローラーを美紅ちゃんに渡す。
「このボタンで……」
「憐斗〜！　どうやるの？」
　……。
　結局操作は憐斗くんが教えているけど、美紅ちゃんは憐斗くんをポーッと見つめたままで、たぶん聞いてないと思う。
　私はなんだかここにいたくなくて、コントローラーを置

くと別のソファに移動した。
　ふう……と息を吐き出す。
　なんでこんなにモヤモヤするのかな？
　美紅ちゃんが憐斗くんを好きってわかったから？
　でもそれと私がこんな気持ちになるのって、なんの繋がりもない気がする……。
「玲ちゃん、ほんとにごめん。あいつ憐斗のことになったら容赦なくて……」
　眉を下げて私を見る葵くんに「気にしないで」と言って小さく微笑む。
　憐斗くんのことには容赦ない、か……。
　でも、それほど好きってことだよね。
　……憐斗くんはどうなんだろう？
　美紅ちゃんのこと……好きなのかな？
　ふたりを見て、心臓がドクンとイヤな音を立てる。
　そんな私を見て葵くんが口を開いた。
「……玲ちゃんってさ……憐斗が好きなの？」
『え？』というふうに葵くんを見ると、葵くんは真剣な目で私を見ていた。
　好き……？　私が、憐斗くんを……？
「どうだろう……」
　こう言うのが精一杯だった。
　わからない……好きなのかな？
　たしかに一緒にいると少しドキドキしたり、ずっと喋っていたいとか、笑顔を見ていたいって思う。

もっと知りたい、もっと、もっとって……。
「なあ葵〜、あいつどうにかなんない？」
　宗くんがこっちに来てハッと我に返る。
「玲にはツンケンするし、憐斗にベッタベタで気持ち悪いし」
「ちょ、ちょっと宗くん！　『気持ち悪い』っていうのは言いすぎ……」
「だって気持ち悪いだろ！」
　ははは……宗くん、言うね……。
「まあたしかに、玲ちゃんにツンケンしてるね。嫉妬かな？」
「それしかないけど、あんな態度ないだろ」
　まあ……ちょっと傷ついたけど……。
「玲、こんなときは飛ばしに行こうぜ！　葵！　行ってくる‼」
「はあ⁉　ちょ……」
　葵くんの声も虚しく、私は宗くんに引っぱられていった。
「ちょ、宗くん⁉」
「いいから！　ぶっ放しに行こうぜ！　スカッとするからさ！　あんなやつにあんな態度取られてウザいだろ！」
　ウザいっていうか……まあいいか。
　私は宗くんにバイクに乗せられて、ヘルメットを被せられた。
「しっかりつかまれよ！」
　あー……それってやっぱり……。
「落ちるって。つかまれよ」

私はまた、おそるおそる腰に手を回した。
「真の運転とはちげぇからな!」
　そう言うとバイクがすごい速さで走り出した。
　ビュンビュン風を切っていく。
　悲鳴をあげる暇もない。
　でもたしかにスカッとする。
「気持ちいい〜!!」
　私がそう言うと、宗くんは「だろ?」と言ってもっとスピードをあげた。
「ぎゃー!!　これ以上はダメ!!」
「大丈夫、大丈夫」
　いや、絶対大丈夫じゃない!!
　気絶しそうになる寸前でバイクが止まった。
「よかった……生きてる……」
「当たり前だろ!」
　宗くんはそう言って笑った。
　ふう。なんかイヤな気持ちが吹っ飛んでいった。
「ありがと、宗くん!　スカッとした!」
「ああ!　またいつでも乗せてやるよ!」
　私たちは笑い合って、いつもの部屋に戻った。
「どこ行ってた?」
　部屋に戻ると憐斗くんがこっちを見て言った。
「ちょっと気分転換」
「……あっそ」
　憐斗くんはいつもより少し低い声でそう言って、ふいっ

と顔を背けた。
「憐斗〜どうしたの〜?」
　私を睨みながら言う美紅ちゃん。
　……怖……。
「……べつに」
「えー?　なんか機嫌悪い……」
「……お前がまとわりつくからだろうが。ちょっとは俺から離れろ」
「憐斗怖い。玲ちゃんのせい?」
　え……なんで私のせい?
「お前いい加減にしろよ」
　とうとう宗くんがキレて、いつもより低い声を出す。
「憐斗に言えば?　お前の気持ち。で、なにも悪くない玲に嫉妬するな、バカ」
　ば、バカって……。
「ひっどーい」
「そのしゃべり方うっざーい」
　声真似をした宗くんに、思わず笑いそうになって唇を噛みながら堪える私たち。
　真くんまで下を向いて笑いを堪えてる。
　美紅ちゃんはそんな私をギロッと睨む。
　私は慌てて咳払いをして、真顔に戻った。
「もういいっ、みんな私に意地悪するんだからっ!」
　美紅ちゃんはそう言うと葵くんを見る。
「葵、帰るから送ってって!」

「はいはい……」
　葵くんはよっこらしょー、なんて言いながら椅子から立ち上がり、先に部屋を出ていった美紅ちゃんを追って行った。
「大変だなあ、あいつも」
　宗くんの言葉にみんなが無言で頷く。ほんと、大変そう。少しだけ気の毒に思ってしまう。
　そう思っていると、宗くんがコントローラーを投げ出した。
「ってかあいつが意地悪したんだろーが。今さらながら腹たって来た」
「さっきバイクで発散したのに？」
「足りねー！　今日俺が送っていいか？」
　私はいいけど……。
「……いや、俺が送る」
　え？と思って振り返ると、憐斗くんが宗くんをじっと見ていた。
「あー……そっか、お前の方がストレスたまってるよな」
　宗くんは、なにかを考えるように少し間をあけてからそう言って、からりと笑う。
「玲、気をつけろよ？　憐斗の運転、俺よりやばいから」
「えっ!?」
　あれよりすごいの!?
「……んなことねぇよ。行くぞ」
「あ、うん……」

私はそう言って、宗くんと真くんに手を振って部屋をでる。
「……宗と、仲いいんだな」
「え？　そ、そうかな？」
　特別親しいとか思ってなかったけど、ゲームとか、たしかに趣味は合うよね。
「一緒にゲームするからかも」
「……そ」
「う、うん」
　階段を下りて、バイクが置いてあるところまでおたがいに無言で歩いていく。
　なんだか、ぎこちないな……。
　いつもなら会話がなくてもなんてことないのに、今はついつい美紅ちゃんのことが頭をよぎってしまう。
　もしかして憐斗くん、ほんとは美紅ちゃんのこと送りたかったのかな？　さっきのは照れ隠し？
　だとしたら悪いことしちゃった。
　もしそうだとしたら……。
　ふと、足を止める。
　憐斗くんって、美紅ちゃんのことが好きなのかな？
　じゃあ、ふたりは両思い？
「玲？」
　その場に立ち尽くしてしまった私を見て、憐斗くんが声をかける。
「どうした、忘れ物か？」

「う、ううんっ、ごめん」
　慌ててそう言って、憐斗くんの元に急ぐ。
　憐斗くんは鍵を出して、ヘルメットの準備をしてくれてる。
　ええと、どうしよう。
　今まで手を貸してもらってたから、ひとりでは乗れないんだけど……。
「どうかしたのか？」
　憐斗くんが戸惑っている私に声をかけてくれる。
「あ、あの、ひとりで乗れなくて……」
「ああ、そうか。悪い」
　憐斗くんはそう言って私にヘルメットを渡し、スッと手を出す。
　え、ちょっと待って、つまり……。
　私が戸惑っていると、憐斗くんは私をさっと抱き上げた。
　かっと顔が火照っていくのを感じる。
　真くんや宗くんに乗せてもらった時は、こんなことなかったのに……！
　体重とか体型が気になって仕方ないよ！
　真っ赤になっていると、ストン、と後部座席に座らせてくれる。
「あ、ありがとう」
「ん。これもな」
　そう言って渡されたヘルメットをかぶりながら、いまだに触れられた部分が熱くなっているのを感じる。

な、なんだろう？
　考えているうちに憐斗くんが慣れた様子でバイクに跨る。
「……捕まって」
　捕まるって、憐斗くんにだよね……。
「……うん」
　ゆっくりと憐斗くんの腰に手を回すと、今度は胸がドキドキしてくる。
「じゃあ行くぞ」
「うん」
　なんとか返事を返したけど……。
　──ドクンッ……ドクンッ……。
　こんなに心臓が音を立てるのは、憐斗くんの運転がどれくらい速いのかがわからなくて怖いからかな？
　それとも……。
　──突然、風が私の体を包んだ。
　バイクが走り出したと気づいたのはその直後。
　ビュンビュン風を切ってゆき、心臓がひゅっと縮こまるみたいな感覚……!!
「寒くないか？」
「だ、大丈夫！」
　大丈夫だけど、怖すぎる！
　ぎゅっと無我夢中で憐斗くんにしがみつき、もうなにがなんだかわからない!!
　けど……。

憐斗くんの広い背中を見て、ふと思う。
　どうしてだろう？
　怖くて仕方がないのに、家についてほしくないなんて思ってる。
　いつまでもこのまま、憐斗くんの運転するバイクに乗っていたい。ずっと、この心地よい胸の高鳴りを感じていたい……。
　私は心臓が鳴り続けるのを感じながら、憐斗くんの腰に回している腕にぎゅっと力を込めた。

学校での5人

いつものように登校して廊下を歩いていると、なんだか騒がしい。
「玲、おはよ」
　そこで誠が登校してきて、私も笑顔で答える。
「おはよう！　なんか騒がしいね」
「ああ……なんか『トップ5』が来たとか言ってたけど」
　誠もうるさそうにまわりを見る。
　え、トップ"5"って……もしかして憐斗くんたちが来たってこと!?
「きゃっ！　誠様よぉー!!」
「あの5人に加えて誠様！　きゃ――!!」
「最強ねー!!!」
　……そうだ、誠もモテるんだった。とてつもなく。
　みんな、イケメン!!って言ってるし。
　実際なんでも簡単にこなせちゃうスーパー幼なじみだし。
「うるさ……」
　クールでマイペースな声。
　これは……。
「真様!!　おはようございます!!」
「……」
　やっぱり無視。まあ女嫌いだしね。
「あっ、葵様もおはようございます!!」
　その声に振り返る。
「……おはよう」

葵くん、目が笑ってない……！
　さすがの葵くんでも、こんなに騒がれたらイヤなのかな。
「君たち！　もうすぐホームルームを始めるから席に着きなさい!!」
　先生の声で、みんな慌てて教室に入っていく。
　私と誠も教室に入り、席に着いた。
　それにしてもどうしたんだろう？
　急に学校に来るなんて……。
　なにか心境の変化があったのかな？
　学校でもみんなに会えるなんて、ちょっと嬉しいな。
「じゃあ始めるぞー」
　私は先生の声に姿勢を正して、授業に臨んだ。

　お昼休み。
　美樹と一緒に食堂でお弁当を食べていると。
「きゃー！　きゃー!!!」
　うるさい……。
「葵くーん!!　こっちきて！」
「こっちきてー！　一緒に食べよう!!」
「真くん〜!!」
　葵くんまで少しイヤそうな顔。
「あっ！　玲ちゃ……」
「きゃー!!　なんで聖堂さんとしゃべってるの!?」
　葵くん、ほんとにイヤそうな顔。
　真くんを見ると、固まってる……。

助けないと、今にも倒れてしまいそう……。
　美樹にひとこと言ってから食べ終わったお弁当箱をしまって、葵くんの方にいく。
「葵く……」
　話しかけようとすると、
「聖堂さん！　葵くんとどういう関係!?」
　じょ、女子の質問攻めが……。
「みんなうるさいなぁ。静かにしてよ」
　葵くんがそう言うと。
「きゃー！　かわいいっ！」
　と、みんな余計に興奮する。
　す、すごい……。
　ひたすら驚いていると、真くんが真っ青なことに気づいてそっと葵くんに話しかける。
「あ、葵くん、真くんそろそろ助けないと……顔色悪いよね？」
「わ、ほんとだ。あいつ、あんなに女子に囲まれるの久しぶりだろうし……」
　そ、それは本当に大変……！
「助けてくる……」
「葵くんー!!　こっち来てよぉ〜！」
　私は女の子たちの中からスルリと抜け出して、真くんの元に。
「だ、大丈夫？」
「……無理」

だよね……。
「ここから出よう？　辛いでしょ？」
　私は真くんを引っぱって食堂を出ようとする。と、
「ちょっと！　聖堂さん!?」
　あ、見つかっちゃった！
　葵くんがおとりになってくれてたのに……。
「どこ行……」
「真くん！　行こう!!」
　私は真くんを引っぱって、とりあえず女の子たちの中から出た。
　するとまたもや真くんが固まる。
「待ってました〜!!」
　……そう、そこにはさらなる女子の集団！
　もう私でも怖い……。
「真、大丈夫か？」
　すごい数の女子の中から抜け出して、憐斗くんが私たちの元に駆け寄る。
　それでも真くんは固まったまま。
　そして憐斗くんも一瞬固まった。
「あのさ……真……手……」
　あ、まだ繋いだままだった！
　パッと離す。
「ご、ごめん……」
「きゃー!!」
　何度目かわからない女子の悲鳴。

もうイヤ……。
「あのさ、ちょっと黙ってくれないか？　真、固まってるし。俺からの頼み。つきまとうのやめてくれ」
　女子集団に向かってそう言う憐斗くん。
　口調は普通だけど、若干、声色にイライラが滲み出ているような……。
「わかりました……」
　女子集団は憐斗くんの言葉に少し怯み、それぞれ分かれてランチに向かっていった。
「真、もう大丈夫か？」
「平気。女子ほんとウザい……。っていうか怖い」
　たしかに……。
「あー！　やっと解放された！　憐斗！　ありがと!!」
　食堂から出てきた葵くんがそう言ったけど、憐斗くんは聞いてないみたいで、
　どこか複雑そうな、揺れた瞳で私と真くんを見る。
　どうしたんだろう？
「あの……憐斗くん、どうし……」
「玲！」
　名前を呼ばれて振り向くと誠がいた。
「誠、どうしたの？」
「いや、姿が見えたからさ」
　そう言って憐斗くんたちを見て怪訝な顔をしている。
「……碓氷たちと仲よくなったのか？」
「え？　う、うん」

なんだろう？　なにかダメだったかな？
「……ふうん？　で、こいつとどういう関係？」
　突然ぐいっと私の肩を抱き寄せて、憐斗くんたちにそう言った誠。
「ちょ、誠っ？」
　なんで突然そんな質問……。
　すると、憐斗くんが口を開いた。
「……さあ。大切なヤツ、かな」
「なんだそれ。どういう意味だよ？」
　なんだか誠の声が遠くに聞こえる。
　た、大切なヤツ……。
　その言葉の響きに、ボッと顔が熱くなる。
　い、いや、わかってるよ？
　みんなが尊敬するお兄ちゃんの妹だもんね、そりゃ大切だよ。
　わかってるけど……。
　顔が真っ赤になるのを感じていると、誠が手に力を込めた。
「行くぞ」
「えっ？」
　答える間もなく、私の手を引いて憐斗くんたちから離れ、ずんずん廊下を進んでいく誠。
「ま、誠っ、ちょっと待ってっ！」
　たまらずそう言うと、誠は足を止めた。
「どうしたの？　突然……」

さらに問いかける。
　こんな強引な誠、珍しい……。
「……べつに」
　べつにって……。
　なんか不機嫌そうだし。
　しかも、手だって……。
　じーっと繋がれた手に視線をやっていると、誠はふと気がついたように私の手をぱっと離した。
「誠……」
「お前、いつの間にあいつらと親しくなったんだよ」
　私の声を遮ってそう言った誠。
　え、えーと。
「さ、最近だよ。ちょっと縁があって」
　竜龍のこと言ったらパパとママに伝わっちゃいそうだもんね。
　誠にも怒られるかもしれないし、ここは秘密にしておこう。
「……へえ。気にくわねぇな……」
「え？　今なんて言ったの？」
「……なんでもねぇよ」
「そ、そう？」
　まあ、なんでもないならいいんだけど……。
「……悪い、昼休み終わりそうだな。教室戻るか」
「うん……」
　そう言って誠と教室に戻ってからハッとする。

憐斗くんたちに挨拶もせずに別れちゃった……。
　イヤな思い、させてないといいけどな。
　そんな、ちょっとしたことさえも気になってしまう自分が少し不思議に思えて。
　誠と廊下を歩きながら、胸のモヤモヤに首をかしげていた。

【憐斗side】
「行っちゃったね……」
　ポツリとつぶやいた葵に、俺はふいっとそっぽを向いた。
　……あいつが、誰か他の男といるところを見たくない。
　たぶんそう思ってるのは俺だけじゃなくて、葵と真もだ。
　にしても……。
　さっき、玲の肩に回されていた手を思い出す。
　……誰だよ、あいつ。
　玲も『誠』って呼んでたな。
　名前で呼ぶほど親しいってことか。
　ついでに、触れられても振り払わないくらいに……。
「っていうか憐斗、珍しく挑発的だったよね」
「……俺も思った」
　葵と真の言葉に、ああ、と答える。
「……なんか、自然と」
　けど、玲の肩を抱いたあいつに『どういう関係？』なんて言われて、なぜだか悔しくなった。
　知り合い、友達……。
　玲のことをそんな言葉では片付けたくなくて。
　思わず口から出た『大切なヤツ』という言葉は、決して嘘じゃない。
「……あいつ、玲ちゃんと付き合ってるのかな」
　考えないようにしていたことを葵に言われて、心臓がドクンドクンとイヤな音を立て始めた。
　べつに、玲に恋人がいたってなんの不思議もない。

蓮さんにそっくりなあの容姿でモテないはずもないし。
　けど……。
　なんか、考えたくねぇ……。
「……あいつと玲がどんな関係か知らないけど、あいつは玲に想いを寄せてると思う」
　真の言葉に葵がうんうん、と頷く。
「間違いないよね！　ここはポジティブに付き合ってないと仮定して、玲ちゃんがあいつに振り回されないように竜龍一同で見守ろう！」
「……賛成」
「お、総長のお達しだ。じゃあけってーい！」
　葵がそうおどけて、少しだけ空気が和らぐ。
　玲とあいつの関係がどういうものかは知らねぇけど、初めから恋人同士って決めつけんのもバカらしいしな。
　……って、なに必死になって考えてんだ、俺は。
　俺は自分の気持ちに少し首をかしげながら、教室に戻った。

【玲side】
　あの日から、5人は毎日登校するようになった。
　なぜかはわからないけど、まあいいことに違いはないよね。
　放課後、美樹がテニス部の見学に行った後、人もまばらな教室でそう考えていると、
「聖堂さん、ちょっといい？」
　声がした教室の出入口の方に目をやると、数人の女の子たち。
　なんだろう？
　やけに冷たい声で呼ばれたし、イヤな予感……。
「えっと……なにか？」
　教室を出てそう言うと、極上の笑みで「ちょっと来て？」と言う、女子生徒。
　あ、この人知ってる……生徒の間では有名ないじめっ子だ。
　典型的な、ワガママお嬢様タイプ。
「は、はい……」
　なんか敬語になっちゃった……。
　すごい迫力。
　連れてこられたのは空き教室。
　あー……いかにもな感じじゃない。
「いきなりだけど、あんたなに？」
　なにって……人間……？
　いや、そんな答えは望んでないでしょうけど……。

「トップ5と仲いいみたいだし？　誠くんとも仲いいし。媚売ったの？」
　いやいやいや、違うよ。
「媚とか売ってないよ？　憐斗くんたちはただ……」
「うっさいわね！　黙りなさいよ!!」
　ひとりがそう言って威嚇する。
「とにかく、あの人たちに近寄らないでよね。ウザいのよ、あんた」
　えぇ!?　そんな、普通に仲よくしてるだけなのに……！
「ちょっとかわいいからってさ。性格ブスはサイテーよね。だいたいそこまでかわいくないし？　学校一美少女とか言われてるけどさ」
　学校一美少女!?
　ないないない!!　ありえない！
「えっと、それはないと……」
「ほんとウザい。これから楽しみにしといて？　ずっとウザかったからさー。たっぷりいじめてあげる！」
　女子の軍団は高らかに笑うと部屋を出ていった。
　え、あの、人の話聞いてください……。
　憐斗くんたちと仲よくしてるのが気にくわないみたいだったけど、そんな嫉妬されるような関係じゃないし、ちゃんと説明したかったのに……。
　そのせいでいじめられるなんて理不尽だとは思うけど、一応警戒しておこう。
　どうやら本気みたいだったし……。

私は不安を胸に抱えたまま、教室に鞄を取りにいってから屋敷に帰った。

　次の日の朝。
　今日は金曜日。
　学校にいたら忘れるけど、憐斗くんたちってみんな暴走族なんだよね……。
　学校ではみんなすごく優等生で、成績はもちろんトップレベルな上、今までサボっていたのはなんだったのかっていうくらい、マジメに振る舞っている。
　みんな、本当はすごいおぼっちゃまだったんだなぁ。
　そんなことを考えながら、ロッカーを覗いて確認。
　今日はなにもされてない、か。
　ってことは、月曜日からされるのかな？
　それともいじめ＝ロッカーって連想する私が変？
　他になにかされるのかも……。
　私はまたため息をついて放課後を待った。

「あー疲れた！！！」
　いつもの部屋に着くなり、葵くんがそう言ってソファに倒れこんだ。
「疲れたね〜」
「うん……。1週間もしたらみんな飽きると思ったんだけどね〜……」
「そ、そうだね……」

この1週間毎日告白があったし、どこに行くにしても女子がついてきてたもんね……。
　この調子だと、1週間たっても2週間たっても、みんなの人気は変わらないと思うよ……。
「そういえば玲ちゃんさあ、1回僕たちの暴走、見てみない？」
　暴走……？
「つまり、僕たちが暴走族として活動しているところ！　見てみない？」
　暴走族として活動しているところ？
「み、見たい！」
「やったぁ!!　暴走は今日なんだ！　玲ちゃんは車で見てて！　いいよね、みんな！」
　葵くんの言葉にみんな頷く。
「じゃあそういうことで！」
　葵くんは私を、髪の色がカラフルな人たち──仲間の人たちのところに連れていった。
「みんな！　今日玲ちゃんも暴走に参加する！　絶対守れよ！」
　そう言う葵くんに、元気よく頷く仲間の人たち。
「「「お──!!!」」」
　う……相変わらず怖いけど、ちょっと慣れてきた……かな？
　前も、ぶつかっちゃった時とか、普通に謝ってくれたし……意外と普通の人たちなのかも？

……と思ったけれど。
「お前またタトゥー入れたのか!?」
「そーなんだよな！　いーだろ？」
　……やっぱり怖いかもっ！
　私はそそくさと部屋に戻り、ソファに腰掛けた。
「大丈夫か？」
　ぐったりしていると憐斗くんが顔を覗き込んできて、慌てて姿勢を正す。
「う、うん！　大丈夫だよ！」
　私がなぜかドキドキ鳴る胸を押さえてそう言うと。
「そうか」
　憐斗くんはそう言って優しく笑った。
　ドキッと胸が高鳴る。
　ふとした変化に気づいてくれるところ、気を遣ってくれるところ……。
　そんな憐斗くんの優しさに、どんどん胸が高鳴っていく。
「憐斗くんもバイクで走るの？」
　胸の高鳴りを押し殺すように聞いてみる。
「いや、俺も車。みんなを見とかなきゃいけねぇからさ」
「そうなんだ……」
「まあ、途中でバイク乗るけど」
「？　へえ……」
　『途中で』って……どんなタイミングで乗るんだろう？
　まあいいや。
　あ、そういえば誠に電話しとこっと。

近々、誠の家に仕えているパティシエさんが作った新作の焼菓子を持って遊びに来てくれるって言ってた。
　今日は金曜日だし、誠は私の行動パターンを把握してるから、古書店から帰る時間を推測して別宅に来るかもしれない。
　もしも今日誠が来て家に誰もいなかったら心配するよね。
「ちょっと電話していい？」
「ああ」
　携帯を取り出して誠にかけた。
「あ、もしもし？」
『どうした？』
「あのね、今日は家にいないから一応連絡しておこうと思って」
『……なんでいないんだ？』
「友達と遊んでるから」
『……ふうん』
「じゃあまたね」
『ああ。あんまり羽目外すなよ』
「うんっ！　じゃあ！」
　通話を切って振り返ると、みんながじっとこっちを見てる。
　な、なんだろ？
「……ご両親？」
　そう聞いたのは葵くん。

「ううん、誠」
　そう答えると、奏くん以外のみんながピクッと反応した。
　ん？　なに今の反応……
「誠って……一ノ瀬のことだよね？」
　葵くんが聞く。
「うん、そうだよ」
　――シーン……。
　なになに？　なんなの!?
「あの、みんなどうしたの？」
　私がおそるおそる聞くと。
「一ノ瀬と……付き合ってんの？」
　今度は宗くんが聞いてきた。
「え？　まさか!!」
　私が驚いてそう言うと、みんな少し表情を緩めた。
「じゃあ、一ノ瀬とはどういう関係？」
　葵くんが聞いてくる。
「あ～誠は……」
「ストップ！　誠って呼ばないで、一ノ瀬って呼んで」
「あ、うん……？　一ノ瀬は幼なじみなの」
　わあ、なんでそう呼んでほしいのかわからないけど『一ノ瀬』って呼んだことないから変な感じ！
「で、ときどき、家に遊びに来てくれるんだ～。『お前ひとりじゃ心配だ』って言って。そこまで子どもじゃないのにね」
「そうなんだ……」

なぜか心底ほっとしたような表情でそう言った葵くんに頷く。
「うん！　そういえばみんな準備とかいいの？　暴走の時って……」
　私がそう言うと、みんなハッとしたように動き始めた。
「バイクの調子見に行こ！」
「だな！　忘れるとこだった!!」
　みんなバタバタと下のバイク置き場に下りていってしまった……。
　シーンとした部屋に残ったのは、憐斗くんと私のふたりだけ。
　なんか緊張するなぁ……。
「……一ノ瀬のこと、恋愛対象に見たりすんの？」
　い、いきなりなに!?
　憐斗くんの質問に驚いて一瞬固まったけど、すぐにぶんぶんと手を振って否定する。
「いや、絶対ない！　たぶん向こうもそうだと思うよ。どうして？」
「……いや、なんとなく」
　それにしては、なんだかいつもより声が低いような気がするけど……。
「そう……」
　あ、恋愛対象といえば、美紅ちゃんは……。
「憐斗くんこそ、美紅ちゃんとは……付き合ってるの？」
　胸がきゅーっと締めつけられる。

どう……なんだろ……？
「俺、あんなベタベタしたやつ嫌い。っていうか、向こうもそんな気ないだろ」
　淡々(たんたん)とそう答える憐斗くん。
　ほっとした反面、少し美紅ちゃんが気の毒になる。
　……美紅ちゃんは好きなんだよ、憐斗くんのこと。
「……そっか」
　それでも、付き合ってないことがわかって心の底からほっとする。よかった……。
　なぜかわからないけど『片思いしてる美紅ちゃんがかわいそう』っていう思いよりも『美紅ちゃんと付き合っていなくてよかった』っていう思いの方が強い。
　ふうっと息をついて肩の力を抜く。
「そういえばみんなお金持ちなんだね」
「え？」
「だってあの学校に通えるだけ、お金持ちってことでしょ？」
　憐斗くんは少し考える。
「まあ……そうだな、みんな結構、家は裕福だな」
「そっか〜」
「ああ」
　やっぱりそうなんだ。
　憐斗くんってどんな家庭なのかな？
　気になるけど、簡単に聞いていいものか迷うな。
　と、その時。

――バタン！
　という音とともに扉が開いて、みんなが入ってきた。
「やっば!!　時間やばい!!」
「なんでもっと前からやらないんだよ」
　憐斗くんがあきれたように言う。
　みんななんだか忙しそう。
　そこに続けて、幹部以外にもいろんな人が入って来た。
「葵さん！　これは!?」
「えーとこれは……」
「宗さん！　これなんですけど……」
「あー適当にやっとけ！」
　え、えーと……こんなに近くに来られると、さすがに怖いんだけど……。
　そんな私の様子に気づいたのか、憐斗くんが立ち上がった。
「こっち来て」
　と私に言って、スタスタ歩いていく。
　私は慌てて後を追った。
　奥の方に行くと、なんと隠し扉が!!
「こんなのあったの!?」
「ああ、俺の部屋」
　憐斗くんは笑ってそう言うとドアを開けた。
「入って」
「う、うん！　おじゃまします」
　そう言って部屋に入る。

「わあ……」
　そこは豪華だけど、上品かつおしゃれな空間だった。
　白を基調とした家具、テーブルやソファ、テレビやタンスが置いてあり、天井には小ぶりのシャンデリアが飾ってあって、部屋全体が明るく見える。
「すごいね……」
　思わず感嘆の声をあげる。
「歴代の総長が使ってきた部屋なんだ。ひとりひとりが自分の趣味に合わせてコーディネートして」
「へえ……」
　私はそう返事をして、とりあえずソファに座る。
　憐斗くんも私の正面に置いてあるソファに腰掛けた。
「あいつら、怖かっただろ？　ごめんな」
　そう言う憐斗くんに小さく首を横に振る。
「怖くないよ」
「無理するな、俺でも驚かされるときあるんだから」
「そうなの!?」
　まあたしかに、あの髪色とかタトゥーは仲よくなってもびっくりしそうかも。
「でも、みんなそれぞれ理由があってこの竜龍にいるからな」
「え……？」
　憐斗くんはフッと笑って、ソファに深く腰掛ける。
「あるヤツは親から虐待を受けて家出してきたし、またあるヤツは学校でいじめられて、ここを居場所にしてる」

憐斗くんから紡がれる衝撃的な言葉に、思わず口をつぐむ。
「……幹部のみんなもいろんなこと抱えてるんだよ。葵は母親がモンスターペアレントで、耐えきれなくなってここに逃げ込んだし、真は義理の姉のせいで女性恐怖症になった。宗は中学のとき傷害事件の濡れ衣を着せられて、むしゃくしゃしてケンカしてるところを蓮さんに拾われた」
　淡々と語っていく憐斗くんに、私はつい尋ねていた。
「憐斗くん、は……？」
　私の言葉に憐斗くんはフッと微笑んだ。
「俺は、父親に虐待された」
　なんでもないことのようにそう言った憐斗くんに、なんだか切ない気持ちになる。
「そんな顔するな。今は新しい両親ができて虐待も無くなったし、ずっと奏がいてくれたからな」
　奏くん……？
　私が疑問に思っていると、表情でそれを察したのか、憐斗くんが「ああ」と口を開く。
「幼なじみなんだよ」
　え!?
「そうなの!?」
「ああ、小学生の時からのな」
　そうだったんだ……。
「奏はとくになにか抱えてるってわけじゃねぇけど、俺が竜龍入るって言ったら一緒に入った」

へえ……。
「なんで竜龍に入ったの？」
　他にも、暴走族なんてたくさんあるはずなのに……。
「蓮さんがいたからかな」
　お兄ちゃんが……？
「5人ともそうなんだよ。蓮さんに出会って、誘われた」
「あ、怪しいとか思わなかった？」
「まさか。きっとみんなが求めてた人なんだよ」
　みんなが求めてた人……。
「自分が辛い経験をしているからこそ、弱ってるヤツに優しくできる人で……。心のよりどころっていうのかな」
　そうだったんだ……。
「……今は？」
　お兄ちゃんがいなくなった今、みんなにとって竜龍はまだ心のよりどころになってるのかな？
「もちろん、蓮さんがいなくなったことはショックだ。でも、蓮さんのおかげでできた絆や仲間は変わらないからな。……新しい仲間もいるし」
　そう言った憐斗くんに優しく微笑みかけられて、胸がキュッと締めつけられる。
　──お兄ちゃん。
　お兄ちゃんの大好きだった場所が、今でもみんなの心のよりどころなんだって。
　きっと、お兄ちゃんにとってはこんなに嬉しいことないよね。

「悪いな、暗い話になった」
「ううん、みんなのこと知れて嬉しかった」
　ただの怖い人だと思ってた人たちにも、いろんな事情があるんだなってことがわかったし。
「……ありがとな」
「私こそ、この部屋に連れてきてくれてありがとう」
　なんだか秘密の隠れ家みたいだし、憐斗くんに認められた気がして少し嬉しい。
「いや……べつにいい。これからも自由に出入りしていいから」
「ほんと!?　ありがとう！」
　私がそう言って微笑むと、憐斗くんの頬が赤くなったように見えた。
　……みんな、いろんな事情を抱えてる。
　憐斗くんも葵くんも、真くんも宗くんも。怖いとしか思ってなかったカラフルな髪色をした人たちだってそう。
　竜龍は、そんなみんなの不安や怒り、あるいはどこにもぶつけようのない思いをすべて受け入れてくれる場所なんだ。
「話してくれて、ありがとう」
「……ああ」
　憐斗くんの言葉に微笑んで、なんだか心があたたまっているのを感じていた。

初めて見た暴走

「憐斗！　そろそろ！」
　部屋の外から葵くんの声がして、憐斗くんが立ち上がる。
「そうだな……行くか」
「うん！」
　私も立ち上がって憐斗くんのあとに着いていった。
「玲ちゃん！　どこにいたの？」
「どこって……憐斗くんの部屋に」
　——シーン……。
　え、なにこの沈黙。
「憐斗の……部屋？」
「うん、あの隠し部屋」
「へえ……早い……。あの部屋、信用した人しか入れないのに……」
　信用した人……。
　トクンっと心臓が一際大きく鳴る。
　そっか。
　憐斗くん、私のこと信用してくれてるんだ。
　信用されたってことは、私に気を許したっていう意味でもあるのかな？
　そう思ったら、すごく嬉しい。
　憐斗くんに、また少し近づけたような気がして……。
「ほんと。俺が入れた」
「もう信頼したんだ、あの憐斗が!!」
「まあ、蓮さんの妹だし」
　ずーん……。

嬉しくて膨らんでいた心が一気にしぼんでいく。
　そうよね、お兄ちゃんの妹だからだよね……。
「……ま、それだけじゃねぇけど」
「え？」
「いいから、行こうぜ。そろそろだろ？」
　なんか今、憐斗くんの顔赤くなってたような……？
「うん、行こう‼」
　葵くんがそう答えるやいなや、宗くんが思い出したように言う。
「憐斗、特攻服」
「あ、忘れてた。1分待って」
　憐斗くんはそう言って、駆け足で部屋に戻っていった。
　そういえばみんな特攻服だ……。
　自分の好みのものを選んでいるのか、葵くんは青、真くんは黒、宗くんは赤、奏くんは紫のものを着ていて、それぞれうしろに『竜龍』という文字が金色で刺繍されている。
　イケメンはなに着ても似合うなあ……。
　そんなふうに感心していると、部屋から憐斗くんが出てきた。
　か、カッコいい……。
　憐斗くんは真っ白な特攻服。
　もちろん背中にはみんなと同じように『竜龍』の文字が刻まれている。
　に、似合いすぎて、カッコよすぎて……。
　ついポカーンとしちゃった……。

「よし……じゃあ行こう」
「「「「おう！」」」」
　憐斗くんの言葉にみんながそう返し、全員で下におりた。
「総長！」
　ひとりの声でみんながざっと集まる。
「今夜も細心の注意を払え。あと、知ってると思うが蓮さんの妹も一緒だ。しっかり守れ」
「「「はいっ!!」」」
　憐斗くんの言葉にみんながピシッと返事を返す。
　わあ……カッコいい……。
「じゃあね、玲ちゃん！」
　そう言った葵くんたちは、バイク置き場のほうに行ってしまった。
「お前はこっちな」
　憐斗くんの方を見ると、運転手の忠さんがドアを開けて待っていた。
　相変わらず怖いなぁ……。
「ありがとうございます」
「いいえ」
　憐斗くんとふたりで車に乗り込む。
「忠、今回も頼んだな」
「はい」
　忠さんはそう言うと、運転席に乗り込んだ。
　バイクのエンジン音を聞いているうちに、少し緊張感が高まってきた。

暴走ってどんな感じなんだろう？
　やっぱり怖いかな？
　すると憐斗くんが私の心境を察したのか「安心しろ」と言って優しく微笑んでくれた。
　ドキドキと胸が高鳴る。
　憐斗くんの笑顔……すごく好き……。
　そんなことを思っていると「発進します」という声とともに……。
　──ギュギュギュギュ!!
　ものすごい音を立てて車を急発進させた忠さんに、私は思いっきり背中を打ちつけてしまった。
「大丈夫か？　もっとスピード出るけど……」
　ええ!?
「大丈夫……だと思う」
　心配をかけないようにそう答えてみたけど、内心は……これ以上スピード出たら気絶するかも!!とドキドキ。
　──キキ──!!
　またグルンッと目が回ってドアに打ちつけられる。
　な、なに!?
　どんな運転してるの!?
「ちょ、シートベルト締め……」
　──キキ──!!
　憐斗くんの声を遮ったタイヤの音。
　今度は……憐斗くんの方に倒れてしまった……!!!
　抱きとめられる格好になって、カアッと顔が熱くなる。

憐斗くんも心なしか顔が赤い気が……。
「ご、ごめん!!」
　慌ててパッと離れる。
「いや、いいけど……シートベルト締めたら？」
「し、締めてるの！」
　締めてるのに意味ないの……!!
「緩いんじゃねぇか？　貸してみ……」
　私に覆い被さるようにシートベルトを調整してくれる憐斗くん。
　私の顔は、またもやカアッと熱くなった。
「はい、これで……」
　至近距離でバチッと目が合う。
　途端にもっと顔が熱くなった。
「わ、悪い!!」
　我に返ったように、さっとどく憐斗くん。
　私の胸はまだドキドキとうるさい。
「な、なんか暑いね」
　顔が赤くなっているのをごまかそうとして、パタパタと手で扇いでいたら、憐斗くんが自分のほうの窓を開けた。
「外……見てみろよ」
　そうつぶやいた憐斗くんを見て、私も窓を開ける。
「わあ……!!」
　そこには……『怖い』なんて気持ちを忘れさせるくらい、美しい景色が広がっていた。
　たくさんのバイクのライトが、まるで星空の中にいるか

のように錯覚させる。
「すごい……」
　私がつぶやくと、憐斗くんはふっと微笑んだ。
「だろ？　俺はこの瞬間を見るのがすげえ好きなんだ……」
　優しい笑みにまたドキッとする。
　そして、ひとつの想いが溢れ出てきた。

　……私……憐斗くんが好き……。

　そう思ってからハッとする。
　そっか、好きなんだ……。
　憐斗くんを見てドキドキしたり胸がキューっとなるのは好きだからなんだ……。
　竜龍のみんなを優しく受けとめるその寛容さ。
　誰かを射抜くほど鋭いかと思えば、優しく微笑むその眼差し。
　憐斗くんのことをもっと知りたくて、もっと近づきたくて。
　この気持ちが恋なんだ。
　私はモヤモヤが取れたようにスッキリして、すがすがしい気持ちでもう一度窓の外を見た。
　すると。
「玲!!」
　声がして、急に私の窓のすぐ近くにバイクが現れた。
　赤い特攻服のおかげで、ヘルメットをしていてもすぐに

宗くんだと気づく。
「そ、宗くん!? 危ないよ!?」
　もう、車もバイクも走っているのに、接近ってレベルじゃないよ!?
「大丈夫だって！ それよりどうだ？ 初めて暴走を見て」
　笑いながら言う宗くん。
「すごく綺麗!! もう、怖いなんてまったく感じないよ!!」
　私がそう答えると、宗くんは嬉しそうに笑った。
「そうか!! よかった!!」
　そう言うと、今度は憐斗くんの窓の方に回る宗くん。
「憐斗！ そろそろ乗る？」
「そうだな、お前のに乗せろ」
「了解〜」
　憐斗くんがシートベルトを外したかと思うと……。
「嘘でしょ!?!?」
　走行中の車のドアをさっと開けて、宗くんが運転しているバイクの後部座席に乗り込んだ。
　そして、車のドアを閉める憐斗くん。
　まるでパフォーマンス……。
　宗くんは隣に来た奏くんのバイクの後部座席に乗り込んだ。
　憐斗くんはそれと同時に、宗くんが座っていた運転席にすばやく移動し、そのままバイクで走り続ける。
　カッコいい……思わず見惚れてしまった。
「玲！ すごいだろ！」

宗くんが自慢気に言う。
「うん!!　すごいよ!!」
　私が素直にそう言うと、宗くんはまた、嬉しそうに笑った。
　私はまた窓の外を眺める。
　綺麗……ほんとに……ただのライトなのに、星に見える。
　音がすごいけど、そんなの気にならない。
　前までは『暴走族なんて迷惑！』としか思ってなかったけど……見える景色がこんなに綺麗だったなんて。
「憐斗！　警察が来たから戻れ！」
「了解」
　また走行中の車のドアが『バタン！』と素早く開いて、並走するバイクの運転を宗くんと交替した憐斗くんがさっと乗り込んでくる。
　髪が少し乱れてて、それがまたカッコいい……。
「ふう……今日も最高だった」
「すごいね、憐斗くん！」
「あー……驚かせてごめんな」
「ううん！　カッコよかったよ!!」
　そう答えたら、憐斗くんが顔を赤くして片手で覆った。
「そりゃ……どうも」
　と、その瞬間『キキ———!!』と急カーブを曲がる車。
　またドアにぶつかってしまった。
「大丈夫か？」
「うん、まあ……」

すると、遠くから聞こえるパトカーの音。
　そこでまた、宗くんが憐斗くんの方のドアに急接近した。
「憐斗！　適当に撒いてくるな！」
「ああ、頼んだ」
　宗くんは憐斗くんの返事を聞くと、すごいスピードで去っていった。
「速……」
　私がつぶやくと「まあな」と憐斗くん。
「警察……大丈夫なの？」
　私がそう聞くと憐斗くんは「ああ、今適当に撒いてる」と言って窓の外を見た。
　『撒く』って……追手の目をくらますってことか。
「すごいね」
「いつもの手だよ。さあて、忠、参戦するか？」
「したいですね」
「いいぞ。あ、しっかりつかまっとけ。窓は閉めろよ？」
　私にそう言う憐斗くん。
　えーと……？
「行きますね」
　私はとりあえず窓を閉めた。
　──キキ──!!
　グラッと揺れる。
　な、なに!?
　バイクが車をよけていくのが見えた。
　しかもすごいスピードで!!!

まもなく、パトカーのけたたましいサイレンが聞こえる。
「だ、大丈夫なの？」
　私が聞くと「ま、見てな」と言って微笑む憐斗くん。
　――キキ――!!
　またタイヤの音がして『ガタン！』とドアに打ちつけられた。
　近くでサイレンが鳴り響く。
「え!?　ちょっとほんとに大丈夫なの!?」
　焦る私とは対照的に、余裕の表情をしている憐斗くんと忠さん。
「大丈夫だから焦るな」
　憐斗くんはそう言うと、外を眺めた。
　ほんとのほんとに大丈夫なのかな？
　すると……。
　――ブオ――ン!!!!
　今までで一番大きいタイヤの音とともに、車が急加速した。
「え!?」
　私が驚いている暇もなく、ものすごく揺れる車。
　『ギュイン!!』と音がして、カーブを曲がった。
　パトカーのサイレンは鳴り続けている。
　『ギュギュギュギュギュッ！』と音がして、またもや急カーブ！
　シートベルトをしているにもかかわらず、また憐斗くんの方に倒れてしまった……!!

「ごめん!!」
　慌てて退いて、バックミラーを覗き込む。
　――こんなに速く走ってたの!?
　景色が全然見えないくらいになってる……。
　やがてやっとパトカーの音が消えた。
「結構しぶとかったな」
「そうですね」
　す、すごすぎ……。
「さて、そろそろ戻るか」
「はい」
　今度はスピードダウンして、ゆっくり走り出した。
　いや、さっきのが速すぎたのかな？
「すごい……」
　思わず声に出してしまった。
「だろ？　忠のハンドルさばきは並みじゃねぇんだ」
　そうみたいね……。
　スピードダウンした今も、鼓動の速さは変わることがない。
　けどそりゃそうだよ。
　暴走してるみんなのキラキラした表情や、星空のようなライト。
　こんなの見て、気持ちが高ぶらないはずがない。
　みんなの本当の姿を見たような、そんな気がして。
　お兄ちゃんの面影(おもかげ)を思い出してしまうけれど、そのさみしささえ取っ払ってくれる。

だけど、それだけじゃない。
　トクン、トクン、と規則正しく鳴り続ける心臓は、どこか心地よさを感じさせる。
　ちらりと憐斗くんを見ると、暴走する仲間を見て静かに微笑んでいた。
　……憐斗くんのことが好き。
　その気持ちに気づけたことが、胸が高鳴ってしまうなによりの原因だと思う。
　……好き。
　その気持ちを口に出して伝えたいけれど、今はもう少しだけ、憐斗くんのいろんな表情を見ていたいな。
　……いつか、この気持ちを伝えられる日が来ることを願って。
　私は自分の鼓動を感じながら、そんなふうに考えていた。

嫉妬

あの後は家まで送ってもらい、憐斗くんは『月曜日にまた学校で』と言って帰っていった。
　だけどふとしたときにいつでも憐斗くんのことを考えてしまって、なかなか眠れなかったりドキドキしたり。
　いつもは『月曜日なんて来なければいい』なんて思ってたのに、憐斗くんに会えると思ったら待ち遠しくてたまらなかった。
　──そして月曜日。
　私が登校すると、憐斗くんは既に登校していたようで、女子のきゃーきゃー言う声が廊下まで聞こえていた。
　それだけのことなのに……なんだか胸がチクっとする。
　しかも、憐斗くんは一番端のクラスなのに、それでも取り巻きの声が聞こえる!!
「憐斗くーん!!!」
　この言葉、何回聞いたことか……。
「相変わらずね〜……」
　美樹もそう言って『うんざり!』というふうに首を横にふる。
「ほんと……。みんな迷惑だろうね……」
　私がそう言うと、美樹がじっと見つめてきた。
「そういえばさ、前から聞こうと思ってたんだけど、あの人たちとどういう関係なの?」
　げ!!　そういえば話してなかった……。
　親友だし……隠し事はダメだよね。
「お昼に話すね、ちょっと長くなるし、ここじゃ話しにく

いから……」
　そう言うと「わかった」と言ってくれて、私たちは席に着いた。

　昼休み。
　美樹と屋上に行き、憐斗くんたちと仲良くなった経緯をすべて話した。
　案の定、目を見開いてポカンとしている美樹。
「暴……走族？」
「そう……」
「碓氷くんは総長？」
「……そう」
　美樹はへなへなと座り込んだ。
「す、すごいね、衝撃的……」
　だよね……。
　私が美樹だったら同じ反応すると思う。
「で、でも憐斗くんたちはいい人だよ。お兄ちゃんに誘われて暴走族に入って、お兄ちゃんがいなくなったあとも仲間を守ってるの」
「蓮くんの？　そうだったんだ……」
　少しだけほっとしたような美樹を見て、私も力が抜けた。
「ごめんね。ずっと言えなくて」
「いいよ、蓮くんの仲間っていうなら信頼できるし。玲が危ない目に遭ってないなら」
　そうだ、いつも美樹は私のことを心配してくれる。

古書店に行っちゃダメって言うのも、私を思ってのことなんだって、その優しい目を見たらすぐにわかる。
　だから、なんでも相談できちゃうんだ。
「あ、あのね。この際言うけど……」
「うん？」
　私の言葉に美樹が首をかしげる。
「……私ね、憐斗くんのことが好きなの」
　自分の気持ちを初めて口に出すことができて、なんだか心がスッキリした。
「そっか、碓氷くんが好きなんだ？」
「……うん」
「そっかぁ……。玲なら大丈夫だよ。こんな優しくてかわいい子、他に誰がいるっていうの？」
「そ、それは買いかぶりすぎだけど……」
「そんなことない！　まあとにかく、応援してるよ！」
「うん、ありがと！」
　そう言って微笑み合う。
　なんか、よかった……。
　もしかしたら美樹に憐斗くんたちのこと否定されるんじゃないかとか思ってたけど、いざ話してみたらちゃんと聞いてくれたし、憐斗くんへの恋心も応援してくれた。
　好きな人のことを認めてもらえるのって、こんなに嬉しいことなんだ。
「みんなには黙っとくね。私と玲の秘密!!」
「うん！　美樹、ありがと〜！」

「いいのいいの！」
　私たちは笑顔で屋上をあとにした。
　階段を下りていくと、廊下で憐斗くんを見かける。
　憐斗くんのまわりには女子がいっぱい。
　また胸がチクっと痛む。
　これって嫉妬……だよね。
「気にすることないよ、ね？」
　美樹がそう言ってくれたけど、心はどんよりとしたまま。
　嫉妬深いのかな？　私。
　もう勘弁してほしい……。
　そういえば、あのいじめっ子の人、これからどうするつもりなのかな……？
　私をいじめる、みたいなこと言ってた人……。
　ちょっと心配っていうか不安なんだよね……。
「玲一！」
　悶々と考えていると、うしろから声がかかって誠が私のもとに来た。
「あのさ、前に貸したCDあるだろ？　あれの最新アルバム持ってたよな？」
「うん、持ってるよ」
「それ、貸してくんない？」
「いいよ〜、明日持ってくるね！」
　私がそう言うと誠は「ありがとな」と言って去っていった。
　なにげなく憐斗くんの方を見ると、憐斗くんは私の方を

見ていた。
　一瞬ドキッとしたけれど、ひとりの女子が憐斗くんにずいっと近づいていくのを見て、胸の奥がぎゅっと鷲づかみされたように痛くなる。
　……イヤだ。
　憐斗くんが他の女の子に近づかれたり、仲良くしているのは見たくない……。
　憐斗くんの恋人でもなんでもない私が、こんな独占欲を抱いてもしょうがないのに。
　私は鳴り続ける鼓動をなんとかおさめたくて、憐斗くんから顔を背けてしまった。

【憐斗side】
　あいつに顔を背けられた。
　なぜかすごいショックを感じて、唇を噛みしめる。
　さっき一ノ瀬としゃべっていたところを見て、なんだかモヤモヤして胸が締めつけられるような感覚に陥った。
　あんなに他のヤツに笑いかけないでほしい、あんなに楽しそうにしないでほしい……。
　そんなことを思う自分が不思議でたまらない。
「ねえ憐斗くーん！」
　うるさい……。
　こんなヤツらの相手をしに、ここに来てるんじゃない。
　あいつと……少しでも長く一緒にいたかったから。
　なぜかわからないけど、あいつを見ると落ち着かない。
　でも、その感覚はイヤじゃない。
　あいつを見てると、ほっとしたり焦ったり、いつもの自分のペースが完全に崩されていく。
「ねえ、憐斗くんってばぁ～」
　ひとりの女が俺にベタベタ触ってくる。
　うるさい、うるさすぎる。
　あいつにこんなところを見られたくない。
　……こう思っているのはたぶん俺だけじゃないと思う。
　葵や……特に宗なんかは絶対イヤだろう。
　宗はたぶんあいつに惚れてる。
　葵と……真も。
　女嫌いの真が、あいつにだけは心を許してる感じがする。

あいつは……どうなんだろうか。
俺はあいつを見て、また目をそらした。

【玲side】
　放課後。
　ロッカーを覗いてぎょっとした。
　赤〜い紙が入っている。
　怖……。なんか呪いみたい……。
　おそるおそる紙を開くと、中にはこう書いてあった。
『これ以上近づいたらただじゃおかない』
　ぞぞぞっと鳥肌がたつ。
『ただじゃおかない』って……。
　なにされちゃうのかな？
　怖いというより……不気味。
　紙をくしゃっと丸めて近くのゴミ箱にポイッと捨てる。
　はあ……。
『近づいたら』って、憐斗くんたち５人によね？
　でも、みんなも近づいてるじゃない！
　どうして私だけ？
　たしかに私も憐斗くんのことが好きだけど、その気持ちは美樹にしか言ってないし、美樹が他の人に言うはずもない。
　それに他の女の子たちみたいにわかりやすくはしゃいだりだってしてないのに。
　あの５人と友達で、仲がいいって言われたらその通りだと思うけど。
　みんなも憐斗くんのことが好きなら、騒ぐだけじゃなくて、ちゃんと仲良くなろうとすればいいのに……。

私はもう一度、はあっとため息をついて車の待つ方に向かった。

　翌日。
　靴箱を開けると、また赤い紙が。
　２日連続ってどうなの？　すごい精神的苦痛……。
　紙には『憐斗様に近づくな！』と、今回は憐斗くんを名指しした言葉が書いてある。
　やっぱり憐斗くんが一番人気なのかなぁ……。
　そのことにも胸が痛むけど、近づくなって書いてある紙をもう一度見てもっと胸が痛くなった。
　うーん……。
　どうするべきなのかな？　誰かに相談するべき？
　パパとかママには絶対ダメ。
　ただでさえ仕事で忙しいのに余計な心配かけさせたくないし、お兄ちゃんのことがあってから心配性に磨きがかかっちゃって、私がいじめられてるなんて知ったら卒倒しちゃいそうだし。
　やっぱりここは……。

「はぁぁぁああああ!?」
　案の定、叫ばれた。
「ふざけないでよ！　誰!?　こんなことしたの！」
　赤い手紙を見てわなわな震える美樹。
「っていうか完全な妬(ねた)みでしょ！　さいってー!!」

そう言ってグシャリと紙を握りつぶすと、はあ〜と長いため息をついた。
「玲は大丈夫？　怖くない？」
「うーん……怖いというよりは……不安？」
「そうよね」
　美樹はもう一度、はあっとため息をつく。
「碓氷くんたちにはどうする？」
「言えないよ……。でも、こんなことされたからって避けるのもイヤなんだ。あーどうしよう？」
「落ち着いて！　とりあえず授業始まるから、また話し合おう」
　私はまだ混乱したまま、席に着いた。

　２時間目は体育。
　種目はバスケで、結構得意な競技。
　いつもなら楽しいはずなのに……。
　いじめっ子グループからのマークがすごい。
　ピピー!!と笛が鳴って休憩に入る。
　私と美樹は額の汗をぬぐって応援席に移動。
　他の女子は、ダッシュで男子の方に向かった。
　そして……。
「きゃ————!!!」
　悲鳴の上がった方を見ると、真くんがゴールを決めていた。
　そして、パスを出した葵くんとハイタッチしてる。

そして、今度は誠がゴールを決めた。
「きゃ———!!!」
　誠たち３人を含めて、男子はほんとにうんざりしてる。私も結構うんざり……。
「はーい！　女子も準備して！」
　男子の試合が終わり、先生の声にみんなハッと我に返ってコートに入る。
　葵くんや真くんが見てるからか、みんな闘志満々で。
　ほ、炎が見える……。
　——ピー!!!
　試合開始のホイッスルが鳴った。
　——ダンダンダン……。
　私はドリブルしていって、美樹にパス。
　美樹が他の子にパスしたボールが、再び私に回ってきた。
　すると「調子に乗らないで」という声が聞こえて。
　——ギュウゥゥゥ……。
　いじめっ子集団のうちのひとりの女子が、足を踏みつけてきた。
　——グリグリグリグリ……、
　足をどけてパスすると、また踏みつけてくる。
　なんなの!?　結構痛いんだけど……！
　すると今度は、足を引っ掛けようとしてくる。
　がんばって避けてるけど、さっき踏まれた足がさらに痛くなってきた……。絶対腫れてる!!
「ちょっと！　あんた、さっきからわざとじゃないの!?

反則！」
　美樹と、いじめっ子以外のクラスメイトのみんなが口々に責める。
「なによ……」
　そう言って少し怖気づき、数歩下がるその子。
「先生！　彼女反則です！　聖堂さんの足を蹴ったり踏んだりしてました」
　ひとりの女子の声に、先生が鋭い目を向ける。
「本当ですか？　聖堂さん、大丈夫？」
　うーん……実は結構痛い。
　靴を脱いで、踏まれたところを見てみた。
「赤くなってる……。保健室行こっか。でも女子まだ試合中だし……保健係の男子誰だっけ？」
　そう言って心配してくれる美樹。
　すると、スッと誰かがこっちに来た。
「先生、僕が連れていきますね！」
　にっこり笑う葵くんに、先生までやられた様子。
「じゃ、じゃあ……頼んだわね。みんなは試合を再開して！」
　先生の声にみんなが試合を再開し、私は葵くんに連れられて保健室に向かう。
「玲ちゃん……大丈夫？」
　葵くんが心配そうに聞いてくる。
「うん、大丈夫だよ。ありがとう」
　痛いけど、歩けないほどではない。
「僕、水飲みに行ってたからよく見てなくて。真も外に涼

みに行ってるし、気づかなくてごめんね……」
　葵くんが申し訳なさそうな表情を向ける。
「い、いいの！　全然大丈夫だし、気づかなくて当たり前！」
「うん……でも……」
　そこで保健室に到着。
「大丈夫だよっ、湿布貼っておけば治ると思うし」
　そう言いながらドアを開ける。
　──ガラガラ……。
　……中はまさかの無人。
　ホワイトボードに書いてある伝言を見ると、先生は職員室に行っているみたい。
「……誰もいない、か。とりあえず座って？　僕が手当てする」
「あ……うん、ありがとう」
「いいえ」
　私は椅子に座って治療台に足を乗せた。
「わあ……腫れてるね……」
　葵くんは私の足を見てそう言うと、救急箱の中を探って湿布を取り出した。
　それから器用に湿布を貼り、上からテープで固定してくれる。
「よし、できた。どう？　痛む？」
　湿布を貼り終えた葵くんが、心配そうに聞いてくれる。
「大丈夫だよ、ありがとう。あとごめんね？　ついてきてもらっちゃって」

「いいよ、僕が勝手に来ただけだし。それに……他のヤツに連れていかれるの、見たくなかったし」
「え？」
　聞き返してみたけど、葵くんはなにも言わずに微笑んで立ち上がった。
「行こうか。歩ける？」
「……うん、大丈夫。ほんとにありがとう」
「いいえ」
　そう言ってふたりで並んで歩く。
「それにしても……あの女の子たち、どうして玲ちゃんにこんなことしたのかな？」
　そう言って首をかしげる葵くん。
　……な、なんて言ったらいいんだろ……。
『みんなと仲がいいことに対しての嫉妬！』だなんて……言えない。
「まあ玲ちゃんに妬いてるんだろうね……」
「え？」
　嘘、バレてる？
　葵くん、周りのことよく見てるもんね……。
　でも、みんなのこと簡単に巻き込むわけにはいかないよ。
　私が言葉に詰まっていると、葵くんは控えめに笑った。
「玲ちゃん、なにかあったら言ってよ？　じゃなかったら怒るからね？　僕じゃなくてもいいから、真にでも憐斗にでも言ってよ？」
「……うん」

私はそう返事をするのが精一杯だった。

　あのあと、体育は見学してやり過ごした。
　だけど、昼休みに入ると。
「聖堂さん、ちょっといいかなあ？」
　声がする方を見ると、いじめっ子たちが腕を組みながらこっちを見ている。
「……わかった……」
　たぶん、っていうか絶対、今日の葵くんとのことだ。
　重い足取りでドアの方に向かう。
　廊下には憐斗くんもいて、それを意識してか「聖堂さんっ！　ほら、早く来て！」と引きつった笑みで言ってきた。
「う、うん……」
　あ……声震えちゃった……。
　その子は廊下をズンズン進み、教室のそばを離れるやいなや、乱暴に私の腕をつかんで引っぱっていく。
　痛っ!!　痛いよ!!
　そんな心の声を聞いたように、ますます力を強める彼女。足も痛いのに……。
　前と同じ空き教室に連れてこられて、みんなが私を囲むように立つ。
　これ……完全ないじめじゃない……。
「……ねえ、前にあたしが言ったこと……忘れちゃった？」
　リーダー格と思われる女子がそう言って、私の髪を引っ

ぱる。
　あまりの痛みに、思わず顔を歪めた。
「葵くんにその足……手当てしてもらったわけ？」
　続けてそう言うと、私の足を踏みつけた。
「……!!」
　ぎゅっと唇を噛み、しゃがみこむ。
　そんな私の反応を見て機嫌がよくなったのか、ニヤリと微笑むリーダー格。
「今日はこれで勘弁してあげるけど……次はもっと痛いことしてあげる。わかったわね!?」
　そう言って仲間を引き連れ、去っていった。
　私は髪を整え直して、足の様子を確かめる。
　大丈夫……かな？
　少し足を動かしてみる。
　……大丈夫、立てるし歩ける。
　私はフラフラと立ち上がって教室に戻った。

いじめ

どうしよう。憐斗くんたちに相談しようかな……。
 いじめられないようにみんなを避けようと思っても、そのほうが困惑させちゃいそうだし……。
 葵くんにも『頼って』って言ってもらったし……。
 あ、そういえば今日は金曜日だ!!
 今日、たまり場で打ち明けてみよう……。
 私はそう決意して足を庇うようにして席に着いた。

 放課後、憐斗くんと合流して車に乗り、古書店でまた伯父さんと少し話して本を購入してから、たまり場へと向かった。
 憐斗くん以外のメンバーは、先に行っているらしい。
 階段を上がってドアを開けると、やっぱりほっとする空間。
「あ、玲ちゃん。おかえり〜」
「た、ただいま？」
「ははっ、疑問形になってる。紅茶飲む？」
「あ、うん！　ありがとう！」
 そう返事をしてソファに座ると鞄を置く。
「はい、どうぞ。今日はダージリンだよ」
「ありがとう」
 私は紅茶を受け取って一口飲む。
「おいし〜」
「よかった」
 葵くんはにこっと微笑んだ。

その表情を見て、今日『頼って』と言われたことを思い出す。
　いじめのこと、言わなきゃ……ね。
「あの……！」
　そう言って立ち上がり、一歩踏み出そうとした時、足にズキリと鈍い痛みが襲う。
　せ、せっかく決心して話そうと思ったのにっ……。
「玲ちゃん……？」
　葵くんがそんな私を不思議そうに見てから、ハッとした表情をする。
「……もしかして、足痛むの？」
「足？」
　葵くんの言葉に宗くんがそう言ってゲームから顔を上げる。
　これは……言うチャンスよね。
「……うん……実は……」
　葵くんたちにすべて話すと、みんな目をギラギラさせた。
「はあ!?　そいつ……ぶっ飛ばしてやる！」
　葵くんが恐ろしいことを言ったと思ったら……。
「だな！　ぶっ飛ばしてやれ！」
　みんなが便乗!!
「まあ……ぶっ飛ばしてやりたいけど……。そこまでやったらいろいろややこしいから、玲がこれ以上いじめられないようにするのが一番だと思う」
　と、葵くん。

さすが……。
　冷静でかつ説得力があるし、一番いい方法だと思う。
「たしかにそうだよな……。俺らが手ェ出したらたぶんヒートアップするだろうし。ごめんな、俺らのせいで……」
　宗くんがそう言い、みんなが申し訳なさそうに私を見る。
「ううん……。はあ〜！　話せてスッキリした！」
「ごめんね、気づかなくて」
「ううん！　私も隠してたようなものだし……」
　葵くんに慌ててそう言って少し微笑む。
　みんな少し表情を和らげ、それから考え込むように腕を組んだ。
「とりあえず……呼び出しとかされても無視しろ。無理だったら、こっそり俺らがついてくから連絡して」
　憐斗くんがそう言って私を見る。
「うん、ありがとう。そうする」
　私はそう答えて紅茶を一口。
「にしても……今日、あの気持ち悪いやつらと一緒に行った時か？　すげぇ猫なで声だったけど」
　憐斗くんがそう言って、心底イヤそうに顔をしかめる。
「……うん、そうなの」
　言い方はともかく、あの人たちにいじめられていることに変わりはない……。
「あいつら、いっつもつきまとってくるんだよ。なあ？」
　憐斗くんの言葉にみんな頷く。
「あの、いじめっ子って噂の子たちでしょ？　他の女子よ

り断然しつこいんだよね……」
　葵くんもそう言って首を横に振る。
「まあとにかく、絶対ひとりで行ったりするなよ？」
　憐斗くんの言葉に頷いて、またひと口、紅茶を飲んだ。

　その一週間後。
「っ！　きゃ────！！！！」
　私はロッカーで悲鳴をあげた。
「どうした!?」
　ちょうど同じタイミングで登校してきた憐斗くんと宗くんが、私の悲鳴を聞いて駆けつける。
「こ、こ、こ、これ……」
　私が取り出そうとして落とした靴を見て、絶句するふたり。
　今日ロッカーに入っていたのは手紙ではなく、なんと虫の死骸……。しかも大量の……。
　見ているだけで、今にも気絶しそうになる。
「大丈夫だ、大丈夫だから……」
　憐斗くんはそう言って私をグイッと引っぱって虫から遠ざけ、背中を優しくさすってくれる。
「にしてもすごいな……」
　宗くんがポツリとつぶやく。
「許さねぇ……」
　宗くんはそう言うと拳(こぶし)を握りしめた。
　他の生徒も私たちを見て固まってる……。

そりゃそうよね……。
　ロッカーの中には大量の虫の死骸。
　私は憐斗くんに背中をさすられていて、宗くんは怒りを露わにしているし……。
「ふたりとも……ごめんね、取り乱しちゃって……もう大丈夫」
「無理すんな。今日は土曜日だし、放課後すぐに教室まで迎えに行くから、待ってろ」
　憐斗くんのその言葉に、私はゆっくりと頷いた。

　放課後。
　美樹に事情を話して休み時間は一緒にいてもらったこともあり、あれからはなにもなく、普通に過ごせた。
　まあすごくビクビクしてたけど……。
　そんなことを思いながら廊下で鞄を持って憐斗くんを待っていると、グッと腕を引っぱられた。
「な、なに!?」
　振り返るとやっぱりあのいじめっ子たち。
「ちょっと来なさいよ」
　そう言ってグイグイ引っぱられる。
　何人もいるから逃げられないし、口はふさがれて声が出せない。
　連れてこられたのはやっぱり空き教室で、乱暴に手を離された。
　その衝撃で床に倒れこむ。

「憐斗くんたちに言ったんでしょ？　それで守ってなんかもらっちゃって……！」
　そう言って髪を引っぱられた。
「い、痛い!!」
　思わず声をあげる。
「あーらごめんなさーい？　痛かった？」
　そう言うともっと強く引っぱる。
「あー足りないなぁ、もっといじめたい」
　ど、ドSみたいな発言しないでよ!!
「いいわよ、来て」
　その言葉とともに教室に入ってきた３人の男子生徒。
「この子。どう？」
「いい、いい！　めっちゃかわいー」
　そう言って気持ち悪い目を向けてくる男子たち。
　う、嘘でしょ？
　こんな軽いノリの人たち、うちの学校にいたの……？
「じゃ、好きにやってよ。私らは外で見張っとくからさ」
　え……。
「サンキューお嬢さんっ！　じゃ、この子好きにするぜ？」
「ええ、どうぞ？」
　いじめっ子たちはニヤニヤしながら廊下に出た。
　──ガチャ。
「嘘……」
　ドアが閉まったのと同時に、体が震え出す。
　どうしよ……鍵までかけられた……。

窓から下りて逃げようと思っても、ここ５階だからたぶん死んじゃうし……。
「じゃあ〜、楽しいこと、しよっか」
　声がかかってハッと振り返る。
　い……いらない、いらない、いらない!!
「え、遠慮しときます」
「そんなこと言わずにさぁ〜ほら、来いよ」
　グッと腕を引っぱられてそれを振り払うと、バランスを崩して再び床に倒れこんでしまった。
「やめて、ください……！」
「お上品〜、さすが皇峯」
　そう言ってまた近づいてくる。
　やめて、やめて、やめて……!!
　髪を触られてビクッとする。触らないで!!
　パシっと払おうとするとその手をつかまれる。
　キモチワルイ……。
「素直になれよぉ〜」
　そう言うと急にジャケットを脱がされる。
「やっやだ!!」
　ジャケットを放られ、リボンを取られる。
「やめて！　やめてよ!!」
　必死で抵抗するけど男の力に敵うはずなく、ブラウスのボタンに手をかけられた。
「や、やめてっ!!!!」
　私の声と同時にバアンっ!!と扉が開いた。

「れ、憐斗くん……」
　そこにいたのは、鋭い眼光を放ちながら相手を睨みつける憐斗くんだった。
「……てめぇら……なにやってる」
　いつもより数段低い憐斗くんの声に、男の人たちはビクッと反応した。
　さあーっと顔が青ざめている。
「お、俺らは外にいるヤツらに街中で声かけられて、連れてこられただけで……この学校とはなんの関係も……」
「……なにやってんのかって聞いてんだよ‼」
　そう言うと、私のブラウスのボタンに手をかけていた男の人を思いっきり殴った。
　ドカッ、バキッ……とすごい音。
　思わずぎゅっと目をつむる。
　憐斗くんは男子たちを殴りつけ、全員倒れ込んで気を失っているのを確認して私の方にゆっくり歩み寄ってくる。
「憐……斗、くん……」
　ぶわっと涙が溢れた。
　すかさず憐斗くんがスッと抱きしめる。
「怖かったぁ……」
　そう言うと憐斗くんは抱きしめる力を強めた。
「……もう大丈夫だからな。怖かったな……」
　憐斗くんがそう言って、私はしゃくりあげながら懸命に言葉を繋げた。

「助けてくれ、て……あり、がとう……」
「いや……ごめん。先生に呼び止められて、来るの遅くなった。女子集団に連れていかれるところが見えたから、なんとか間に合ったけど……」
　そう言うと憐斗くんは私の頭をポンポンと優しくなでた。
　さっきまで不安と恐怖でいっぱいだった心が、憐斗くんの腕に包まれているだけですごく安心感が生まれる。
　トク、トク、と規則正しく刻まれる鼓動は憐斗くんに聞こえてしまっているのかな？
　……もし聞こえてしまっていたとしても、今はそれでもいいと思ってしまう。
　この鼓動と安心感が、私の涙を乾かしてくれるから。
　そうして私が泣き止むと憐斗くんは私にジャケットを被せてまた目を鋭くした。
「おい、出てきやがれ」
　低い声でそう言ってドアの方を見る。
　そこには青ざめたいじめっ子たちがいた。
「てめぇら……なにしたかわかってんだろうな？」
　そう言って睨みつける憐斗くん。
　女の子たちは声も出ない。
「……なんとか言えよ、なにしたかわかってんのか!!　それに、この男どもはどうやって学校に連れ込んだ!?」
　倒れ込んだままの男子たちを見下ろしながらそう言う憐斗くんの声にみんなビクッと肩をすくめる。

「だって……そいつが、遠慮なく憐斗くんたちに近づくから……その……弟の制服のスペアを着せて……」
　いじめっ子のリーダーがそう言って体を縮こませる。
　その言葉にもっと鋭くなった憐斗くんの目。
「てめぇらなに言ってんだ？　こいつが近づいたんじゃねぇ。俺らが自分たちの意思で近づいてんだ！」
「わ、わかってる！　でも、やけに特別扱いされてるから……そいつが媚売ったんじゃないの……？」
　そう言って私を睨みつけるリーダー格。
「頭おかしいんじゃねえか？　媚売った？　……ふざけんなよ、媚売ってんのはてめぇらだろうが！」
　憐斗くんがそう吐き捨てると、いじめっ子はもっと青ざめた。
「……こいつは俺の大事なヤツだ。俺らの尊敬してる人の妹でもある。そんなこいつに手ェ出して……タダですむと思うなよ？」
　憐斗くんはそう言うといじめっ子たちを睨みつけ、私の手を引いて教室を出た。
　私はこんなときなのに、また『大事なヤツ』と言ってもらえたことに胸がキュンとする。
　大事、か……。
　お兄ちゃんの妹っていう意味で言われたのかもしれないけど、それでも憐斗くんの口からその言葉が紡がれると素直に嬉しい。
「……今日はやめとくか？」

たまり場に行くか、ってことだよね……。
「ううん……行きたい。でも古書店に行くのはやめておく」
　憐斗くんは黙って頷いた。
　こんな時だからこそ、行きたい。
　みんなに会って安心したい……。

　私と憐斗くんは忠さんの運転する車に乗ってたまり場に向かった。
　たまり場に着くと、一瞬、みんなのことを怖く感じてしまった。
　『男の人』というだけでさっきの人たちのことを思い出してしまって、髪を触られたときの感触だったり、ニヤニヤと浮かべた笑みを思い出してしまって、自然と体が震えてきてしまう。
　思わず髪をぎゅっと握ると、それに気づいた憐斗くんがそっと私の髪に触れる。
「髪……触られたのか？」
　私が唇を噛んで頷くと険しい顔をした憐斗くん。
　そして私の髪をそっとなでる。
「……髪以外は触られてないか？」
　私はこくっと頷く。
　ジャケットを……脱がされたりとかはしたけど、体に触れられる前に憐斗くんが来てくれたから……。
　憐斗くんはもう一度髪をなでると、私の手をぎゅっと握った。

「もう大丈夫だからな」
　憐斗くんはさっきの険しい表情ではなく、優しい笑みを浮かべて私を見た。
　その表情を見て鼓動が高鳴る。
　ドキドキしすぎて息ができない。
「あり……がとう……」
　私がそう言うと憐斗くんはまた微笑んで、私の手を握ったまま階段をのぼっていった。
「おっそーい!!　なにしてたの!?」
　部屋に入ると葵くんが憐斗くんを見て頬を膨らませながら言う。
「玲のこと……助けてた」
　憐斗くんのそのひとことに、その場の空気が一変した。
「なに……されてたの？」
　葵くんがおそるおそる聞く。
「……襲われてた」
　憐斗くんがそう言った瞬間、葵くんと奏くんは目を見開き、真くんは本を落とし、宗くんはコントローラーを落とした。
「なん……だって……？」
　葵くんが聞き返す。
「……あの女子どもが校外のヤツ呼んで……こいつを襲わせてた」
　憐斗くんの、静かな……でも怒りに満ちた声が、しんとした部屋に響いた。

紹介

——シーン……。
「幸い、未遂ですんだけど……」
　その言葉にみんなほっと息を吐く。
　でも顔は険しいまま。
　張り詰めた空気の中、誰もひとこともしゃべらない。
　すると突然宗くんが立ち上がって、ドカッと壁を殴った。
「許さねぇ……」
　低い声にビクッとする。
「宗……怒る気持ちはわかるけど、玲が怯えてるよ」
　奏くんが静かに言う。
「……すまねぇ」
　宗くんはそう言うとソファに座った。
「……校外のヤツが侵入できるもんか？」
　葵くんが聞く。
「女どもの弟の制服を着せて忍び込ませたらしい」
　憐斗くんはそう言って首をコキコキ鳴らした。
「一応、男どもはシメといたけど」
「生ぬりぃ……。憐斗の殴りだけですませてたまるか！」
　宗くんはそう言って、怒りに満ちた目をしている。
「……俺もそいつシメる……」
　真くんまでそう言って手をボキボキ鳴らす。
「仕返しはしよう。でも玲もいるし、今はその話はやめだ」
　奏くんがそう言ったのでみんな口をつぐんだ。
「……ハーブティーでも淹れようかな」
　葵くんはそう言って立ち上がる。

「玲、新しいゲーム買ったけどやるか?」
「……俺もいい本持ってる」
　みんな、気を使ってくれてるんだな……。
「ありがとう」
　そう言って笑いかけたけど、やっぱりまだ完全には吹っ切れない。それでも今日は、みんなの優しさに甘えることにした。

　月曜日。
「玲、今日どうかしたの?」
「え……?」
　朝の喧騒がある中で美樹にそう言われ、うつむいていた顔を上げる。
「顔色悪いよ?　体調でも悪い?」
　美樹の優しい声と瞳になんだかすべてを話したくなった。
「うん……。　ちょっと場所変えてもいい?」
　そうして私が途切れ途切れに土曜日のことを話すと、美樹は真っ青になった。
「れ……い……」
　そう言うと抱きついてきた美樹。
「ごめん……ごめんね、私がもっと、注意してれば」
　目に涙をためて言う美樹に、胸が熱くなった。
「美樹のせいじゃないよ。ごめんね、心配かけて」
　美樹は私の言葉にぽろぽろと涙を流した。

「ほんとに……怖かったよね？　玲こそ泣いて？」
　私は泣くかわりに微笑んだ。
「憐斗くんの胸で泣いて、涙なくなっちゃった」
　美樹は笑ってもう一度そっと私を抱きしめた。
「よかった……」
　美樹は何度もそう言った。
　しばらくして泣き止むと……。
「……ありえないんだけど」
　聞いたことのないくらい低い声でそう言った美樹に、
私までびくりと肩を揺らしてしまう。
「玲、パパにチクリなよ。どっちにしろ退学だよ」
「……うん……」
　パパにチクるのか……。
「たぶん、あいつら相当こらしめられるね。玲のパパ、玲
を溺愛してるんでしょ？」
「ま、まあね……」
　うちのパパは私とママのことになると容赦しない。
　ママも同様、私のことになると鬼になる。
　ほんとに親バカっていうか……。
「言いなよ……っていうか私が言う！　玲、今日お父さん
とお母さん家にいるんでしょ？　行くから!!」
　え……。
　パパの海外出張が終わって、ふたりともしばらく家にい
ることが多いって言ってたけど……。
「で、でも、確認してみないと……」

私が煮えきらない返事をすると、美樹はスマホを執り出した。
「あーもう、わかった！　私が確認してみるから！　……もしもし、こんにちは。玲さんの友人の佐藤美樹です。……ええ、お久しぶりです。あの、今日って——」
　美樹の受け答えを聞いている限り、やっぱり両親は家にいるらしい……。
「——はい、ではまた、のちほど。失礼します」
　私は満足気に微笑む美樹になにも言えず……。
　今日美樹が家に来ることが決まった。

「わー、なんか玲の家久しぶり！」
　放課後、宣言どおりうちに来た美樹が、家の中をキョロキョロと見回す。
「あの……パパはどこに……？」
　私がおそるおそる聞くと、執事はにこっと笑って「書斎に奥様とおいでです」と言った。
「ちょうどいいじゃない！　ふたりで一緒にいるんだ！　玲、書斎行こ!!」
　そう言ってスタスタ歩いていく。
「うん……」
　私もしぶしぶ返事をして美樹の後を追った。
　美樹は屋敷の中を知り尽くしている。
　なんて言ったって小学校からの付き合いだしね。
　書斎についてコンコン、とノック。

「玲と美樹です！ 入っていいですか？」
「美樹ちゃん？ どうぞ！」
　ママの弾んだ声。
　部屋に入るとママとパパが満面の笑みでソファに座っていた。
「美樹ちゃん、久しぶりね」
「はい、お久しぶりです！ あの、急に押しかけてすみません、大事な話がありまして……」
「いいよ。大事な話ってなんだい？」
　50代には見えないパパが聞く。
　娘の私が言うのもなんだけど、パパはすごいイケメンでママはすごい美人。
　私はなぜその遺伝子を継いでいないのか……。
　お兄ちゃんは継いでたのに。
「すごく……深刻な話です」
　美樹の言葉にパパたちが真剣な表情になった。
「話してちょうだい、美樹ちゃん」
　美樹はママにこくりと頷き、いじめっ子たちがロッカーに不気味な手紙や虫の死骸を入れたこと、そして校外の男子を使って私を襲わせたことまで、すべてを話した。
　話が終わるとママは真っ青になり、パパは怒りのあまりわなわな震えた。
「な、なんてことだ!! うちの大事な娘が……そんなひどいことをされていただと!?」
　ママもショックのあまり言葉が出ない様子。

「あの学校に入れたのは……寄付をしているのは玲を守るためだ！ なのにひどい暴行まで!! ふざけるな！」
　ママが「落ち着いて」と言ってため息。
「……玲、辛かったわね……。気づかなくてごめんね？ 母親失格だわ……」
　ママはそう言ってうつむいた。
「ママのせいじゃないよ!! そんなふうに思わないで？ 私もっと辛くなるよ……」
　そう言った私をパパが見る。
「ごめんな……。怖い思いしたな、玲……。でももう大丈夫だからな」
　パパは髪をかきあげた。
　カッコいい……じゃなくて！
「その子たちを更生させるように、先生にかけあおう」
「うん……」
　私はそう言ってパパの瞳をまっすぐ見つめた。
　私はドラマや漫画に出てくるような、誰のことも寛容に許せる女の子じゃない。
　まだあの人たちを許せないし、許したくないっていうのが本音。
　だから、一度全部パパに任せてみるのが一番だと思う。
「学校は……寄付はどうしようか？」
　パパが私に聞く。
「寄付はしておいたほうがいいんじゃないかしら？ これからはよりいっそう、生徒に目を配るように伝えたうえで」

ママがそう言ったのでパパは頷いた。
「まあどっちにしろ、校長には会いに行く」
「わかりました。電話することにするわ。あなたも予定を空けておいてください」
　ママはそう言うと、目を伏せ、顔を上げたかと思えば急に目をキラキラさせた。
　ど、どうしたんだろう？
「それで、玲！　その助けてくれた男の子、うちに呼びなさい！」
　な、なにこの一瞬で変わった空気は……。
「そうだな！　ぜひとも礼を言いたい」
　パパまで……。
　でもパパは私をじっと見つめて言った。
「付き合ってはないだろうな？」
　怖っ！　怖いよ！
「つ、付き合ってはないよ！」
　美樹がニヤニヤしてこっちを見た。
「付き合っては、ね？」
「なに!?　そいつが好きなのか!?」
「そりゃ助けてもらったらドキドキするわよねぇ？」
「なにぃ!?」
　もう……知らない……。
「まあいいじゃない？　恋のひとつやふたつ、玲もしたいわよねぇ？」
　ママがそう言うとパパは少し考え込む。

「まあ……助けてくれたしな……」
　パパはそう言ったけど、次の瞬間「や、やっぱりダメだぁ!!」と叫んだ。
　……親バカだね、ほんと。

「玲のパパ、相変わらずね～」
　部屋を出て玄関(げんかん)に向かいながら美樹が言った。
「うん……。あ、美樹ありがとうね」
　そう言うと笑顔を見せる美樹。
「それにしても～」
　美樹がニヤッとして言う。なんかイヤな予感……。
「碓氷くんのこと紹介できるなんて嬉しいでしょ？　なんて紹介するのっ？」
　ほら～やっぱり～!!
「と、友達に決まってるでしょ!!」
　焦って言う私にますますニヤニヤする美樹。
「へぇ～。明日でしょ？　グッドラック！　じゃあまた明日ね～！」
　そう言った美樹は、迎えの車に乗って帰っていった。

　翌日。
　最後の授業の前の休み時間にパパとママがやってくると、やっぱり注目の的に。
「玲のご両親!?」
「パパさんカッコいいー!!」

「お母さんモデル!?」

わーわー言われている中、校長先生がパパ達にお辞儀しながらこっちに来た。

パパは厳しい顔で校長を見て私に視線を移す。

「玲、お前も一緒に校長室に来なさい。授業に出られないのは心苦しいが、できるだけ早く問題を解決しないと。あとで、美樹ちゃんにノートを写させてもらうようお願いするから。いいね？」

昔から美樹を信頼しているパパはそう言うと、頷いた私を見て微笑んだ。

そして再び鋭い視線を校長先生に向ける。

憐斗くんの時も思ったけど、イケメンが睨むと迫力あるなあ。

って、なに考えてるんだろう私……。

私はみんなの視線を感じながらパパたちのあとを追って校長室に行った。

校長室に入るとすぐに本題に入ったパパ。

「早速ですが、娘のいじめについてどういうことか説明してください」

はっきりと告げるパパにママも厳しい顔で先生を見る。

「その件については……本校の監督不行き届きです……。誠に申し訳ありません……」

校長先生はパパたちの視線を感じ、タジタジになって言う。

「この学校に寄付をしているのは、娘を守るためでもある

のですがね……」
「誠に、誠に申し訳ありません」
　校長先生は謝り続ける。
「娘の話を聞いて思ったのですが、おそらくその生徒さんがいじめたのは娘だけではないでしょう。かなり手馴れ(てな)ているご様子ですからね」
「さ、さようでございましたか……」
「なので、そういった生徒さんを更生させるプログラムを設けていただきたい。うちの寄付をそこにあてていただければ、我々も納得できます」
　パパがそう言って校長先生を見ると、先生はタジタジなまま、それでもしっかりと頷いた。
「……かしこまりました。おっしゃるとおりにいたします」
「ええ、そうしていただけると、こちらも寄付を続けようと思いますよ」
　その言葉に、先生がバッと顔を上げる。
「ただ、次になにかあったら取りやめますので。ではこれで失礼します」
　先生はもう一度深く頭を下げた。
　そして、私たちは校長室をあとにした。
「玲、今日は一緒に家に帰ろう。その前に、助けてくれた男の子にはぜひともお礼が言いたい」
　私にそう言うパパを見て、ママも微笑んで言う。
「そうよ、ちゃんとお礼がしたいわ。もうすぐ授業が終わる時間でしょ？　それを待って声をかけましょう」

そこで、タイミングよく授業終了のチャイムが鳴った。
「さ、行きましょう？」
「わ、わかった。帰りのホームルームが終わったら声をかけよう。憐斗くんは１組だよ。あっち」
　そう伝えると、ママとパパはスタスタと歩き始めた。
　ほどなくして、１組の前にたどりつく。
　ホームルームはすぐに終わったらしく、ドアが開いた。
「どの子、どの子？」
　ママが身を乗り出して私に聞く。
　私はそんなママを少しあきれたように見て憐斗くんを探した。
　いたっ！　相変わらず女子に囲まれてる……。
　胸がズキっと痛む。
　そんな私の気持ちには誰も気づくはずなく、先生が憐斗くんを呼んだ。
「きゃー！　イケメンじゃない！」
　ママが私に囁く。
　憐斗くんは先生に呼ばれてこっちに来て、私たちを見て少し驚いた表情をする。
「君が……憐斗くんだね？」
　パパの言葉に憐斗くんは頷いた。
「急にすまないが、今日このあと、うちに来てくれないかい？　ぜひとも礼が言いたいんだ」
「いえ、礼になんて及びませんよ」
　憐斗くんはそう言ったけど半ば強引にパパが連れてい

き、そのまま車に乗せられ、家に着いた。
「おかえりなさいませ」
　家に入ると執事が迎えてくれる。
「ああ。憐斗くんも一緒だ」
　そう言うと執事は憐斗くんの方を見た。
「このたびはお嬢様をお助けくださり、ありがとうございました。どうぞこちらへ」
「あ、はい……」
　憐斗くんはそう返事をして、私たちは揃って応接間に来てソファに腰をおろした。
「お前の家、城みてぇだな」
　私が隣に座ると耳打ちしてくる憐斗くん。
　それだけのことで心臓がドキドキ。
「そ、そう？　それより無理やり連れて来ちゃってごめんね？」
「いや……。両親揃っていい人だな」
　憐斗くんはそう言って優しく笑った。
　ドキッと心臓が高鳴る。
　ドキドキドキドキ……。
　——ゴホンッ！
　パパの咳払いでハッと我に返る。
　完全に自分の世界に引き込まれてた……。
　パパは柔(やわ)らかい表情で憐斗くんに向き直る。
「あらためて憐斗くん。娘を救ってくれてありがとう。本当に感謝しているよ」

「いえ……」
　ママも優しく微笑む。
「本当にありがとう。お礼させてほしいのだけど、なにか希望はある？」
「礼だなんて、そんな」
　そう言う憐斗くんにパパがうんうん、と頷く。
「まあ、急に言われてもって感じだろう。今日はお茶を楽しんでいってくれ」
「ありがとうございます」
　そこからは楽しくおしゃべり。
　パパは憐斗くんとすっかり意気投合したみたいで、経済の話なんかをして盛り上がっている。
「いや〜、君は本当にしっかりしたいい子だなぁ」
「いえいえ、そんなことないですよ」
「君になら玲を安心して任せられるよ」
「ちょ、パパ‼」
　な、なんてこと言うのよ‼
　すると不意に憐斗くんが真剣な表情をし、カチャ……とティーカップを置く。
「……あの、まだ言ってないことがあるんです」
「な、なんだい？」
　なにを言われるのか、緊張して待つパパ。
「……俺、蓮さんと知り合いです」
　ピタっとパパの動作が止まった。
「蓮……と？」

パパの言葉に憐斗くんがゆっくり頷く。
「そう……か。学校の先輩かい？　接点は……」
「……すみません、俺、暴走族の……竜龍の総長です」
　憐斗くんはそう言ってまっすぐパパを見た。
　言っ……ちゃった……。
　パパ……。
　ゆっくりパパを見ると口をパクパクさせてる。
　な、これってどういう反応なの？
　すると突然立ち上がったパパ。
　なにをするのかと思ったら……。
　──ガシっ！
　……え？
　パパは憐斗くんの手を握ってる。
　これは……どうなの？
「君なのか!!」
　驚愕のあまり、大声で叫ぶパパ。
　んん!?　憐斗くんも拍子抜けしてる。
「玲にも隠してたが……私は竜龍の元総長なんだよ」
　え、えぇぇぇぇぇ!?
「どういうこと!?」
　私の質問にはママが答えた。
「言ったとおりよ。パパ、元総長なの。伯父さんいるでしょ？　あの人も元総長で、2代を兄弟でやってたのよ」
「どうして言ってくれなかったの!?」
「そりゃ、日本を代表する財閥の人間だからな……兄さん

も私も、苗字や家のことは誰にも教えずに活動してたしな」
「でもどうして暴走族に!? パパと伯父さんっておぼっちゃまでしょ!?」
「うーん……ちょっとした反抗だな」
『ちょっとした』じゃないよ！ すごい大きな反抗!!
「まあ……蓮はその小さな反抗で命を落としたがな」
——シーン……。
「……憐斗くん、私は蓮と同じ理由で暴走族に入ったんだよ。プレッシャーに耐えられなくてね」
そう言って深くため息をつくパパ。
「実は、蓮が夜に出歩いていることには気づいていたんだよ。なにか、外で発散しなければならないようなストレスがあるなら教えてくれと説得した。それで、私と同じようにプレッシャーを抱えていることを知った。私は、御曹司という立場に心を苦しめられているなら、会社を継ぎたいと思える日がくるまで、やりたいことをやればいいと伝えた」
ゆっくりと、また静かに語り出したパパ。
そうだったんだ……。
じゃあ、もしかして知ってたのかな？
お兄ちゃんが暴走族に入ったこと……。
「でも、あいつは今までどおり、会社を継ぐ準備を進めたいと言いきった。学校とは別のところで大切な友達ができて、彼らとの付き合いを続けたいし、でも将来のこともちゃんと考えていると。その友達のことについては、どんなに

待っても口を割らなかったが……。蓮が自分で言いたくなる日がくるまで待とうと、そう思っていた矢先に……抗争で亡くなってしまったんだ。仲間を守ろうとする思いが災いして……」
　胸が締めつけられそうになるくらい悲しそうな声。
　それでも次の瞬間、憐斗くんをまっすぐな目で見た。
「憐斗くん、君は賢いから私の言っていることがわかるだろう？　暴走族の総長という立場を、絶対に甘く見ないでほしい。正義感の強い君だからこそ、玲のことを守ってくれたんだと思うが……」
　憐斗くんはパパの言葉にゆっくりと頷く。
「……肝に銘じます」
「うむ。……少し引き止めすぎたようだね」
　パパが時計を見ながら言う。
「そうですね……。もっと話したかったです」
　憐斗くんも時計を見て立ち上がった。
「またぜひ来てくれ」
「はい」
「あ、車で送らせようか？」
「いえ、こっちで呼びました」
「そうかい、じゃあまた来てくれ！」
　そう話しながら、玄関まで見送りに向かう。
「お茶、ごちそうさまでした。ありがとうございました」
　憐斗くんはチラッと私に目を向けて微笑み、帰っていった。

「いい子だなぁ、ほんとにいい子だ」
「そうねぇ。あの子なら玲の恋人でもいいんじゃないの？」
　え、えぇ!?
「そうだなぁ……」
　勝手に話進めちゃって！
　だいたい、憐斗くんは私のことそんなふうに見てないよ!!
　ぎゅうっと胸が痛くなった。
　そうだよ……。
　恋愛対象になんか……。
　パパとママが盛り上がる中、私はずーん……と沈んでいた。

風邪(かぜ)と看病と……

いじめ問題から少し経ち、今ではすっかりいつも通りの日常。

結局あの子たちは先生たちにこってりと絞られたあと、反省文を書かされたり、スクールカウンセリングを受けたりと、学校側もそれなりの対応策をとってくれているらしい。

そんな日々の中、私は今日もたまり場に向かう。

けど……。

「れーんとっ！」

憐斗くんはイヤそうな顔をして声の主、美紅ちゃんを見る。

「なんだよ」
「相変わらずつめたーい。まあ、そこがいいんだけどねっ」
「わけわかんねぇこと言うな」

憐斗くんが美紅ちゃんと話すたびに胸がチクっと痛む。

パパから、憐斗くん同伴の迎えがあればたまり場に行っていいという許可が出て、最近は金曜日以外の日もたまり場に行っている。

そして、なぜか美紅ちゃんも。

美紅ちゃんがいるのはべつに全然いいんだけど、美紅ちゃんの私に対する刺すような視線が痛い。

「……玲」

そう言って声をかけてくれたのは真くん。

「この本……読みたかったんだろ？」

そう言って差し出したのは、すごくレアな外国の本!!

ファンタジーもので、文章もさることながら表紙もすっごく綺麗で、ずっと読みたかったんだよね!
「わあ!　真くんありがとう!!!」
　私は真くんに微笑みかけた。
　途端に顔を赤くして背ける真くん。
「べつに……」
　ほんと、クールだなあ。
「真くんもなにか貸してほしい本ある?」
　真くんは「んー……」と考えて「玲がはじめてここ来た時読んでたあの本」と答えた。
　あ〜、あのファンタジーね!
「了解!　明日にでも持ってくるね!」
「……ありがと」
　——私は、こっちをじっと見ている憐斗くんには気づかなかった。

【憐斗side】

　イライラする。その理由は……。

「わあ！　真くんありがとう！」

　真に微笑みかけてるあいつ。

　真のやつ、なに顔赤くしてんだ。

「真くんもなにか貸してほしい本ある？」

　真くん、真くん、真くん。

　綺麗な高い声で呼ばれるのはその名前ばかり。

　あいつが他のヤツの名前を呼んでるのが……なんか、すげぇイヤだ。

「ねえ憐斗ってばぁ〜」

　そう言ってすり寄ってくる、葵の幼なじみの美紅。

　面倒だな……。

　ただでさえイラついてるってのに……。

「……またあの子？」

「……関係ないだろ」

　俺はフッと顔をそらした。

　これ以上見ていたくない。

「ねえ憐斗ぉ〜」

　あと、こいつとも一緒にいたくない。

　ベタベタベタベタ……。

　彼女かなにかと勘違いしてるんじゃないのか。

　こういうのが一番面倒なタイプだ。

　俺は美紅から離れて宗に声をかける。

「宗、対戦しないか？」

「お、いいぜー!! 玲! 玲もやるか?」
 玲……宗がそう呼ぶのにも反応してしまう。
 べつに俺もそう呼ぶし、他のヤツらだってはじめからそう呼んでいたのに。
 なぜか最近は、そんな小さなところが気になって仕方がない。
「あーうん! する!」
 玲はそう言うと、笑顔で俺の隣に座った。
 それだけでバクバク心臓が鳴って落ち着かない。
 すると案の定……。
「私もするぅ〜!」
「……」
 俺と玲の間に割って入るように座った美紅。
「やり方教えてぇ?」
 彼女ヅラに加えてお嬢様ヅラまでしやがって。
「あ、これは……」
「玲ちゃんは黙ってて。私は憐斗に教えてもらいたいの」
 いったいなんなんだ?
 こいつの玲に対する敵意というか、完全無視は。
 せっかく玲が親切に教えようとしてるってのに。
「玲が教えようとしてくれてるんだから、玲に聞けよ」
「ええー? ならいいや、私は憐斗のこと応援しておこーっと」
 そう言って俺にもたれかかってくる。
 はあ……いい加減にしてほしい。

「……私、ちょっと席外すね」
「玲?」
　宗がそう言ったけど、玲はなにも答えずに立ち上がって部屋を出ていった。
「……おい、いい加減にしろ」
　そう言って美紅を睨むと、そ知らぬ顔をされる。
「玲ちゃんが出ていったのなんて、私関係ないけど」
　美紅の言葉に宗がコントローラーを置いた。
「はあ?　あのさ、お前感じ悪いんだよ。　玲がお前になにしたってんだよ?」
　そう言って美紅を見る宗の目はいつもとは違う鋭い目をしていた。
「ほーんと、宗って意地悪なんだから」
「だからそれはお前だっつの」
「……ふたりともうるさい」
　宗と美紅が言い合い、真まで参戦し始めたとき、俺はひとり立ち上がった。
「……行ってくる」
「……。おー」
　宗のどこか探るような視線には気づかないふりをして、俺は玲を追って外に出た。

風邪と看病と……

【玲side】
　少し外の空気を吸いたくて、たまり場を出てすぐのところに佇む。
　……モヤモヤっていうよりも、簡単に憐斗くんに触れられる美紅ちゃんがうらやましくて。
　ふつふつと黒い感情が湧き上がってくるのを感じて、なんだかその場にいられなかった。
　ふたりを見ていたくない。
　あんなふうに距離が近いふたりを……。
　こんな感情を持つのは、憐斗くんのことをそれだけ好きだっていう証拠だと思う。
　自分の黒い心を閉じ込めるようにきゅっと目をつむる。
　うん、そうだよね。
　好きだから、嫉妬してしまっているんだ。
　黒い感情の正体がわかって、ゆっくりと目をあける。
　このままこんなところにいてもしょうがないよね。
　……帰ろう。
　そう思って顔を上げると。
「……これはこれは、竜龍の姫さんじゃねぇか」
　低い声に震え上がる。
　う、嘘……。
　目の前に立っていたのは、特攻服を着た金髪の男の人。
　ま、間違いなく暴走族の人だ……。
「あ、あの、通してください」
「通す？　ああ、たまり場に戻りてぇのか」

金髪さんの言葉にこくこくと頷く。
「んー、まあ帰してやりてぇけど、こんなチャンスめったにねぇからな。おい、やれ」
「はいっ！」
　えっ、嘘……！
　うしろに控えていた仲間らしき人に手をガッと引かれ、連れていかれそうになる。
「や、やめてくださいっ……！」
　必死に抵抗したけど、私の力が不良さんに敵うはずもなく。
　それでも必死に抵抗していると、ふと目の端の方に色とりどりの髪色が見えた。
　あ！　あの人たちって、竜龍の人たちじゃっ……!?
「助けてっ……！！」
　精一杯の声で叫ぶと、その中のひとりが気づいてハッとした表情をする。
「玲さんっ!?」
「チッ、見られたか」
　その人はそう言うと。
「うっ……」
　白いハンカチを当てられて、どんどん意識が遠のいていく。
　そして、とうとう意識を失ってしまった。

　ハッと気づくと、そこには見知らぬ光景が広がっていた。

ここ、どこだろう？
　部屋は全体的に薄暗くて、壁はコンクリートの打ちっぱなし。
　さらに床には鉄パイプやハンマーなんかが転がっている。
　こ、怖すぎる。
　なんというか、The・たまり場って感じ……。
　竜龍とは全然違う。
「お、やっと起きたか」
　声がしてそっちを向くと、さっきの金髪さん。
　なにやら武器のようなものを磨いていて、それを置いて私の方に歩いてくる。
　どうしよう？　どうなるんだろう？
　不安に胸が押しつぶされそうになっていると、金髪の人が私の前にしゃがんで目線を合わし、口を開いた。
「おい、竜龍の姫さんよ」
　この人、さっきも私のこと『竜龍の姫』って呼んでた。
　そういえば前に、他の暴走族の姫がどうこうって葵くんが話してたな。
　その時に姫ってなんのことか聞いたら、どうやら総長の恋人のことを指すらしい。
　そして、暴走族のみんなが認めていて、みんなが自分の命に代えてでも守ろうとする存在。
　つまり私は今、この人に憐斗くんの恋人だと思われてるわけで……。

って、ちょっと喜んじゃったけど事実じゃないし、とりあえずこの状況から脱さないと……！
「あ、あの、私は姫なんかじゃありません。ただのファンなんです」
　こう言っておけば、人質にしても価値がないって思ってくれるはず……。
「は？　じゃあなんであいつのバイクに乗ってたんだよ？」
　バイクって、きっと家まで送ってもらった時のことだ。
　けど、どういうことだろう？
　バイクで送ってもらったからって、それでどうして姫って思われるの？
「……その顔見る限り、お前知らねぇらしいな。碓氷は他人を絶対バイクに乗せねぇ。そもそも暴走族にとってバイクってのは自分の命くらい大切なもんだからな。そこらの女なんか絶対に乗せねぇんだよ」
　そ、そうだったんだ……。でも。
「私の場合は違います」
　金髪さんが鋭い目を向けてきたけど、私も真っ向から見つめ返す。
「ふーん、じゃああいつがお前をバイクに乗せてたのは、お前が聖堂蓮の妹だからか？」
　……え？
「どうして……」
「なんでって、お前、あいつと顔そっくりじゃねぇか。お前が碓氷のバイクから降りてメット取った時は驚いたぜ。

あの碓氷が、元総長の妹を姫にしてるなんてな。まあ、実際はそうじゃなかったみてぇだが」
　腕を組んで、考え込みながらそう言うその人。
「けど、いくら元総長の妹とはいえ、好きでもない女をバイクの後ろに乗せるなんてな……」
　なにか独り言を呟いてるけど……。
　っていうかこの人、お兄ちゃんのことを知ってるってことはやっぱり……。
「あなたも、総長なんですか？」
「ああ、言ってなかったか。俺は豹速の総長、柴田雷だ」
　豹速の総長……。
「私を攫って憐斗くんを呼び出す目的はなんなんですか」
　幹部のみんなは、竜龍は無駄な縄張り争いはしないって言ってた。
　だから竜龍からなにかを仕掛けたとは思えない。
　そう思ってじっと見つめていると、
「豹速は、全国一の暴走族を目指してる。竜龍はその目的達成の障害ってわけだ」
　そう言ってニヤリと笑う雷さん。
「お前の兄貴はな、俺たちから竜龍を守ろうとして死んだんだよ」
　……え？
「どういう、ことですか……？」
　この人から守ろうとしてって……。
「簡単な話だ。お前の兄貴が死んだあの日、俺たちは竜龍

に奇襲を仕掛けたんだよ」
　奇襲……？
　それって、なんの前触れもなく突然竜龍に乗り込んだってこと？
「前から竜龍を目障りだと思ってた奴らは俺たちだけじゃない。だからそういう奴らを集めて、聖堂がいないタイミングを見計らって、竜龍に大人数で乗り込んだ」
　そんなっ、卑怯なこと……！
「碓氷と高野以外は、そんなに強い奴はいなかった。もうすぐ制圧できるって時に、聖堂が報告受けて飛んできてな？　結果、あいつは仲間を庇って死んじまったわけだ」
　雷の言葉に、ヒュッと心臓が鳴った。
　なに、それ……。
　それってつまり、お兄ちゃんはこの人のせいで死んでしまったってこと？
　この人のつまらない野望のためにっ……？
「あいつが死んで、竜龍はもう終わったと思ってた。けど碓氷がいたんだよな。あの時一緒に殺してりゃよかったか」
　あの時、一緒に……？
「どういう、意味ですか？」
　低い声で、ゆっくりとそう尋ねると、
「聞いてなかったのか。聖堂蓮はな、右腕だった碓氷と高野を庇って死んだんだよ」
　雷の言葉に一瞬言葉を失ってしまう。
　そう、だったんだ……。

「あのふたり、聖堂がやられるまで死にかけてたのに、必死で俺らから逃げて救急車呼んで、碓氷は救急車の中で瀕死だったっつー話だぜ？　さすがに警察が来たらやばいから、俺らは退散したけど。ほんと、もうちょっとであの世行きだったのにな？」

　雷の言葉が終わる前に、パシンッ‼という乾いた音が部屋に響いた。
「……いってぇな」
　赤くなった頬を私に向けてギロリと睨まれ、震える唇を噛み締める。
　怒りと恐怖で、頭が真っ白になりそう。
「……おとなしくしてりゃ、なにもする気はなかったんだけどな」
　雷は低い声でそう言うと、
「やっ……！」
　ガッと私の腕を掴んで私の身体を壁に押しつける。
「離してっ！」
「先に手ェ出したのはそっちだろ？」
　そう言ってシュルッと制服のリボンを解く雷。
「碓氷はあいつを殺してから行方をくらませた俺を血眼になって探してる。それをやっと見つけたと思ったら、元総長の妹を手篭めにしてる場面だろ？　あいつどんな顔すんだろうな？」
　「はははっ」と意地の悪い高笑いを響かせた雷に、目から悔し涙が流れる。

「かわいがってやるからな」
　そう言って唇を近づけてくる雷にぎゅっと目を瞑った。
　憐斗くんっ……！
　心の中で、その名を呼ぶ。
　助けて、助けて……！
「憐斗、くんっ……！」
　私の唇がそう動いた時。
　──バァンッ……！
「ちっ……来るの早ぇんだよ」
　雷がそう言って鬱陶しそうに振り返ると、そこには目をギラギラさせた憐斗くんが。
「今まで散々待ってやっただろ」
　聞いたことがないほどドスの効いた声でそう言った憐斗くんに、雷が立ち上がる。
「元総長を倒してからのことか。なんだ、襲撃してこないから見つかってないと思ってたのに」
「竜龍の情報収集能力なめんじゃねぇ。今更どうしたって仕方ねぇから見逃してたんだろうが。それをお前は……」
　ちらりと私に目を向けてから、ギンっと鋭い目で雷を睨みつける。
「……許さねぇ」
　低い声でそう言うと、憐斗くんの拳がヒュッと音を立て、
「うっ……！」
　雷の鳩尾に沈み込ませ、体制を保てなくなった雷は床に崩れ落ちた。

「碓氷……！」
 それでも再び立ち上がり、憐斗くんの方に向かってくる。
 危ないっ……！
 拳を振り上げた雷が憐斗くんの顔めがけて拳を振り上げる。
 でも憐斗くんはひらりとそれを交わして、雷に回し蹴りを決めた。
「っ……なに、お前なんか強くなったんじゃねーの？」
 余裕を醸し出そうとしているのか、ピクピクと動く口角を上げてそう言う雷。
「……今は俺が竜龍の総長だ。弱いままでどうする」
 傷ひとつ負っていない憐斗くんの口調は堂々としていて、総長としての威厳や、覚悟のようなものを感じさせる。
「お前は、仲間にも見放されたみたいだな」
「っ……！」
 ぐるりとたまり場を見回してそう言った憐斗くんに、雷が息を飲んだ。
 そういえば、たまり場って言ったら豹速に所属してる人がいっぱいいるはずなのに、ここには誰もいない。
「総長としての振る舞いも、トップを目指すための手段も。喧嘩が強いだけのお前に、ついてくるような奴なんていない」
 憐斗くんの言葉に、雷は悔しそうに唇を噛んで、拳を床に打ちつける。
「大方、今回は俺を倒して総長になって、お前が目指す"全

国一"になろうとしたんだろ」

　ああ、そういうことだったんだ……。

　総長を倒したら、倒した人が次の総長になるって憐斗くんに聞いたことがある。

　憐斗くんを倒せば、竜龍の人たちが雷の下につくことになる。

　もう仲間がいない雷にとって、全国一を目指すにはその方法しかなかったんだ。

「……そこまでわかってんなら、勝負させろっ！」

　そう言って再び殴りかかってきた雷に、憐斗くんも拳を振り上げた。

　そうしてふたりの拳が交差して……。

　──ドガッ……‼

　凄まじい音とともにドサリと倒れ込んだのは、雷の方だった。

　憐斗くんは雷が気を失ったことを確認してから、私の元に向かってくる。

「……玲」

　静かに私の名を呼ぶ声に、私の涙腺が崩壊した。

「れん、とくっ……」

　なんとか憐斗くんを呼ぶと、ふわりと憐斗くんの温もりに包まれた。

「っ……憐斗くんっ……」

　何度も何度も名前を呼んで、その度に憐斗くんが私の声に頷いてくれる。

さっきまでの不安と、助けてもらったことへの安心と、お兄ちゃんのことがごちゃ混ぜになって……。
　今自分がどんな気持ちかさえわからない。
　わかるのは、こうしているだけで心が落ち着いて来ること。
　涙が流れて憐斗くんの服を濡らしてしまうけれど、そんなことを気にする余裕もない。
「蓮さんが亡くなった後、俺たちはずっと雷を探してた」
　ポツリと呟くように語り出した憐斗くんに、黙ったまま耳を傾ける。
「学校を休んでたのはそのせい。2回目に古本屋で会った時、お前のことを見たのも豹速の奴らだった」
　そう、だったんだ……。
「けどそいつらに聞いてみたら、豹速には雷と数人の取り巻きしか残ってなかった。もう復讐するまでもないだろ。だから油断してた。……怖い思いさせて悪かったな」
　憐斗くんの言葉に、ぶんぶん首を横に振り涙を拭った。
「憐斗くんたちのせいじゃないよ。助けてくれて、ありがとう」
　私がそう言って憐斗くんを見ると、憐斗くんはそっと微笑んでくれた。

　倒れた雷をそのままに、私たちは外に出る。
「わ、雨……」
　さっきは晴れてたのに、いつの間にかひどい雨に……。

「止みそうにもねぇな」
　憐斗くんはそう言うとチャリっとバイクの鍵を取り出す。
「早く帰らないともっとひどくなるだろうし、行くか」
「あ、うん」
　憐斗くんは私にヘルメットを渡してから、後部座席に乗せてくれてた後。
　——バサっ……。
　私に自分が着ていたジャケットを被せて、素早くバイクに乗り込んだ。
「掴まって」
「う、うん……あの、ありがとう」
「ん」
　憐斗くんがそう言ってバイクが走り出し、鼓動がドキン、ドキンと激しく鳴り続ける。
　雨がサーっと降り注ぎ、私と憐斗くんの肩を濡らす。
　憐斗くんが寒くないか気になるから早く帰りたい気もするけど、このままずっとふたりでいたい。
　憐斗くんは雨を気にしているのか、そこまでスピードを出さずに、いつもよりスピードを落として走り続ける。
　私は、そんな憐斗くんの背中にコツンと頭を預けて、その優しさに身を委ねた。

　たまり場について、憐斗くんがゆっくりバイクを止めた。
「大丈夫か？　気分悪くなってたりとかしてないか」

「うん……大丈夫。これ、ありがとう、ごめんね」
　そう言って貸してもらったジャケットを渡す。
　ジャケットのこともだけど、そもそもこんなことになったのは私が勝手に出ていったせいだもんね。
　そう思って俯いていると。
「謝る必要ねぇよ」
　そう言ってくしゃりと髪をなでられた。
　……え？
「ちょっと濡れてる。でもサラサラだな」
　驚いている私をよそに、するすると髪をなでる憐斗くん。
「……こういう髪、好き」
　ぼっ!!と、顔が真っ赤になる。
　す、すす、好きって……。
　私の髪を、好きだって言ってくれた……。
　『好き』と言った憐斗くんの声がいつまでもエコーのように頭の中で響いていて、なんだかぼーっとしてしまう。
　けど、……ちょっと待って。
　憐斗くんってこんな恥ずかしいこと言う人だっけ？
　しかもこんなにさらっと……。
　──じっと憐斗くんを見てみると。
「っ……クシュッ……」
　くしゃみをして、顔は真っ赤。
　これは……。
「憐斗くん、もしかして風邪ひいちゃったんじゃ……!?」
「あー……風邪？　さあ、どーだろな……」

絶対風邪だー!!
無理もないよ!
雨の中、バイクでずっと体濡らして冷えたはず……!
　私はジャケットを貸してもらったし、今のところ大丈夫だけど……憐斗くんを助けなきゃ!
「れ、憐斗くん、とりあえず中に入ろう!?」
「ん……」
　憐斗くんを支えようとすると、トンっと肩に重みがかかった。
　れ、憐斗くんの顔が間近にっ……!
　かあああ……と真っ赤になっていると。
　——ブオオオオオン!
　バイクの音がして、急ブレーキをかけて憐斗くんのバイクの横に止まった。
　ヘルメットを取ったのは……。
「葵くんっ!」
「玲ちゃん?　……と憐斗!?」
　葵くんは私と憐斗くんを見て大慌てでバイクから滑り降りると、私の肩から引き剥がすようにして憐斗くんを支える。
「ちょっと憐斗、大丈夫!?」
　葵くんが声をかけても、ぐったりしている憐斗くん。
「このままじゃ看病もできないね。憐斗、がんばって階段上がって!」
　そうして葵くんも一緒に支えてくれながら、なんとか部

屋にたどり着く。
　ドアを開けると、奏くんも帰ってきていた。
「あ、やっと帰ってき……って憐斗!?」
　宗くんがそう言ってコントローラーを放り出す。
「ちょ、すげぇ熱あんじゃん！　真！　お前も手伝え！」
「なんで……」
「いいから！」
　そうして葵くんと宗くんが憐斗くんを運び、真くんは憐斗くんの部屋のドアを開ける。
　私と宗くん、葵くん、真くんの3人が入り、美紅ちゃんも入ろうとしたけど、奏くんに遮られた。
「ダメだよ、ここは憐斗の場所。許可した人しか入れないんだ」
「なにそれ!?　あの子は!?」
　私を指差して言う美紅ちゃん。
　ゆ、指差された……。
「玲は憐斗が許してるから。君はあっち」
「そんなぁ!!」
　美紅ちゃんは奏くんに引っぱられて、さっきの場所に戻っていった。
　ほっと息をつく。
「どう……？」
「ひどい熱だな。憐斗、この頃ちょっと風邪気味っぽかったし……」
　そうだったの？

「とりあえず体温計と氷枕持ってきて。あと湿らせた大きめのタオル。お願い！」

　葵くんたちが憐斗くんの服を着替えさせている間に、私はテキパキと指示を出していく。

　お兄ちゃんも無理してがんばりがちな人で、よく風邪をひいていたから……看病には慣れてるんだ。

　執事には内緒で世話をしたりもしていたし。

　なんだかなつかしい。

　みんなが頼んだ物を持ってきてくれて、それを受け取る。
「ありがと」

　少しして、ピピピピッと鳴った体温計を取り出した。
「どうだった？」

　葵くんが持っている体温計を覗き込んで、絶句。
「さ、39度……」

　考えただけでしんどくなる……。
「とりあえず氷枕しよっか」
「そうだね」

　葵くんから氷枕を受け取り、憐斗くんの頭を持ち上げて氷枕を置く。
「幸せ者だなあ、憐斗って」
「ほんとだよな」
「……うん」

　葵くんと宗くん、真くんの言葉に首をかしげる。

　ど、どういう意味だろう？
「まあいいけど。あ、僕このあと出なきゃいけないんだけど、

憐斗のこと任せていい?」
「あー、俺もだ」
　葵くんと宗くんの言葉にそっか、と頷く。
「うん、わかった。　ふたりともがんばって?　行ってらっしゃい!!」
　そう言って微笑むと、葵くんと宗くんの顔がみるみる赤くなった。
「あ、ありがとっ!　行ってくるね!」
　葵くんがそう答えたのと同時にガチャリとドアが開いて、奏くんが入ってきた。
「宗、そろそろ時間」
「おお、今行く!」
　そう言った宗くんにも微笑みかけた。
「気をつけてね」
「さ、サンキュー……」
　そうして3人が部屋を出て、憐斗くんが寝ているベッドのそばには私と真くんが残った。
　真くんはなにも用事ないのかな?
　それなら……。
「あの、真くん、申し訳ないんだけど、美紅ちゃんの様子見ててもらってもいい……?　見てくるだけでいいから」
　イヤかもしれないけど……でも、もし美紅ちゃんが今外に出たら、私みたいに敵の暴走族に狙われちゃうかもしれない。そうなったら、総長の憐斗くんは寝込んでいるし、不安すぎる。

……私が行ってちょっとでも話しかけたら、絶対イヤがられるし。
「……わかった」
　真くんはそう言うと、しぶしぶ部屋を出ていった。
　ふう。さてさて、憐斗くんの様子はどうかな……？
　ピトッと額に触れると、すごく熱い。
　氷枕はよく冷えてるから、少しでも楽になるといいんだけど……。
「……う……ん……」
　あ……目、覚ましちゃったかな？
「憐斗くん……？　起きた？」
　うっすらと目を開けた憐斗くん。
　わっ……すごいドキっとした……。
「……う……頭痛ぇ……」
　だよね……。
「憐斗くん、39度あったよ……」
「……マジか」
　ううーと唸って額を押さえる憐斗くん。
「薬ある？　飲んだ方がいいと思うんだけど……」
「……飲む。引き出しに……頭痛薬あるはずだから、取ってくれ……」
「わかった」
　薬を取り出して水を渡す。
「……ありがとな」
　憐斗くんはそう言って受け取って薬を飲んだ。

少し経つと薬が効いてきたのか、ちょっとずつ顔色がよくなってきた。
「看病、ありがとな」
　ぽーっと顔が火照る。
　感謝されるだけで、ありがとうって言葉がかけられただけで、こんなに真っ赤になってしまうなんて。
「い、いいえ……」
　なんとかそう答えて、手の甲を頬に当ててさりげなく熱を冷ます。
「そういや他のヤツらは？」
「あ、真くんと美紅ちゃんは向こうにいるよ。3人は出かけたの」
「そうか……」
　そう言うと額を触った。
「……39度か、解熱剤取ってくる」
　そう言って起き上がろうとする憐斗くんを慌てて寝かせる。
「わ、私が行くよ！　憐斗くんは寝てて？」
　こんなフラフラな状態なのに起き上がったら、倒れちゃいそう……！
「……悪い、じゃあ頼む。キッチンの引き出しに入ってるはずだから……」
「わかった、ちょっと待っててね」
　そう言って部屋を出てキッチンに向かい、引き出しを開ける。

あったあった……。
　ちらっと部屋を見渡すと、美紅ちゃんと真くんは離れたところでおたがいスマホをいじっていた。
　美紅ちゃんはかなりふてくされてる様子だけど、真くんが同じ部屋にいて見てくれてるから大丈夫だよね。
　私はとにかく、憐斗くんの看病をしなきゃ！
「持ってきたよ」
「ああ、ありがと……」
「いいえ」
　そう言ってから薬を渡し、憐斗くんの額にそっと手を当てる。
「やっぱり熱下がらないね」
　じーっと憐斗くんの顔を見ると、どんどん赤くなっていく。
「れ、憐斗くん、解熱剤飲んだのにもしかして効いてない!?」
「い、いや大丈夫だ」
「そ、そう？」
　少し焦った気持ちを落ち着けて、ほっと息をつく。
　そうしているうちに、ふと美紅ちゃんのことを思い出した。
「あの……憐斗くん」
「ん？」
「……美紅ちゃんはこの部屋に入れないの？」
　私がおそるおそるそう言うと、憐斗くんは「入れない」ときっぱり言った。

「……玲以外の女は、入れない」
　憐斗くんの言葉に顔がかあっと熱くなった。
　憐斗くんも真っ赤……。
　ドキン……ドキン……。
「あ、ありがと……」
　素直に嬉しくて、ついお礼を言ってしまった。
　あ、怪しすぎるよね……！
「なにが……？」
　うっ、やっぱり聞かれちゃった。
「いや、その……まあいろいろ……」
「……こっちこそ。お前看病うまいのな」
「そ、そんなことないよ。でも少しは楽になった？」
「ああ、結構回復した。薬も効いてきたんだろうな」
「よかった」
　心からホッとする。
「あ、もう一回熱計って？」
「ああ……」
　ピピピピッと鳴って憐斗くんから渡された体温計を見ると。
「ちょっと下がったね」
　37.5度。まだ熱はあるけど、だいぶ下がった。
　解熱剤のおかげかな？
　なんにせよよかった……。
「……寝る」
「うん、それが一番だよ」

私がそう言うと、憐斗くんは静かに目を閉じた。

「おやすみなさい」
「……おやすみ」
　憐斗くんはそう言うと目をつむって、まもなく規則正しい寝息が聞こえてきた。
　ふふっ。さっきも思ったけどなんだか寝顔かわいい。
　あ、遅くなるかもしれないし、パパたちに連絡しとこ。
　電話をかけて伝えると『憐斗くんは大丈夫か!?』とか『うちの者を誰か行かせたほうがいいか!?』とかすごい勢いで言われたけど、私はひとこと『大丈夫』と返して電話を切った。
　ふう……。
　じゃあ憐斗くんが起きるまで、私は本でも読んでいようっと。
　私はそう思って一度部屋を出て鞄の中から本を取り出した。

　　──少し経って、憐斗くんが目覚めた。
「う……ん……」
「憐斗くん、起きたの。調子はどう？」
　本を閉じて憐斗くんを見る。
「……まあまあ……」
　まあまあ……ど、どうなんだろ？
「あ、氷枕、変えようか？」

「ああ、頼む……」
　私は憐斗くんに微笑みかけて、氷枕を受け取ると氷を入れ替えに部屋を出た。

【憐斗side】

はあ……頭痛ぇ……。

風邪とか久しぶりにひいたな……。

まあでも……あいつに看病されるのは結構嬉しいっていうか……。

あー熱で頭が混乱してる。

今あいつは氷枕を交換しに行ってくれてる。

お嬢様なのに、看病上手だよな……気遣いとかすごいできるし。

まあ……額に手ェ当てられた時はちょっと焦ったけど。

あんな至近距離になったの初めてだったしな……。

そんなことを考えてたら、部屋のドアが開いた。

玲、早いな……と思ったら。

「……なんで入ってきた？」

そこに立っていたのは美紅だった。

「心配だったから……。あの子ばっかり看病してるし」

なにが『あの子ばっかり』だ。

自分も看病して謝礼でもほしいってのか？

こいつにはこの部屋に入ってきてほしくもないのに。

「ここに来ること……許可してないよな」

「いいじゃない。あの子も入ってるでしょ」

「玲は特別なんだよ、お前とは違う」

「特別……？」

あー、熱上がりそうだな。もうしゃべるのも疲れる。

「でも……」

あいつが口を開きかけたのと同時に玲が入ってきた。
　……最悪だな。
　玲は目を見開き、勝ち誇ったみたいな顔をしている美紅を見ている。
「氷枕？　ありがと」
　なぜか彼女ヅラをした美紅が受け取る。
　やめろ……俺はこんなやつに看病されたくなんかねぇ。
　玲は俺を見て目に涙をため、氷枕を押しつけるようにして、部屋を飛び出していった。
「待てっ‼」
　そう言って玲を追いかけようとするけれど、高熱のせいで体が思うように動かない。
　――誤解なんかされたくないのに。ましてやこんなやつと。
　こいつは勝手に入ってきただけだ。
　俺は……お前以外の女には、しゃべりかけられたくもねぇんだ……。
　フラつく体に鞭を打ってなんとか立ち上がり、壁づたいに歩いていく。
　部屋を出て顔を上げると、目の前の光景に頭を鈍器で殴られたようになった。
　風邪のせいじゃない。
　あいつが……玲が……真に抱きしめられていたから。
　玲は泣いていた。
　そして……真から抱きしめられても抵抗していない。

胸が鷲づかみされたように痛む。
やめろよ……抵抗しろよ……。
ますます胸が痛くなる。
呼吸ができないほど苦しい。
真と……付き合うのか？
考えれば考えるほど、胸の痛みが増していく。
出てくるのはすべてネガティブな考え。
まあでも……ポジティブになんて、なれるはずもない。
……好きな女が目の前で違う男に抱きしめられてるんだから。
やっと気づいた。俺は、玲のことが女として好きなんだ。だから、こんなにも胸が苦しいんだ……。
フラつく足で部屋に戻り、ベッドに座り込む。
部屋の中に美紅がまだ突っ立ってたけど、そんなの気にしてる余裕ない。
恋心に気づいたのと同時に失恋……か。
はは、熱よりも失恋のほうが辛いとはな。
俺は、すぐ隣の部屋で玲と真が抱き合っているという現実から意識をそらすように、目を閉じた。

【玲side】
　氷枕の準備ができた。
　少し薄めのタオルを探し、やっと見つけてそれを巻きながら部屋に入ると、美紅ちゃんが……部屋にいた。
　……え？
　目を見開いた。
　出入りを許可されてるのは私だけじゃ……なかったの？
　さっきは奏くんにダメだって言われてた……。
　じゃあ……今……許したの？
　美紅ちゃんは勝ち誇ったような顔で「氷枕？　ありがと」と言った。
　私は美紅ちゃんを見て、憐斗くんを見た。
　そ、そっか、美紅ちゃんもいいんだ……。
　その瞬間、私の涙腺が崩壊しそうになって。
　美紅ちゃんに氷枕を押しつけると、部屋を飛び出した。
　もう……美紅ちゃんが看病してくれるよね？
　そうでしょ？
　——ドンッと誰かにぶつかった。
「玲……？」
　真くんだった。
「あいつは？　俺ちょっと下行ってたんだけ……」
　真くんは途中で言葉を切った。
　たぶん……私の涙を見たから。
「ご、ごめんね」
　慌てて拭うけど止まらない。

「ううっ……」
 その瞬間、ふわっとなにかに包まれた。
 状況を理解するまで数秒かかった。
 私……真くんに抱きしめられてる……？
「真……くん……無理、して慰(なぐさ)めてくれなくていいよ？ 女嫌い、なんでしょ？」
 しゃくりあげながらなんとかそう言うと、真くんは離すどころか、私を抱きしめる力を強くした。
「……玲なら……いい。泣いて……？」
 私はその言葉にまた涙があふれてきた。
 憐斗くん……憐斗くん……。
 私は憐斗くんを想いながら泣き続けた。

たくさんの誤解

どれくらいそうしていたんだろう……。
「ただーい……………………てめぇなにしてやがる」
　ビクっとして振り返ると、いつもと雰囲気がまったく違う葵くん。
「……べつに」
「ああ!?　『べつに』だとぉ!?　ざけんなぁ!!!」
　な、なんか別人みたいに口調が怖い……。
「……玲ちゃん、どうしたの？　憐斗は？」
　憐斗、という言葉を聞いてビクっと反応する。
「美紅ちゃんに、看病してもらってるんじゃないかな……」
　そう言うと葵くんの眉間のシワが濃くなった。
「え、美紅？　あいつ出入り許されてないよね？」
「でも、普通に入ってたってことは許されたんじゃないかな……？　……葵くん、私、今日は帰るね」
「え……？」
「ごめんなさい。真くんもごめんね、じゃあ……」
　私はそう言うと鞄を持ってひとり、階段をおりた。
　あ、本、憐斗くんの部屋に忘れてきちゃった……。
　まあ……いっか。
　階下に下り、いつものように忠さんに車のドアを開けてもらう。
「こんにちは」
「……どうも。今日は誰もいないんですね」
「……っ……え、ええ、まあ……」
　少し動揺したのが口調から伝わっただろうと思って焦っ

たけど、忠さんはチラッと私を見て「屋敷ですよね」と普通に接してくれた。
　そんな忠さんに感謝しながら「はい……毎回毎回すみません」と言って少し頭を下げる。
「いえ」
　私は家まで送ってもらい、部屋に入ってまた泣いた。
　憐斗くん……。
　こんなに思ってるのは、やっぱり私だけなのかな？
　いつからこんなに好きになったのかな？
　美紅ちゃんが……好きなの？
　私は……憐斗くんにとってどういう存在？
　友達？
　お兄ちゃんの妹？
　ただの……知り合い？
　わからない、わからないよ……。
　憐斗くん、私はあなたが好きです。
　あなたの気持ちを……教えてください。

【憐斗side】
　どれくらい時間が経っただろうか。
　ベッドに座って壁によりかかっていると葵がひょっこり顔を出した。
「憐斗!?　どうした！　寝てなよ！」
　葵がすげぇ勢いでなにか言ってきたけど、まったく頭に入ってこない。
「憐斗……？　って!!!　熱上がってんじゃん!!　来て！早く寝なきゃ!!」
　なんか、ぎゃーぎゃー言ってんな……。
　今はお前にかまう余裕ねぇんだよ……。
　俺は葵に支えられながらベッドに寝かされた。
　部屋の隅にはまだ美紅がいて、イライラを通り越してブチっと切れた。
「て……めえ……なんで……この部屋にいやがる」
　やべぇ、頭いてぇ……。
「いいじゃ……」
「よくねぇ……出てけ」
　熱上がったのはお前のせいでもあんだよ、この野郎。
　あいつに誤解されちまったし……。
　でも関係ねぇのか。
　あいつには、真がいるんだもんな……。
　頭の痛みと同時に、胸にまでズキズキとなにかが刺さったような感覚に陥る。
「美紅……出てって。ここは憐斗の場所。勝手に入ってい

い場所じゃない」
　葵が睨みながら言う。
「……やだ」
　はあ……うぜぇ……。
「出てけよ……お前にこの部屋の出入りを許可した覚えはねぇ……」
「……美紅ちゃん、ダメって言ったよね」
　珍しく奏が厳しい顔で言う。
「ここは憐斗の部屋ってだけじゃなく、竜龍の総長の部屋でもあるんだ。そこに許可されてないのに入るっていうのは非常識だよ。送ってくから、今日はもう帰りな」
　葵がそう言って促すと、しぶしぶ部屋を出ていった美紅。
　すると、入れ替わりで奏が入ってきた。
「……なあ」
　パタンとドアが閉まると奏が口を開いた。
「……玲になにした？」
　ドクンと心臓がイヤな音を立てる。
「なに……がだよ……」
　奏が鋭い目を向ける。
「しらばっくれるなよ、なんでここにいないんだよ。真に聞いたら泣いて帰ったって言うし……」
　知ってる……真に抱きしめられてたことも。
「なにがあった？」
　奏に……話すか。
　こんなふうに悩んでたら熱も下がんねぇよな。

そこで途切れ途切れに話すと、奏はなんだか複雑な表情。
「ふうん……」
　ふうんって……。
「美紅ちゃん、サイテーだね」
　奏はそう言うと、ため息をついて俺を見た。
「っていうか憐斗はさ、なんで玲が泣いたかわかってる？」
　なんで泣いたか？
「いや、わかんねぇ……」
「だろうな。案外憐斗って鈍感だもんな」
　なんだそれ。
「……でもそれが玲の答えなんじゃないか？　少なくとも、真と付き合ってるっていうのはないと思う」
　どうだか……。
「納得いってないな？　じゃあ言うけど、好きなヤツが一緒にいるのに、進んで他の男の看病するか？　誤解させたくなんかないだろ、普通」
　まあ……たしかにそうだけどさ。
「告白もしないで失恋って虚しいだろ……。気持ちだけでも伝えろよ」
　……。
「なにもかもお前次第だろ。まあ、とりあえず風邪治せよ。……俺の看病で申し訳ないけど」
　……。
　奏の言うことが正しいのかは、わからない。
　それでも、話を聞いてもらえて少し心が軽くなった。

「奏……ありがとな」
「憐斗にお礼言われるとか……熱あるんじゃ?」
　……あるよ。
「まあ寝たら治るよ。おやすみ」
　奏の声に俺はため息をついて目を閉じた。

【玲side】
　翌日、重い足取りで学校に向かった。
　憐斗くん……大丈夫だったかな？
　かなりの高熱だったし、まだ治ってなさそう。
　心配……だなぁ……。
　でも美紅ちゃんが看病してたし、治ってるかもね。
　廊下に差し掛かるといつものように女の子たちの悲鳴。
　これは……誰に対しての悲鳴かな？
　私が近づくと「憐斗くーん！」という声。
　憐斗くん、風邪治ったんだ……。よかった……。
　美紅ちゃんのおかげだね……。
　――憐斗くんが元気になって嬉しいはずなのに、胸がツキッと痛む。ついでに頭も。
　憐斗くんの風邪うつっちゃったのかな……。
　教室に入り、机に突っ伏していると美樹が来た。
「おっはよ〜」
「うん……」
「あれ？　元気ない。大丈夫？」
「うん……」
「辛くなったら言ってよ？」
「うん……」
「大丈夫じゃなさそうじゃん……。そういえば1時間目移動だって」
　移動……面倒だな……。
　そのままホームルームが始まって、そのあと、ノロノロ

と移動する。
　向こうのほうでは憐斗くんに向けられた悲鳴。
　頭がガンガンしてきた……。
「ちょ、玲!?　真っ青だよ！」
　う……気分悪い……。
　ダメだ……頭も痛くて、もう立っていられない。
「玲!?」
　私はとうとう倒れて、美樹に寄りかかった。
「玲!!　やだっ……すごい熱じゃない……！」
　美樹の声にみんながこっちに来る。
「玲!?　大丈夫!?」
「聖堂さん!?」
　真くんと葵くんが駆けつけてきた。
「玲ちゃん!?」
「……玲、保健室行こ」
　真くんがそう言って私の肩に触れる。
　と、同時に誰かがその手を払った。
「触るな」
「憐斗……くん？」
　私は驚いて目を見開き、周りはシーンとする。
「連れてくから、先生にだけ言っといてくれ」
　憐斗くんは美樹にそう言うと、軽々と私を抱きかかえた。
　いわゆる……お姫様抱っこってやつ……。
「「「「きゃ――!!!!」」」」
　う、うるさ……頭がガンガンする……。

「静かにしろ」
　憐斗くんのひとことでその場は静まり返り、みんなの視線を感じながら教室を出た。
　ドキドキする……。
　熱のせいだけじゃなく頬が火照る。
「あ……の……憐斗くん……」
「しゃべるな」
　どこか威圧感のある声でそう言われて思わず黙る。
　そのまま保健室に着き、先生が会議中で不在とわかると、憐斗くんは私をベッドにそっとおろした。
　憐斗くんは横の椅子に腰かける。
「あり……がと……」
「いや……俺がうつしたんだろ？　たぶん。……あのさ」
「は、はい……？」
「昨日のことだけど」
　あ……。きっと、美紅ちゃんのことだ。
　どうしよう？
　美紅ちゃんにも部屋の出入りを許可したって憐斗くんの口から聞いたら、泣いちゃうかもしれない。
　思わずぎゅっと目をつむって憐斗くんの言葉を待っていると。
「あいつ……勝手に入ってきただけだから」
　え……？
　パッと目を開けて憐斗くんを見る。
「俺が許可したわけじゃない。勝手に入ってきて、彼女ヅ

うしてただけだ」
　そう……だったの……？
「だから、誤解しないでほしい」
　誤解……そっか、私の思い込みだったんだ……。
「わ、私の方こそごめんなさい。急に飛び出していっちゃって……」
　そこで憐斗くんの眉がピクッと上がった。
「あのさ、真と……どういう関係？」
　どういう関係？　そんなの……。
「友達、だけど……？」
　他にないよね？　友達で合ってるよね？
「好き……か？」
「好きだよ？」
　当たり前じゃない。
　すると、憐斗くんはぐっと唇を噛み締めた。
　え？　あ、もしかして誤解させちゃったかな？
「み、みんなのことも大好きだよ？」
　憐斗くんは顔を上げてホッとしたような表情。
「そういう意味……。じゃあ、好きなヤツいる？　恋愛面で」
　恋愛面で……。ほ、本人に聞かれてしまった……。
「い、いる、けど……」
「……誰」
　絞り出したような声に、切なさを感じ取る。
　それに、なんだか苦しそう……どうして？
　『誰』なんて、答えられないよ……。

だって目の前にいるんだから。
「れ、憐斗くんはいるの……？」
　話を無理やりそらす。
「……いる」
　心臓がドクンとイヤな音を立てる。
　いた、んだ……好きな人……。
「そう……なんだ……」
「……玲」
　名前を呼ばれて顔をあげると、憐斗くんは真剣な表情でまっすぐ私を見つめた。
「俺……お前が好きだ」
　え？
「好きだ……。お前は違うヤツが好きかもしんねぇけど、俺はお前が好きだ。……気持ちを伝えたかっただけだから。返事、遠慮なく言ってくれ」
　やだ……そんな、嘘でしょう？
「私も……」
「え？」
　まっすぐ憐斗くんの綺麗な瞳を見つめる。
「私も、憐斗くんが好きです」
　私の言葉に、憐斗くんは驚いたように見つめてくる。
「嘘……だろ？」
「ほ、ほんと……」
　私がそう言うと憐斗くんは髪をかきあげた。
「はああああぁぁぁぁぁ……」

え!?　なにその大きなため息!
「……お前は真が好きかと思ってた」
「えぇぇ!?　それはないよ……」
　すると不機嫌そうに顔をあげる。
「……昨日抱きしめられてただろ」
　え!?　見られてたの!?
「不可抗力だったとはいえ、落ち込んだ」
　うっ……。
「ご、ごめんなさい!　でも私が好きなのは憐斗くんだから……」
　顔を真っ赤にして言うと、憐斗くんも真っ赤だった。
「じゃあ……姫になってくれるか?」
「……はい」
　その瞬間、憐斗くんは私を抱きしめた。
「れ、憐斗く……」
　高鳴る胸を感じながら『どうして突然?』と憐斗くんに問いかけたくて目を向けると……。
「真に抱きしめられたの、めちゃくちゃムカつく」
　そう言うと私を抱きしめる力を強めた。
　それだけで胸が熱くなってなんだかホッとする。
「つーか真に先越された感じ……」
　そう言うと……不意打ちでキスをした。
　かあっと赤くなる。
「ファ、ファーストキス……」
　こんな呆気ないもの!?

「よかった。これで誰にも奪われないな」
　なんか憐斗くん、余裕の微笑みだ……。
「俺、独占欲強いし嫉妬深いけど、それでもいいか？」
　憐斗くんがそう言ったけど、そんなの……。
「全然いい！　よろしくお願いします！」
　私がそう答えると憐斗くんは微笑み、今度はゆっくりと顔を寄せる。
　さっきは感じる余裕がなかった甘い予感に、私もそっと目を閉じる。
　憐斗くんが優しい手つきで私の髪をなで、唇が合わさった。
　……好き。
　憐斗くんが、好き。
　この気持ちは他のなににも代えられない。
　そっと唇が離されて、お互いに微笑み合う。
　特別で、幸せな、そんな気持ち。
　憐斗くんが教えてくれたこの気持ちを、一生大事にしよう。
　私はそんな思いを抱きながら、幸福で胸がいっぱいになっているのを感じていた。

付き合い始めて

憐斗くんと付き合うことになって数日が経った。
あの日、告白されたあと、正式に私が竜龍の姫になるって知らされたんだよね。
なぜか葵くん、宗くん、真くんは元気がなかった。
「どうしたの？」
私が聞くと、葵くんは「うう～……」と言って走り去ってしまったし、宗くんは「バイクで飛ばしてくる」って言ってどこかに行ってしまったし、真くんは無言でぼーっとしてるし……。
奏くんは、みんなを慰めるために必死だったらしい。
なんでみんな、ショック受けてたんだろう？
「玲、おはよ」
憐斗くんが挨拶してくれる。
「憐斗くん！　おは……」
「憐斗さまぁー!!」
私の声は女子のみんなに遮られ、いつかのように押しつぶされた。
「おはようございますっ!!」
でも憐斗くんはそんな女子には目もくれずに私を助けてくれた。
「大丈夫か？」
「ま、まあなんとか……」
するとみんなのこわ～い視線。
「なに？　あんた憐斗くんのなんなの？」
先輩のひとりが私に詰め寄る。

「ええと、あの……」
「彼女」
　私の代わりに憐斗くんが答えた。
　みんな『え？』と固まる。
「彼女。玲は、俺の恋人だ」
　シーン……。
「う、ううっ……憐斗さま……」
　みんなはそう言うと泣きながら去っていった。
「はあ……これでもう話しかけてこねぇだろ」
　いや……どうだろう……。
　憐斗くんってやっぱり人気だし、奪いにいこうとか思うんじゃないかな？
　そう思って少し複雑な気持ちになっていると。
「……玲……？」
　振り返ると誠がいた。
「誠……？」
「玲、碓氷と……付き合ってんの？」
　う……照れるんだけど……。
「う……ん……」
　誠は目を見開き、同時に悲しそうな目を私に向けた。
「ってことだから」
　憐斗くんはそう言って私の肩に手を置いて誠を睨んだ。
　な、なに、憐斗くん、すごい睨んでる……。
　誠は悔しそうに唇を噛み締めて踵を返すと、去っていってしまった。

「誠……どうしたのかな……」
　すごい悲しそうだったけど……。
　ふいに黙った憐斗くんを見ると……。
「ど、どうしたの？」
　すご〜く不機嫌そう。
　眉間にシワが寄ってるよ……。
「……なんでもねぇ……」
　いやいや、そんなわけないよね!?
「どうしたの？　教えてよ」
　私がそう言うとはあっとため息をついた憐斗くん。
「……他のヤツの心配なんかしてるからだろうが。名前も呼び捨てなんかしてるし……」
「え？　誠のこと？」
　するとますますシワを寄せる憐斗くん。
　怖い！　怖いよっ！
「なんであいつは呼び捨てで、俺は『くん』づけなんだよ。普通逆だろ？」
「幼なじみで、ずっと『誠』って呼んでるから今さら変えられないよ」
　そう言ってもどこか納得のいかない顔をされる。
　あ、これってもしかして……。
「ヤキモチ？」
「……悪いか」
　そう言って顔を背ける憐斗くんに、なんだか胸がジーンとなる。

う、嬉しい……。
　ヤキモチだなんて……。
「前も言ったけど、俺相当なヤキモチ妬きだから」
　そ、そうだったね……。
「わかった。ごめんね、憐斗くん。でも憐斗くんは大事な人だし、もう慣れちゃってるから『くん』づけしたいな」
　自分で言っといて顔が火照る。
　い、言っちゃった……。
　憐斗くん、どう思ったかな？
　チラッと憐斗くんを見ると真っ赤になってた。
「……許す」
　憐斗くんはそう言うと私の髪をくしゃりとして、チャイムとともに教室に帰っていった。

　放課後、憐斗くんが教室に迎えに来て、たまり場へと向かった。
「姫!!　お帰りなさい!!」
「た、ただいま」
　みんなの挨拶にはだいぶ慣れたけど……。
　やっぱりちょっと怖い!!
　憐斗くんのあとについて、いつもの部屋に入る。
「玲ちゃん、お帰り〜」
「ただいま〜」
　なぜかこんな挨拶。
　こうしてるとなんだか、第三の我が家って感じがして嬉

しいな。
　そんなことを思っていると、ソファに座った憐斗くんが私に手招きする。
　えーと、これはこっちに来いってことよね？
　そう思って憐斗くんの横に座るとグイッと引っぱられる。
「なに遠くに座ってんだよ。もっとこっち来い」
　かあぁぁと顔が赤くなる。
　こんなに照れてるの、私だけ？
　憐斗くんはやっぱり余裕なのかな……？
　そう思ってちょっと悔しい思いで憐斗くんを見ると。
「れ、憐斗くん、真っ赤だよ？」
　なんと赤面した憐斗くんが……。
「ったりめえだろうが……」
　ふふっ、ちょっとかわいいかも。
「あのさ〜……付き合ってもいいからイチャイチャしないで……」
　葵くんがそう言ってお茶を渡す。
「ご、ごめんね、見苦しかったよね」
　私、絶対にやけてたはずだし……。
　今さらながら恥ずかしい。
「いや、そうじゃないんだけどね、胸が痛い」
　胸が痛い……？
　どういう意味だろう？
　そう思って首をかしげていると美紅ちゃんが入ってき

た。
　そういえば、美紅ちゃんと会うのは、あの看病の時以来だ……。
「れーんと!!　遊びに……」
　美紅ちゃんは私たちを見て目を見開いた。
「ちょ、ちょっとなんでそんなに接近してるの!?　やっぱり色目使って……」
「……いい加減にしろ」
　低い声に美紅ちゃんが口をつぐむ。
　あ……憐斗くん、本気で怒ったかも……。
「色目使った？　それはお前の方だろ。勝手に彼女ヅラするな。……俺はこいつと付き合ってんだから」
　──シーン……。
　美紅ちゃんが目を見開いて憐斗くんを見る。
「嘘……でしょ……？」
「本当だ」
　憐斗くんの落ち着いた声に、美紅ちゃんが悲鳴に近い声をあげた。
「そんなっ……!!　私、私だって、憐斗のことが好きなのに……!!」
　やっぱり、そうだったんだ……。
　胸がズキッと痛む。憐斗くん……なんて言うのかな？
「……知るか。俺が好きなのは玲だけだ」
　私の頬がかあっと赤くなっていくのと同時に、美紅ちゃんはボロボロと泣き出した。

「私の……方がっふさわしい、のにっ……!!」
　その言葉に、今まで黙っていた真くんがパタンと本を閉じた。
「……散々玲のこといじめてたようなヤツが、なに言ってんの？　玲はあんたがいじめても仕返しもしないで黙って堪えてた。どっちの方がふさわしい？」
　わあ、こんなにたくさん喋ってるの初めて見たかも。
　それに、いつもとは違う、怒りを含んだ瞳。
　その目で睨まれて、美紅ちゃんもさすがにたじろいだ。
「っ……絶対奪ってやるんだからっ!!」
　そう言うとバタンッと乱暴に扉を閉めて去っていった。
「はあぁぁ……。なんだあいつ……」
　宗くんがそう言って心底うんざりした顔をする。
「かんっぜんに葵の幼なじみって立場利用してるし」
「そうなんだよねぇ……幼なじみの僕も結構苦手で嫌いなタイプだし……」
　そ、そうだったんだ……。
「じゃあ……出入り禁止にする？」
「……そうだな」
　葵くんと憐斗くんがそう言って、ほかの３人も頷く。
「じゃ、決定だね。伝えとく」
「ありがとな、葵」
「……玲ちゃんのためだしね……」
　葵くんはそう言うと部屋を出ていった。
「はあ……。それにしても真があんなにしゃべったのいつ

ぶりだ？」
　宗くんがそう言って真くんを見た。
「……玲のためだし……」
　真くんはそう言って本を開いた。
　さっきからみんな私のためって言ってるけど、姫ってやっぱりすごい立場なんだなあ……。
　それからはまたいつものように、ゲームをしたりしゃべったり。
　帰りはなにも用事がなかった真くんに送ってもらった。
　──真くんと部屋を出たあと、憐斗くんの不機嫌さにみんなオロオロしていたらしいけど、私はそのことを知る由もなかった。

初めてのデート

土曜日。
夜、お風呂上がりに電話がかかってきた。
相手は……え!? 憐斗くん!?
慌てて携帯を耳に当てる。
「も、もしもし?」
『玲。急にかけて悪い』
「ううん、全然いいけどどうしたの?」
少しの沈黙。な、なんだろう……?
「えーっと……」
『明日出かけられるか?』
「へ?」
思わず間抜けな声が出た。
出かけるって……出かけるって……。
「で、デートですか?」
『……まあそんなとこ』
わ、わぁぁあああ!
憐斗くんからデートのお誘い!!
『空いてるか?』
「う、うん! 空いてるよ!」
空いてなくても無理してでも空けるよ!!
『よかった。じゃあ10時に迎えに行くから』
「あ、えと、うん! わ、わかった!」
『フッ……楽しみにしてるな』
「う、うん! 私も! じゃ、じゃあね!」
『ああ、おやすみ』

震える手で電話を切った。
デート……明日デートするんだ……。
どこ行くのかな？
……って、服！　服決めなきゃ！
うーん……これがいいかな。
私が手に取ったのは、紺色のチュニック。
前にリボンがついていて、ふわっとしたシルエットがお気に入り。うん、これに白のボトムで決まりっ。
私は明日のことを考えながら、眠りについた。

翌日。
ま、まずい、まさかの寝坊(ねぼう)！
もうやだ、なんでアラーム鳴らなかったんだろう!?
慌てて顔を洗って、30秒で着替え。
昨日用意しといてほんとよかった……。
バッグに必需品を入れ、キラキラと輝くビジューがついたバレッタでハーフアップにする。
あとは……あ、色付きリップだけ塗っておこうかな。
そうして10分で支度完了。
ふう、なんとかなった……。
──ピーンポーン。
「今出まーす！」
鏡の前でささっと身だしなみをチェックして、バッグを持った。
少しだけヒールのある歩きやすいベージュのショート

ブーツを履いて、家を出る。
「おはようっ！　待たせてごめんね？」
　憐斗くんはポカーンとして私を見ている。
「私服……すげぇかわいい……」
　そっぽを向きながら言う憐斗くん。
　私まで、かあっと頬が赤くなった。
「あ、ありがとう……」
　とは言っても、憐斗くんのほうがカッコよすぎる。
　シンプルな白いVネックのシャツに、カーディガンを羽織り、黒のジーンズを履いた憐斗くん。
　私服姿は何回か見たことあるけど、久しぶりに見たからすごくドキドキする。
「今日は海行こうと思ってさ」
「海？」
　季節は秋……結構いいかもしれない！
　人も少ないだろうしね。
「そこでだ。選択肢が３つ。１つ目は電車、２つ目は車、３つ目はバイク。どうする？」
　うーん、そうだなぁ……。
「バイクに……乗ってみたい」
　電車は混むと思うし車は忠さんもいるし……。
　憐斗くんの運転はスピードが速いから少し怖いんだけど、せっかくだからふたりきりで出かけたい……！
「了解。バイク向こうに止めてるからちょっと待っててくれ」

憐斗くんはそう言うと、足早に去っていった。
　待っていると憐斗くんは爆音を響かせて私の前に来る。
「乗れるか？」
　ううん、と首を横に振ると、優しく笑って軽々と乗せてくれた。
「これもな」
　そう言ってヘルメットを被せ『これでよし』というように微笑む憐斗くん。
　やだもう私……ドキドキしっぱなしだ……。
「じゃあ行くけど……しっかり捕まれよ」
「う、うんっ」
　ゆっくりと憐斗くんの腰に手を回す。
　たったそれだけなのに、付き合う前にこうした時よりも胸が高鳴って、落ち着かない。
　私の鼓動、憐斗くんにも伝わっちゃってるかな？
　ドキドキと鳴り続ける心臓の音をかき消すように、大きな音を響かせてバイクが発進する。
　でも私を気遣ってくれてるのか、そこまでスピードを出さない。
　そういう心遣い……すごく嬉しい。
　信号が赤で止まると、密着しているのが恥ずかしくて、腰に回した手が熱くなった。
「この季節だと人少ないかな？」
　照れ隠しもあって話しかけた。
「ああ、たぶんな」

信号が変わってまた走り出す。
　気持ちいいな〜。
　この風を切っていく感じ、やっぱりすごくいい……。
「怖くないか？」
「うんっ、全然！」
「よかった」
　その後も信号が止まるたびにちょっとした話をして、1時間後に海に到着した。
　ヘルメットを取ると、結った髪が風に靡く。
　バイクを降りて、憐斗くんと一緒に海岸へと向かった。
「風が気持ちいいね」
「ああ、空いてるしな」
　並んで歩きながら、どうしても憐斗くんの左手を意識してしまう。恋人同士になったんだし、手とか、繋いでみたいけど……。
　憐斗くんはどうだろう？
　手を繋ぐなんて、いかにも恋人っぽいことをするのは好きじゃないかもしれないよね……。
「……玲」
「は、はいっ」
　思わずかしこまった返事になってしまって、憐斗くんがそんな私に優しくフッと笑う。
「この先、眺めいいところがあるけど行ってみるか？」
　眺めがいいところ……。
「行きたいっ！」

「ん、じゃあ行くか」
　憐斗くんはそう言うと、そっと私の手を取った。
「っ……」
　途端に憐斗くんの熱が伝わってきて、かあっと顔が赤くなる。
　私の熱も、憐斗くんに伝わってる。
　――ドキン……ドキン……。
　ただ手を繋いで歩いているだけなのに、心臓が暴れ出して。
　好き、という感情が溢れ出てくる。
　憐斗くんも、同じように思ってくれてるかな？
　そっと憐斗くんをみると、いつもと変わらない落ち着いた表情をしてるのに、耳だけが真っ赤になっていて、ついふふっと笑ってしまった。
「どうかしたか？」
「ふふっ……ううん。幸せだな、と思って」
「……そう、か」
　少し照れたようにそう言った憐斗くんの手をぎゅっと握り返して、ふたりで堤防まで歩いていった。
「ここ」
　私と憐斗くん以外誰もいない堤防にたどり着き、憐斗くんが地平線の彼方を見て微笑む。
「……すごく綺麗」
　太陽の光に反射して海面がキラキラと輝き、海の美しさにも思わず息を飲んだ。

都心から少し離れただけで、こんなに綺麗な海が見えるんだ。
「夕方になるともっと綺麗なんだ。後で見に来ような」
「うん！」
　それから近くのカフェでお昼を食べたり、しゃべったり。
　一日は瞬く間にすぎていった。
「そろそろ夕日が沈む頃だな……。行くか」
「うん！」
　わくわくしながら憐斗くんについて行く。
　さっきより少し高い位置に立って、眺めると……。
「綺麗……」
　夕日が海に浸かって、さっき見た時とはまた違う、美しい輝きを放っている。
「ここさ……俺のお気に入りの場所なんだ。イライラした時とか、バイクで飛ばしてここで静めるって感じでな」
「そうなんだ……。すごくいい場所だね」
「だろ？　またいつでも連れてきてやるよ」
「ほんと？　ありがとうっ」
　私が微笑むと憐斗くんも微笑みかえしてくれた。
「じゃ、そろそろ帰るか」
「うんっ！」
　そう言ってから手を繋ぎ、嬉しさを噛み締めながら、でももう帰らなければいけないことにどこか名残惜しさを感じながらバイクが置いてあるところまで戻る。
　すると、前からガラの悪い男の人が４人歩いてくるのが

見えた。
「あーまじうぜぇわ」
「ははっ、失恋とか笑える。ナンパでもすれば？」
　げ、下品な人たちだな……。
「お？　なんかかわいー子いる〜」
　早速ナンパしようとしてるし。
　そう思っていると憐斗くんにぐっと引っぱられた。
　どうしたのかな？
　憐斗くんを見ると、４人組を睨んでいる。
　え……かわいい子って私のことだったの!?
「なになに彼氏？　イッケメーン。でも俺らと遊ばねぇ？」
　いやいやおかしいでしょ……。
　なんで憐斗くんがいるってわかってるのに誘ってるんですか……。
「……遠慮しときます」
「そんなこと言わずにさぁ。こいつ慰めてやってよ」
　なんで私が……!?
「……こいつにナンパしてんじゃねぇよ。散れ」
　憐斗くんの低い声。
「うっわー何様？　うぜぇ……ちょうどむしゃくしゃしてたし相手してよ」
　なな、なんでそうなっちゃうの!?
「チッ……雑魚が」
　こっちも!?
　総長の憐斗くんが降臨しちゃったじゃない〜！

「っんだとてめぇ！」
　そう言って、4人組が殴りかかってきた。
　4対1⁉　なにこの不利なケンカ‼
「目、つむっとけ」
　憐斗くんはそう言うと、さらっと4人の攻撃をかわした。
　す、すごい。やっぱり桁違いに強い……！
　目をつむっているように言われたのも忘れて思わず見惚れてしまっていると、うしろから誰かにトントンと肩を叩かれた。
　振り返ると、金髪のリーダーっぽい人がニヤニヤして立っている。
　な、なに…？
　イヤな予感がして一歩下がると、顎をつかまれた。
「いいねぇ、もろ好み」
　その途端、ぞぉっと背筋が凍りつく。
「さっ、触らないでっ……！」
　そう言うと憐斗くんが私の声に気づき、振り返ったかと思うと、金髪の人の手に蹴りを入れた。
「なんだこいつ、強すぎだろ…！　逃げるぞ」
　そう言って4人組が呆気なく逃げてくと、憐斗くんは、はあっとため息をついた。
「なんだったんだ。ったく……」
　そう言うと私の顔を覗き込む。
「大丈夫か？」
　そんな彼にドキドキしながらも「う、うん……」と答え

る。
　ケンカしてるとこ見るのは2回目だけど、さすが総長ってだけあって強いなぁ……。
　それに、むやみに攻撃するんじゃなくて、私を守るために最大限の防御をしてくれてるんだよね。
　大切にしてもらってることが身にしみてわかるというか。
　今までも何回か助けてもらったけど、守ってもらうたびにますます憐斗くんのことが好きになっていく。
　そんなことを考えていると、憐斗くんにぐっと顎をつかまれた。
「……うざ……」
　ガーン……。な、なんで？
「あいつら、俺の玲に触ったな……ったく、許せねぇ」
　あっ、私に対してじゃなくて、そっちだったの!?
　ホッとすると同時に顔が赤くなるのを感じる。
　なんかすっごくきゅーんときた……。
　──次の瞬間、一瞬だけ憐斗くんと唇が重なった。
　ふ、不意打ち……。
「……帰るか」
　あ、照れてる……。
　真っ赤な顔を見て、なんだか心がほっこりとあたたかくなるのを感じた。
「……うん。憐斗くん、今日はほんとにありがとう」
　するとますます顔を赤くした憐斗くん。

「……ああ」
　憐斗くんの照れ顔に微笑んで、私は幸せな気分で帰路についた。

告白

デートの日から少し経ったある日の放課後。

憐斗くんといつものようにたまり場に向かうと、幹部部屋にはまだ誰もいなかった。

「学校でなんか呼び出しがあったのかもな……。玲、悪いけど俺、下のヤツらにちょっと呼ばれてて。30分くらいで戻ってくると思うから、待っててくれるか？」

「うん、わかった！」

憐斗くんは急いで下におりていった。

私はとくにすることもないから、本を手にとってページをめくる。

「……玲」

「へっ!?」

誰もいないはずの部屋で名前を呼ばれ、思わず飛び上がる。

顔を上げると、真くんがトイレから出てくるところだった。

「真くん……びっくりした」

「ごめん。……憐斗は？」

「用事があるって下に行ったよ。30分くらいで帰ってくるって」

「……そっか」

真くんは私の隣にストンと腰をおろした。

どうしたんだろう、突然隣に座るなんて……。

「えっと、どうかした？」

「……俺が女嫌いな理由……憐斗たちから聞いた？」

「少し前に、憐斗くんから義理のお姉さんのせいだって聞いたけど……」

けど、詳しいことは聞いてない。

なにがあったのか、どうして女性恐怖症になってしまったのかは……。

「……少しだけ、昔の話してもいい？」

どこか決意のようなものを含んだ声にゆっくり頷くと、真くんは一度大きく息を吸ってから話し出した。

「……実はさ、小学生の時に……そいつに襲われかけた」

……え？

「義理の姉ってのは、父親の再婚相手の連れ子のことなんだ。7歳上なんだけど、最初は普通に仲がよかったのに、だんだん身体を触られるようになって……」

淡々と語りながら、それでもどこか顔色が悪い。

「真くん……」

これ以上無理して話さなくていい、そう言おうとした私の声を遮るように、言葉を続けた。

「ある日家でふたりきりになった時、突然服を脱がされた。俺は仲のいい姉弟になりたいと思ってたのに、向こうは無理やり恋愛関係になろうとしたんだ」

その時のことを思い出したのか、少し体が震えている。

「ちょうどその時に父親が帰ってきて、俺は助かった。父親はそのことを理由に離婚したし、あれ以来その人とは会ってない。でも、それからずっと女がダメなんだ」

そうだったんだ……。すごく……怖かったよね。

しかも当時小学生でしょ？
　きっと、想像できないほどの恐怖だと思う。
「でも……玲だけは違った」
「え？」
　私は真剣な瞳をした真くんを見る。
「……他のヤツは、俺の女嫌いを直そうとして無理に触ってきたりしたから」
　そういえば言ってたね、初めて会った時に……。
「玲はそんなことしなかったし……それに蓮さんの妹って知って親近感湧いて。知らないうちに……」
　真くんはそこでいったん言葉を区切った。
　なにを言われるんだろうと、次の言葉を待っていると。
「……好きになってた」
　え？
「……ごめん。でも怖いって感じなかったのは玲だけだったから」
　頭の中、少し混乱状態。
『好き』……。それって、恋の方の……？
「……べつに困らせたいわけじゃなくて、正直な気持ちを伝えたかっただけ」
　そんな……そんなこと……。
　私が戸惑っているとドアが開いた。
「ただいま〜」
「お、おかえりっ！」
　慌ててそう言って立ち上がる。

「って、真、近いよ！　接近注意報発令！」
　葵くんがわずかに頬を膨らませて言う。
「そ、そんな接近なんてっ」
　続いて部屋に入ってきた憐斗くんが、眉を寄せた。
「れ、憐斗くんっ！　お帰りっ」
「……接近？」
「し、してないっ」
　とは言ったものの……心の中がざわざわして、落ち着かない。
「ふうん……」
　憐斗くんの声に、思わず目を伏せてしまう。
　でもそりゃそうだよ。
　だって私真くんに告白、されちゃったんだもん……。

【真side】

いつからだろう。

玲を意識するようになったのは……。

女嫌いの俺は、初めは玲を毛嫌いしてた。

他の女と一緒で、きゃーきゃー騒ぎながら無理やり俺に触ってきたりして、女嫌いを直そうとするんだろうな、って思ったから。

でもそんなことなくて。

それどころか俺を気遣ってくれた。

バイクに乗せたときも、すごい遠慮がちに手ぇ回してたし……。

そんな玲に惹かれたんだ、女嫌いの俺が。

でも……憐斗と付き合うことになって。

そのことを聞かされたとき、心臓が止まるかと思った。

それほど……ショックだったんだ。

それほど……好きなんだ。

初めてできた好きな人……。

その初恋の人……玲は今、少し顔を赤くして憐斗と笑顔で話してる。

その笑顔を……俺に向けてほしくて。

でもそんなの絶対に無理で……。

だから言ったんだ、好きだって。

俺の想いを伝えたとき、玲は案の定、困ったような顔をして俺を見た。

そのときドアが開いて憐斗と葵が帰ってきて。

玲は立ち上がり、俺から離れて憐斗のところに行く。
それがすごく悔しくて……。
俺はいつものポーカーフェイスで本を手に取った。
でも……玲と憐斗のことが頭から離れなかった。

【玲side】
　どうしよう……真くんの告白が頭から離れない……。
　べつに、真くんが気になるとかじゃなくて……。
　私が好きなのは憐斗くんだけど、それでも今は、心が乱されたままだよ……。
「……玲？」
　憐斗くんが私を覗き込むように見る。
「どうした？」
「な、なんでもないよっ」
　そう言ってごまかしてなにげなく真くんを見ると、いつものように本を読んでいる。
「……ちょっと来い」
　憐斗くんはそう言って私の腕をつかんで引っぱっていく。
「え？　どうしたの？」
　戸惑っている様子の葵くんが、憐斗くんに聞くけれど。
「ちょっとふたりにしてくれ」
　憐斗くんはそれだけ言い、私を連れて総長部屋に入った。
　バタンっと少し乱暴にドアを閉める。
　なにか……怒ってる？
「あの、憐斗く……」
「なにされた？」
　……え？
「……真に、なにされた？」
　ぎくっ……。

「真のこと見てただろ？」
　憐斗くんはそう言って私を見る。
　その強い眼差しに、思わず顔を背ける。
「俺から目ぇ逸らすのは、なにかやましいことがあるからか？」
　憐斗くんは低い声でそう言って、私を壁に押しつけた。
　いわゆる壁ドンってやつだ……。
　それでも今はときめくどころか、びくりと肩を揺らした。
「……言えよ。なにされた？」
「れ、憐斗くん……」
「なに」
　強い口調のままそう言う。
「っ……怖いよっ……」
　鋭い目の中にはいつもの優しさがなくて、私の腕をつかむ手も、跡がつきそうなくらい力が込められている。
　ただでさえ真くんの告白で動揺していた心が、憐斗くんの冷たい瞳に射すくめられてきゅっと縮こまるような、そんな感じがして……。
　私は憐斗くんの視線から逃れるように、ぎゅっと目をつむった。

嫉妬して

【憐斗side】
「っ……怖いよっ……」
　そう言われてハッとした。
　俺……なにやってんだ……。
　でも憤った心はおさまらない。
　部屋に帰ってきたら、玲は真の方をチラチラ見て、心ここにあらずって様子で。
　真が原因に違いないし、なにかされたに決まってる。
　そう思うと焦りで心が埋め尽くされて、おまけに玲に顔を背けられて……爆発してしまった。
　玲の言葉に、やっと冷静になれた気がする。
　でもまだ完全にはおさまらない。
「……で、なにされた？」
　玲はビクッとして俺を見る。
　結構傷つくな、この反応……。
「あ……の……」
　そんなに言いにくいことなのか？
「真くんに……告白、されて……」
　……告白？
　真……やっぱりあいつ、玲のこと好きだったのか。
　女嫌いの真が玲に優しいのを見て、ちょっとそうじゃないかとは思ってた。
　でも、まさか告白するなんてな……。
　っていうかまさか玲は、告白されたから真の方にいくとか……ないよな？

「でも私、憐斗くんが好きだから……」
　涙でいっぱいになった目を伏せながら、それでも一生懸命にそう言葉を紡いだ玲に心臓がドクンッと音を立てた。
　……ヤバい。
　怒ってることなんか忘れちまいそうだな。
「その、戸惑っちゃって……」
　そりゃそうだよな……。
「真くんのことが頭から離れなくて……」
　……なんだと。
　真のことで頭いっぱいとか……。
「だから……ってんんっ!?」
　俺はいつの間にか玲の唇を強引に奪っていた。
「れ、れんとっ……んん！」
　……これ以上不安にさせるな。
　お前の魅力は俺が一番理解してる。
　だからこそ誰かに奪われたり、その魅力に気づかれるのには耐えられない。
　ドンドンと胸を叩かれてやっと唇を離す。
「れん、とくん……ごめん、あの……私の恋人は憐斗くんだし、好きなのも憐斗くんだけだから」
　素直に嬉しい。けど……。
　真、やっぱ危険だな。
　前も俺を妬かせたのは真だったし。
「……悪かった」
　俺の言葉に玲が顔をあげた。

「……妬いてた。ごめんな、怖がらせて」
「憐斗くん……私こそごめんなさい」
　玲はそう言って俺をまっすぐ見た。
「絶対憐斗くん以外を好きにならないからね？」
「っ!!」
　ヤバいな、こいつの破壊力……。
「俺も、お前以外好きにならない」
「……っ……うんっ」
　そう言ってやっと微笑んだ玲に、謝罪の意味も込めてそっと抱きしめた。
　そのあと部屋を出て、本を読んでいる真から玲を遠ざけるように連れていき、車に乗せて家まで送った。
　部屋に戻ると、他のメンバーが戻ってきていた。
　俺は迷わず真のところに行って本を取り上げる。
　そんな俺の行動に、真は『なに？』とでも言いたそうな顔を向けた。
　この余裕っぽさっつーかマイペースさ？
　すげぇ神経逆なでしてくるな。もしかしてわざとか？
「……お前、玲に告ったって？」
　俺の言葉に他の３人は蒼白。
「そうだけど」
　なんでもないことのようにそう言った真に一瞬カチンときたけど、まあここは抑える。
「……手、出すなよ」
「ふーん……追い出さないの」

「女絡みの理由だけでお前を追い出したくねぇし、玲を悲しませたくないからな」
　俺の言葉に、３人はほっとしたように肩の力を抜いた。
　まあ……真は『姫』に告ったってことだからな……。
　普通の総長なら、追い出すとかボコボコに殴るとかするんだろうけど……。
　たとえ相手が真じゃなくてもそんなことはしたくねぇし、玲に自分のせいだって思ってほしくない。
「……言っとくけど、今は総長としてじゃない。玲の恋人として言ってる」
　そう言うと真も、まっすぐ俺を見て言った。
「……俺も今は幹部としてじゃなくひとりの男として言う。……これから玲にアタックしてくから、覚悟してて。あと、姫っていう肩書きで玲の心を縛るのはなしだから」
　真の挑発的な声に、うしろの３人が顔を引きつらせているのがわかった。
「……総長の名を使うような汚いマネはしねぇよ。けど、玲を傷つけるようなことは絶対にするな。これは総長としての言葉だ」
　俺がそう言うと真は黙って頷いた。

美紅と憐斗

【玲side】
　翌日、学校に行くと、ばったり奏くんと会った。
「奏くん、おはよう」
「ああ玲。おはよう」
　今日も爽やかだなあ……。
「あのさ……玲」
「なに？」
　なんだか言いにくそうな奏くん。
「真のこと……どう思った？」
　え……？
「告白、されたんだろ？」
「……うん……」
「……俺は、憐斗から離れないでほしい」
　顔をあげると奏くんの真剣な表情。
「え……？」
「……あいつもいろいろあるからさ。見捨てないでやってほしいんだ……」
　どういう意味……？
「それって……」
「かーなーでーく〜ん！」
　奏くんのファンの声に遮られて、結局聞けなかった。
　もちろん、真くんの告白は、タイミングを見て断ろうと思ってるけど。
　憐斗くんにいろいろあるって……どういうこと？
　あ……そういえば以前少しだけ教えてもらったっけ。

虐待を受けてたって言ってたけど、詳しいことはいつか憐斗くんから教えてもらうまで待とうって決めてたから、まだなにも知らないままだ。
　よくよく考えたら全然知らないんだよね、憐斗くんのこと。
　なんだかさみしいな……。
　でも、こういうのは無理やり聞くことじゃないよね。
　いつか、話してくれる日がくるはず……。
　私は気持ちを切り替えて教室へ向かった。

　放課後、いつものようにたまり場にいき、憐斗くんの部屋で過ごしていると。
　外からバタバタと音がして、突然バンッと扉が開いた。
「み、美紅ちゃん!?」
　そう呼ぶと、美紅ちゃんがすごい目で私を睨む。
「美紅っ、いい加減にしろよ！」
　珍しく葵くんが怒鳴っていて、かなり怒っているのがわかる。
「離れてよ！」
　美紅ちゃんがそう言って、目に涙を浮かべる。
　え、ど、どうしよう!?
「帰れよ、お前は出入り禁止になっただろ!?」
　宗くんも怒鳴る。
「うるっさいわね！　今日は玲ちゃんに用があるの!!」
　え、イヤな予感しかしない……。

「……なんでお前がここにいんだよ」
　憐斗くんは美紅ちゃんを見ると、思いっきり睨む。
「っていうかなんで玲なの!?　こんな子平凡だし、私の方がかわいいし。ほんとは尊敬する人の妹だからっていうだけの理由なんじゃない？」
　ピシリとその場の空気が凍ったような気がした。
「お前……言っていいことと悪いことがあるだろ」
　怒りに震えた憐斗くんの声が部屋に響き渡り、私までビクッと肩を揺らしてしまった。
「っ……なんでなの。なんで、そんな子を好きになったのよっ……！」
　思わずハッとさせられる。
　憐斗くんへの想いが、すべて詰まったような悲痛な声。
　美紅ちゃんは頬を涙で濡らし、必死でぬぐっていた。
「私のこと助けてくれたじゃない。私のこと救ってくれたじゃない。あの時の優しさはなんだったの？　もう全部その子のものなの？」
　助けた？　救ったって……。
　私の知らないふたりの過去を見せられたようで、なんだか居心地が悪い。
　どういうことなの？
　ふたりの間になにがあったの……？
「私のこと守るって言ってくれたのに……！」
　ドクンっと心臓が音を立てた。
　憐斗くんが、そう言ったの……？

美紅ちゃんのことを守るって？
「……美紅、俺がお前を助けたのは事実だ。でもそれがお前のことを想う理由にはならない」
「なんでよ！　私のことが好きだったんじゃないの!?」
　え？
　思わず憐斗くんを見つめると、憐斗くんはあくまで冷静な目で美紅ちゃんを見ていた。
「勘ちがいさせたなら、悪かった。けど、俺はお前をそんなふうに思ったことはない」
　憐斗くんの言葉に、美紅ちゃんははらはらと涙をこぼしたかと思うと、私をきっと睨んだ。
「その子のせいなんでしょ？　その子がいなかったら、憐斗は私のことをっ……！」
「美紅」
　低い声で憐斗くんがそう名前を呼び、美紅ちゃんはしゃくりあげながら言葉を止める。
「……あのときお前を助けたことを、後悔（こうかい）させないでくれ」
　憐斗くんの静かな声は、再び美紅ちゃんの涙腺を崩壊させた。
「っ……ひくっ……」
「……美紅、帰ろう。僕が送っていくから」
　そっと声をかけて背中を押す葵くんに、美紅ちゃんは逆らうことなく扉に向かっていく。
「……私は許さないから。その子が恋人だなんて、絶対認めないっ……！」

美紅ちゃんは去り際にそう言って私を睨み、部屋を出ていった。
「……じゃ、俺らも戻るか」
　奏くんがそう言って3人も去っていき、部屋には私と憐斗くんのふたりきりになった。
　だけど、憐斗くんの顔を見ることができない。
　ぐるぐると渦巻く疑問と、嫉妬。
　憐斗くんと美紅ちゃんの関係に対する、黒い感情が心を支配する。
「……悪かったな、イヤな思いさせて」
「……ううん。でも……」
　聞いてもいいのかな？　ふたりの関係と、過去。
　どうして憐斗くんが美紅ちゃんと縁が切れないのか。
「……中学のとき、俺と葵と美紅は同じ中学に通ってた」
　私の不安を感じ取ったのか、憐斗くんがそう話し始めた。
「そうだったの？」
「ああ、でも当時美紅には好きなヤツがいたんだ」
　好きな人……？
「他校の先輩とか言ってたな。ふたりは付き合い始めて、葵や俺によく嬉しそうに話してた」
　ってことは、その時はまだ憐斗くんのことを好きじゃなくて、友達としていい関係だったってこと？
　それがどうして、今みたいな関係に……？
「それがある時を境に、その男が美紅に暴力を振るうようになった」

え……？
「日に日に腕や顔に傷が増えていって。なのに美紅は笑ってた。あの人が好きだから、とか言いながら」
　憐斗くんの言葉に絶句する。
　それって、DVを受けてたってことだよね……？
　今まで知らなかった美紅ちゃんの過去に、少しぞくりとする。
　どんな気持ちだっただろう？
　好きな人に、しかも恋人に暴力を振るわれるなんて。
　好きだから……だから耐えるしかなかったのかな？
　いつか前のように優しくしてくれるって、そんな淡い期待を胸に抱いて……？
「葵は心から心配して、俺も気にかけてた。それで、俺は竜龍のメンバーと繁華街の裏道を歩いている時、偶然美紅がその男と歩いてるのを見かけた」
　憐斗くんはそこでひと呼吸おく。
「……美紅は疲れ果てた顔でそれでも笑ってた。けど、その日男がしようとしてたのはただの暴力じゃない。美紅を他の男に売り渡そうとしてたんだ」
　ぞくりとする。
　売り渡そうとしてたって……。
「さすがに美紅の顔色が真っ青になったのを見て、俺は美紅を助けた。それで言ったんだ、あんな男と付き合うのはやめろって。美紅は心のどこかでその言葉を待ってたのかもしれない。俺の言葉に泣き崩れて、頷いた」

その時のことを思い出したのか、憐斗くんはスッと目を伏せた。
　そう……だったんだ……。
　それが美紅ちゃんがさっき言ってた、憐斗くんが美紅ちゃんを救った日のこと……。
「無事その男と別れて、俺も葵もホッとしてた。けど美紅の心の傷は深くて、なかなか治らない。俺と葵でサポートしてるうちに、美紅の心が俺に傾いてきた」
　あ……。
　そのときだったんだ、憐斗くんを好きになったのは。
「告白もされた。断ったけど、まだ傷が治りきってない美紅を無下にはできなくて、そのあとも優しくし続けた。それがいけなかったんだろうな。美紅はどんどん俺に依存するようになって、その結果が今だ」
　憐斗くんがそう話を終えた。
　私は……過去を知った今、美紅ちゃんにどんな気持ちを抱けばいいのかわからない。
　美紅ちゃんが憐斗くんに抱いている『好き』という感情は、思っていたよりもずっと深くて、ずっと重い気持ちなんだ……。
　きっと美紅ちゃんは、憐斗くんが好きという気持ちがあったから心が壊れずにすんだんだ。
　それはきっと今も同じで……。
　もし今、憐斗くんに縁を切られたらもう立ち直れなくなってしまうかもしれない。

だから憐斗くんも葵くんも、美紅ちゃんのことを無視することができないんだ。
　うつむいてそう考え込んでいると、憐斗くんが、ぽんと私の頭をなでた。
「心配はしなくていい。俺が好きなのはお前だけで、その気持ちに美紅は関係ないんだから」
　憐斗くんの安心させるような声とその言葉に、私はゆっくりと頷いた。
　……そうだよね。
　美紅ちゃんが昔ひどい目に遭っていたことも、憐斗くんがそれを救ったことも、美紅ちゃんが憐斗くんを好きなことも。
　全部本当のことだけど、私にできるのは憐斗くんの心を信じることだけ。
　それで、いいんだ。
「……私、憐斗くんのことが好きだよ」
「っ……。俺もだ」
　突然伝えたくなったその言葉に、憐斗くんもそう返してくれて。
　私は少し安心してそっと微笑み、憐斗くんの肩にコツンともたれかかった。

【憐斗side】

　俺の肩にもたれかかり、心地よさそうに目を閉じる玲。

　彼女の安心した様子に、ホッとした。

　玲に話したことは全部本当のことで、彼氏からDVを受けていた美紅を救い、そのあとも気にかけていたら想いを寄せられた。

　きっと、窮地を救ってくれた人間だから、依存してしまったんだろう。

『憐斗なら私を救ってくれる』

『もし私を受け入れてくれないなら、もう生きたくない』

　何度も言われたこのふたつの言葉。

　冷静に考えると脅しとも取れる美紅の言動に、それでも逆らうことはできない。けど……。

　……なによりも大切な存在ができた今、もう美紅の気持ちを優先させることはできない。

　これ以上玲を不安な気持ちにさせたくない。

　そろそろ、美紅との関係にケリをつける時だ。

　俺はそう決意して、玲の頭に自分の頭をそっと寄りそわせた。

キス

【玲side】

　憐斗くんと美紅ちゃんの関係について知ったあの日から、数日後の放課後。

　たまり場でみんなと過ごしていると、憐斗くんの携帯が鳴った。
「もしもし。……わかった。今行くから待ってろ」
　神妙な顔をしながら小声で話しているかと思ったら、あっという間に通話を切る憐斗くん。
「悪い、今からちょっとだけ外出てくるな」
「うん、わかった。待ってるね」
　そう言いつつも、いつもと違う憐斗くんの様子が気になる。

　私は、憐斗くんが行って少ししてから、トイレに行くフリをしてこっそりあとを追った。

　階段を下りて、たまり場の出口からそっと外の様子をうかがうと、バイク置き場の横に佇んでいる憐斗くんのうしろ姿が見えた。

　その向かいにいるのは……美紅ちゃん。

　どうして？

　なに……話してるんだろう？

　いつもとは違う雰囲気のふたりの会話に、いけないと思いながら耳を傾けてしまう。

　──すると。
「ねえ憐斗。私やっぱり憐斗が好き」
　美紅ちゃん……。まだ、あきらめてなかったんだ。

「また私のこと救ってよ。私と付き合って？」
「……悪いけど無理だ」
　憐斗くんの言葉に、ホッとしたのもつかの間。
　美紅ちゃんはぎりっと歯を食いしばって憐斗くんを見た。
「じゃあ私、もう死んじゃおうかな。これ以上傷つくの、もうイヤなの」
　えっ……!?
　思わず声を上げそうになって、口を押さえていると。
「……そういうのはもう、やめてくれ」
　そんな、憐斗くんの冷静な声が響いた。
「俺は玲と付き合ってる。これ以上あいつを傷つけるようなら、もう俺はお前としゃべることもしない。今日は、お前との歪んだ関係にケリをつけたくて来たんだ」
　憐斗くん……。
　胸が、熱くなった。
　私のためにそこまでしてくれるなんて……。
　切り捨てるように言ったその言葉は、きっと並み大抵の覚悟で言ったことじゃないと思う。
　美紅ちゃんを救った自分と、それに捕らわれてしまった美紅ちゃんの恋心を全部打ち切る言葉だから。
　私がその場で動けずにいると、ふと、美紅ちゃんと目が合ったような気がした。
　あれ……今もしかして、笑った？
「っ……ひどいよ」

憐斗くんに視線を戻し、つぶやくようにそう言った美紅ちゃん。
「けど、そうやって筋を通そうとする憐斗だから好きになった。大好きなの。もう憐斗以外目に入らないくらい……」
　美紅ちゃんの声には切なさが混じり、涙があふれているのか、少し嗚咽まじりで、憐斗くんに自分の想いをぶつけている。
「……お願い憐斗。最後に１回だけ言ってよ、私のことが好きだって」
　その言葉に息が止まりそうになった。
　えっ……？
「そしたらもう死ぬなんて言わない。ねえお願い、私のこと抱きしめて、好きって言って？」
　そう言って、一歩憐斗くんに近寄る美紅ちゃん。
「ねえ、憐斗」
　美紅ちゃんはちらりと私を見た。
　光を宿していないその目に背中がぞくりとする。
「……私のこと、抱きしめてよ」
　次の瞬間憐斗くんが動き、私は踵を返してたまり場の階段に向かって走った。
　これ以上ふたりを見ていたくない。
　美紅ちゃんの過去、憐斗くんの気持ち、そして私の気持ち……。
　すべてがごちゃごちゃに混ざって、泣きたくなるような衝動に駆られる。

……憐斗くんを信じていないわけじゃない。
　それでも『死ぬ』とまで言った美紅ちゃんを止めるためなら、優しい憐斗くんは美紅ちゃんを抱きしめて『好き』って言ってしまうかもしれない。
　もちろん、憐斗くんが美紅ちゃんといるのは耐えられない。
　でも、それをやめる代わりに美紅ちゃんを抱きしめるのは、もっと耐えられない……。
　自分のわがままな、独占欲にあふれた心がイヤになる。
　もう、なにも考えたくない……。
　私は決して振り返ることなく、みんなの元へ戻った。

　翌日の放課後。
　昨日はあのあと、用事ができたからと伝えて忠さんに屋敷へ送ってもらい、モヤモヤした気分を抱えたまま過ごした。
　その気持ちは今日まで持ち越していて……。
　今だって、みんなと話をしていても、つい美紅ちゃんのことが頭をよぎってしまう。
　ちらりと隣に座る憐斗くんを見る。
　……昨日、あのあとどうしたの？
　美紅ちゃんを抱きしめ返した？
　好きだって、囁いた？
　そう考えるだけで胸がきゅーっと痛んで、いてもたってもいられない。

「そういえば。これから、真と玲ちゃんがふたりきりになっちゃうね」

葵くんがポツリとつぶやいて、部屋に少し緊張した空気が走る。

そっか、みんなこれから下で定例の集会なんだ。

集会は総長の憐斗くんはもちろん、幹部のみんなも前に立たなければいけない。

でも、幹部の中で一番歴が浅い真くんは、この部屋の見張り役として残ることになる。

真くんとふたりきりになってしまうのは、ちょっと気まずいけど……。

ちゃんと話をするいい機会かもしれない。

「大丈夫だよ、がんばってね？」

私はそう言って憐斗くんに微笑みかけた。

「ああ……。30分くらいで戻るからな」

「うん」

「じゃ、行ってくる」

「俺たちも行ってくるな」

「うん、いってらっしゃい」

　——バタン……。

そうしてみんなが出ていき、真くんとふたりきりになる。

「……玲」

「は、はいっ」

と、飛び上がっちゃった。

「……無理するな……」

切なそうにそう言った真くん。
「え……？」
　無理……って？
「……昨日、見てた」
　え……。
　昨日って、私が憐斗くんと美紅ちゃんを覗き見してた時のこと……？
「我慢(がまん)してるんだろ？」
　真くんに図星を指されてどきりとする。
「憐斗と美紅が一緒にいるの……イヤなんだろ？」
　私の心を見透(みす)かすように、どんどん言葉を紡がれて、そのたびに私はうつむいてしまう。
「さっきだって無理に笑顔作ってたし……」
　……気づかれてたんだ。
「……玲」
　真くんが、私が寄りかかっている壁に片手をつき、近づいてくる。
「……俺じゃ……ダメか？」
　また少し近づいてくる真くん。
「今、苦しそうな顔してる……そんな顔させたくない」
　逃げる間もなくどんどん迫ってきて、とうとう両手で壁に追いやられてしまった。
　私の目から涙があふれる。
「……玲」
　名前を呼ばれて顔を上げる。

「……俺ならそんな顔させない」
　そう言われて、次の瞬間。
　ぐっと腕をつかまれて、唇を奪われた。
「し、真く……んん……っ!!」
　息をする間もなく降ってくるキス。
「ん……っ」
　倒れそうになったのを抱きとめられ、そのままキスをされる。
「真く……やめ……」
　目の端から涙が一筋伝ったその時。
　──バアンッ!!
　と、大きな音を立てて扉が開いた。
　驚いてそっちを見ると、そこに立っていたのは怒りに満ちた憐斗くん。
「真……」
　そう言うとつかつかと歩み寄り、私をぐいっと引っぱった。
「お前っ……」
「なにしたかって？　……そっちこそ、玲になにした」
　静かな怒りをたたえた声で言う真くんと、彼を睨みつける憐斗くん。
「人の恋人にチェ出しておいて、随分強気だな」
　憐斗くんの言葉に、真くんは睨み返した。
「俺だって、玲を苦しませるようなヤツに奪われる気はない」

まっすぐ、燐斗くんの目を見て言う真くん。
　燐斗くんはその目を真っ向から見つめ返すと「……ちょっと来い」と言って私を引っぱっていった。

【憐斗side】

　真と玲をふたりきりにさせてしまったことに焦りながら、集会を最低限の時間で切り上げた。

　階段を上がると、自分の耳を疑うような声が聞こえてくる。

「真く……んん……っ!!」

　心臓が止まるかと思った。

「真く……やめ……」

　扉をバアンっと開けた。

　そこには、壁に追いやられて真に抱きしめられた状態の玲がいて……。

　キスされていた。俺以外の男に……。

　玲を自分の方に引き寄せて、真を責めた。

　それでも真の悪びれない様子に怒りが募る。

　人の恋人に手を出しておいて、なんでそんな高圧的な態度とってんだよ？

　俺はとにかく玲に事情を聞こうと、彼女を引っぱって自分の部屋に入れた。

　そして今。

　玲はうつむいて唇を噛み締めている。

　よく見ると、頬にはいく筋かの涙の跡があった。

「……泣いてたのか」

　そっと涙をぬぐおうとすると、パッと顔をそらされた。

「な、なんでもないの。ごめん、私油断しちゃってたね。真くんにあんなことされるなんて……」

震えた声、潤んだ瞳。
だけど、なにか違う気がした。
真にキスされたことだけが原因じゃないような……。
ふと、さっき真が言っていたことが蘇る。
『玲を苦しませるようなヤツに奪われる気はない』
もしかして……玲が泣いたのは、俺のせいか？
「……玲」
そう名前を呼ぶと、玲はパッと顔を上げた。
「その涙は、俺のせいか？」
俺の言葉に、玲はゆっくりと首を横に振った。
「ち、違う……」
今にも泣きそうな声。
なにかを耐えているようなその瞳は正直で、ぐっと胸が痛んだ。
「玲、俺はお前を悲しませたくない。頼むから理由を話してくれ」
不安を取り除きたい。
その一心で玲に語りかける。
すると、玲はゆっくりと話し始めた。
「……昨日、ね、見ちゃったの。憐斗くんが美紅ちゃんと話してるところ……」
昨日……外で美紅と話してた時のことか。
「告白されてるところも、断ってるところも、全部聞いちゃったの」
罪悪感を含んだ声に。俺の心が痛くなる。

「憐斗くん」
　玲はやっと顔を上げて潤んだ目で俺をまっすぐ見た。
「美紅ちゃんのこと抱きしめた？　好きだって、そう言ったの？」
　その言葉を聞いて、やっと腑に落ちた。
　そうか、美紅の言葉を聞いて……。
　不安にさせてしまった、ひとりで抱え込ませてしまった。
　思わず玲を抱きしめる。
「っ……憐斗、くん？」
　戸惑ったようにそう言って、きゅっと抱きしめ返す玲。
「お前以外のやつを、抱きしめるわけないだろ。ましてや好きとか……相手がどんな要求突きつけてきても、絶対に言わない」
　そう言って、抱きしめる力を強める。
　昨日、美紅に言われたときも少しも揺らがなかった。
『玲以外の女を抱きしめたり、好きとか言うくらいなら、俺の方から縁を切る』
　そう伝えると、美紅は絶望にも似た表情を浮かべた。
　もう、自分本位の言葉が絶対に俺に届かないことを悟って。
　どうやっても、引き止められないとわかって。
　数年の間、俺はずっと美紅を支えてきた。
　傷ついた心を癒すために、絶対に崩れないように。
　それでも俺はもう、美紅を慰める言葉はかけなかった。
「玲、不安にさせて悪かった」

少し体を離してそう言うと、玲は涙をごしごしぬぐった。
「っ……ううん、私こそ疑っちゃってごめんなさい」
「いや、疑わせるようなことした俺が悪い。もうあいつとは縁を切ったから、安心しろ」
　俺の言葉に、玲は驚いたような目を向ける。
「え……で、でもそれじゃ美紅ちゃんは……」
　目をこすりながらそう話す玲の手を止めて、涙をそっとぬぐう。
「俺は、お前を選んだ。それだけだ」
　俺の言葉に玲は目を見開いてから、少し嬉しそうに微笑んで。
　それでも美紅を思ってか、優しい涙を流す。
　……たしかに、美紅は傷ついたかもしれない。
　以前のようにふさぎ込んでいるかもしれない。
　それでも、いつまでもこんな関係を続けるわけにはいかない。
　もうずっと前に終わらせるべきだったんだ。
　あいつも俺も、前に進めない。
「不安、取り除けたか？」
「っ……うん」
　玲の言葉に俺はそっと微笑んで、優しくキスを落とした。

【玲side】

　憐斗くんの温もりを感じながら、私も自分のことを考えた。

　憐斗くんは、美紅ちゃんと縁を切った。

　私の不安を取り除いてくれて、涙をぬぐってくれた。

　今度は私の番だよね。

　私も真くんのこと、ちゃんとケリをつけなくちゃ。

　告白されたまま放置するなんて、想いを伝えてくれた真くんにも失礼だよ。

「……憐斗くん、私、真くんと話してくるね」

　そう言うと、憐斗くんは少し瞳を揺らした。

「話すって……」

「告白のこと、タイミングが合わなくてちゃんと断ってなかったの。私は憐斗くんが好きだって、そう伝えようと思う」

「……わかった」

　するっと腕を解かれて、憐斗くんに微笑みかける。

「じゃあ、話してくる」

　私は部屋を出て、真くんの元に向かった。

　ソファに行くと、そこには他のメンバーもいた。

「真くん、ちょっといいかな」

　私が声をかけると、みんな空気を察してくれたらしい。

「僕たちは席外すね」

「ありがとう、葵くん」

　葵くんたちは部屋を出ていき、私と真くんのふたりきり

になる。
　けど……な、なんて言い出そう？
　勢いで来ちゃったけど、どう言おうとか全然考えてなかった……！
　沈黙が続いてダラダラと汗が出てくる。
　は、早く言わなきゃ、言うことは決まってるんだから！
　そう思って口を開こうとすると。
「……玲」
「は、はい」
　顔を上げると、まっすぐな視線が私を捉えた。
「もう一回、告白させてほしい」
　あ……。
　真くん、私が言いたいことを察して……？
　胸がきゅっと痛むのを感じながら真くんを見ると、彼はすうっと息を吸った。
「……玲のことが、好き」
　ひとこと、そう言った真くんの言葉は、まっすぐ私の心にトンっと響いて。
　そのひとことにすべてを込めたような、そんな声音にはどこか切なさが滲んでいた。
「……ごめんなさい。私は憐斗くんが好きです。気持ちは嬉しいけど、応えられません」
　私の言葉に、真くんはふっと笑いをこぼした。
「……うん。本当は、玲が憐斗しか見てないこと、気づいてたんだ。ダメ元で無理やりキスしたりしてごめん」

私の返事をすんなり受け止めて、優しく微笑んだ真くん。
　なぜかわからないけど、視界がぼやけてくる。
　私が泣く資格なんてないのに。
　それでも、真くんが私を想ってくれたこと、憐斗くんを想う私に変わらず微笑みを向けてくれることや、さっき、なかなか言い出せなかった私の代わりに自分から告白してくれたその優しさに、感謝があふれ出て。
　あふれ出す思いと涙に、ぎゅっと唇を噛み締めていると、真くんは私のうしろに向かって声をかけた。
「……憐斗、玲が泣いてる。苦しんでるのとはまた違うみたいだけど」
　え？と振り返ると、憐斗くんがゆっくり私に歩み寄ってくる。
「最後に悪あがきしてごめん。次泣かせたら、今度こそ奪うから」
「ああ。絶対泣かせないって約束する」
　ふたりはそう言葉を交わし、コツッと拳を合わせた。
　仲直りの印、かな。
　ふたりの友情に変わりはないみたいで、本当によかった。
　私は涙を拭ってふたりに微笑みかけた。

過去

【憐斗side】
　助けてくれ……。
　誰か……助けてくれ……。
　叫んでも叫んでも、暗闇(くらやみ)の中にこだまするだけ。
　誰か……誰か……！
「……斗くん……憐斗くん！」
　ハッと目覚めた。
　玲が心配そうに俺の顔を覗きこんでいる。
「すごいうなされてたよ？　大丈夫……？」
「ああ……大丈夫だ」
　そう言って起き上がる。
　そうだ、真とのゴタゴタが片づいたあと、玲と部屋で過ごしているうちに安心して寝てしまったんだ……。
　それで……またあの夢を見てしまった。
「憐斗くん、なにか悩みがあるなら言ってね……？」
「……ああ、ありがとう」
　俺の言葉に玲は静かに微笑む。
　その笑顔になんだかホッとした。
　大丈夫……俺には玲がいる。
　俺を受け止めてくれた玲を……絶対に離さない。
　そんな思いを胸に、玲を抱きしめた。
「れ、憐斗くん？」
　玲は突然の行動にびっくりした声を出したけど、俺はますます強く抱きしめた。
　そんな俺になにかを感じ取ったのか、玲も抱きしめ返し

てくれる。
　大丈夫だ……俺には玲も……竜龍っていう居場所もある。
　もう……あんな思いはしたくない。
　俺は玲を抱きしめる腕に力を入れた。

【玲side】
　突然のことにちょっと戸惑ったけど、憐斗くんに抱きしめられて、なんだか憐斗くんの心の中にある孤独に触れたような気がした。
　たぶん……簡単には取り除けない、さみしさや苦しさ。
　もしかして、昔のことを思い出したのかな？
　虐待を受けてたって言ってたよね。
　憐斗くんの不安を少しでも和らげたくて、私も抱きしめ返した。
　と、その時。
　──ガチャ。
「……っと、ごめん」
　入ってきたのは奏くんだったけど……。
　──パタン。
　私と憐斗くんが抱き合っているのを見て、すぐに扉を閉められてしまった。
　──シーン……。
　こ、こういうときってどうすればいいんだろう？
　かなり気まずいんだけど……。
　慌てて出ていったけど、なにか用事かな？
「奏くん、なにか用事があるんじゃ？」
　私が声をかけると、しぶしぶ体を離した憐斗くん。
「奏、入っていいから」
「どうも」
　憐斗くんの言葉を聞いて部屋に入ってきた奏くんは、次

の集会についての確認をし始めた。
　そして話が終わると、奏くんは憐斗くんを心配そうに見た。
「……憐斗、大丈夫か？　また思い出したか？」
　さすが幼なじみ。
　憐斗くんになにかあったのをすぐ見抜いてしまった。
「なんでだよ」
「憐斗は不安なときとか昔のこと思い出したとき、親指の爪いじる」
　お、おそるべき観察眼。
　幼なじみ見くびったらダメだな……。
　それにしても、やっぱり昔のことを思い出してうなされてたんだ……。
「……夢見た」
「……そっか。疲れてるのも原因だろうな。ゆっくり休んでおけよ」
　奏くんは憐斗くんにそう言って部屋を出ていった。
「憐斗くん……」
　不安に思って、憐斗くんを見上げる。
　なにか辛い過去があったのなら、教えてほしい。
　無理にとは言わないけど、もし私にできることがあるのなら、なんだってしたい。
　そんな思いを込めて憐斗くんを見上げると、髪をくしゃっとされた。
「心配かけて悪いな」

「そんなの全然いいよ。なにに悩んでるのかわからない方が不安だから……」
　私がそう言うと、憐斗くんは「そうか……」とつぶやいた。
「前に、虐待受けてたって言っただろ？」
　ぽつりぽつりと話し出した憐斗くんに、ゆっくりと頷く。
「ときどきその夢を見る。孤独だった時の夢を……」

【憐斗side】
「俺さ、両親に捨てられたんだ」
「え……？」
　玲は驚いた顔をしてる。
　そう、俺は捨てられた子ども。
　小さい頃から虐待も受けてた。
　会社を経営している父親は仕事のストレスで酒を飲んでは暴れて、俺や弟、母親にも暴力を振るった。
　そんな毎日のなかで、母親はとうとう俺たちを置いて家を出ていった。
　すると、暴力はますますヒートアップして……。
　でも、俺と弟は子供だし、父親に養ってもらうしかなかったから、そんな生活が中学になるまで続いた。
　中学になると父親が再婚し、新しい母親ができた。
　行きつけだった店の女将だという。
　父親が暴れるのは家で酒を飲んだ時だけで、普段は普通のビジネスマンとして振舞っていたはずだから、再婚相手が見つかったんだろう。
　でも、その人もどうせ俺たちを捨てるって思ってた。
　俺は既に暴走族に入ってたし、弟は引きこもり気味だったから。
　だけど、その人はすごく優しくて。
　父親は美人なその再婚相手にメロメロ。
　だから暴力はなくなった。
　俺と弟は初めて両親から愛された。

新しい母親のおかげで幸せが訪れた。
　でも……その幸せは長くは続かなかった。
　今度は、父親が俺たちを捨てて別の女とどこかに行ってしまった。
　母親は泣いて……。
　泣いたけど、俺たちを突き放さなかった。
　べつに施設に入れたりしてもよかったのに、そうはせずに自分が引き取った。
　その後その母親も再婚して、俺たちに父親ができた。
　また暴力を振るわれると思ってたけど、その人は暴力の代わりに優しい笑みをくれて『もう大丈夫だ』と言ってくれた。
　それに、両親は竜龍の一員になった俺を責めたりはせずに黙って見守ってくれた。
　……そんな矢先だったんだ、蓮さんが亡くなったのは。
　俺が自暴自棄にならなかったのは、蓮さんの存在が大きかったと思う。
　蓮さんがいたおかげで、俺の心は救われた。
　父親に殴られて、家から逃げ出して街中をさまよっていたところを、蓮さんが見つけてくれた。
『強くなりたいか？』
　いかにも育ちが良さそうな上品な物腰に、どこかいたずらっ子のような笑みを浮かべてそう言った蓮さんに、思わず手を伸ばしていた。
　それから竜龍に連れてこられて、蓮さんからいろんなこ

とを学んだ。
　一生この人についていこうって、心の底からそう思えたんだ。
　なのに……蓮さんは、豹速の卑劣な行為によって命を落としてしまった。
　やっと幸福を掴んだと思ったら、今度は大切な人を亡くしてしまったんだ。
　俺がもっと強ければ。俺が蓮さんを庇っていれば。
　多分、竜龍のみんながそう思ったはずだ。
　その中でも、蓮さんと最後まで戦っていた俺と葵は、その気持ちを人一倍強く持っていたと思う。
　だからふたりで、無敵の地位を築き上げた。
　上に立つものが強ければ、組織全体が自然と強くなる。
　そうして今の竜龍ができあがった。
　今、幹部のみんながいて、仲間がいて、俺は幸せな毎日を送ってる。
　でも、ときどきふと、蓮さんがいた時のことを思い出す。
　蓮さんが亡くなったあの時のことを。
　……無力な自分を責めた、あの瞬間を。

【玲side】
　憐斗くんの話に、私は涙を流した。
　同情なんかじゃない。
　ただただ……胸を打たれた。
　心の中で誓う。
　私は絶対憐斗くんから離れない。
　絶対、裏切ったりしない。
　憐斗くんは私の涙を指ですくい取って優しくキスをした。
「憐斗くん……私は……絶対離れないからね……？」
　そう言うと憐斗くんは優しく微笑んで、もう一度キスを落とした。

クリスマス

憐斗くんの過去を知った日から、私と憐斗くんはますます距離が縮まった。
「ねえ憐斗くん」
「ん？」
　私の髪をなでながら言う憐斗くん。
「クリスマス、空いてる？」
「ああ、空いてる」
「ならうちに来ない？」
　私が言うと少し驚いた表情。
「いいのか？」
「うん！　パパとママも会いたがってるし」
「じゃあ……行く」
　私は憐斗くんの返事に微笑み、憐斗くんもそんな私に笑いかける。
「じゃあ5時ごろにうちに来て？」
「ああ、楽しみにしてる」
　ふふっ、嬉しいな。
　窓の外を見ると、まだ6時前なのにもうすっかり暗くなっている。
　もうそんな時期なんだね。
　私は憐斗くんに寄りかかりながら、そんなことを考えていた。

　そしてクリスマス当日。
「いらっしゃい！　憐斗くん！」

「ああ、招待ありがとな」
　家に来た憐斗くんを笑顔で出迎えると。
「憐斗くん！　メリークリスマス！」
　パパとママが顔を出した。
「こんばんは。今日はお招きくださってありがとうございます」
「こっちこそ来てくれてありがとう！　さあさあ、外は寒いでしょう？　中は暖かいから早く入って？」
「お邪魔します」
　パパは憐斗くんを応接間に通して、ママが紅茶を持って来た。
「憐斗くん、女性陣はケーキを作るみたいだから、ここでのんびり待とうじゃないか」
「そうですね、報告もありますし」
「いやいや今日はプライベートさ。総長と元総長という立場は忘れて楽しもう！　さあ、玲はがんばって作ってきなさい」
「うんっ」
　私は笑顔で答えて、ママと一緒に部屋を出た。
　いつもどおり、ディナーはシェフに任せているけれど、せっかくだからなにか自分で手作りしたものを憐斗くんに振る舞いたくて。
　だから、お菓子づくりが趣味のママに協力してもらってケーキを作ることになったんだ。
　シェフが使うのとは別の、ママ専用のキッチンに移動し

て、早速ケーキを作りはじめる。
　しばらくすると、キッチンにいい香りが広がってきた。
　たぶんスポンジの焼けた匂い。
「玲、それそろそろ出してくれる？」
「うん、わかった」
　オーブンからスポンジを出してミトンを置いた。
「わ、いい匂い……」
「うまくできたわね！」
　ふたりで笑い合うと、次はクリームを作る作業にうつる。
「最近はどう？　憐斗くんと」
　ママが泡立て器でクリームを混ぜながらそう言って、私を見る。
　なんだかちょっと照れくさいけど……。
「い、いい感じ……だと思うよ」
　憐斗くんの過去を知って、今を知って。
　いろんな話をして憐斗くんを知るたびにどんどん好きになって、気持ちが膨らんでいく気がする。
「そうなのね、よかったわ」
　ママは微笑んで私は少しはにかんだ。
「姫っていう立場は大変？」
「そうでもないよ。幹部のみんなは優しいし、よくしてくれるから」
「そうなのね。ああ、思い出すわね〜」
　そっか、ママも姫だったんだっけ……。
「ママとパパは、もともと婚約者だったんだよね？」

「ええ、お互いに家が財閥だったし、いわゆる政略結婚ってやつね。私たちは昔から仲がよかったし、好き合ってたけど」

へえ、それは初耳かも。

政略結婚ってことは聞いてたけど、もともと仲がよかったんだ。

「パパが総長になったのはいつくらいだったの?」

「高校の時よ。ちょうど今の玲くらいね。お義兄さんと突然家を飛び出して、私はすっごく心配してたのに、帰ってきたかと思えば目をキラキラさせて暴走族になった!なんて言ったのよ、信じられる?」

へ、へえ……。

なんだかその時の様子が目に浮かぶような……。

「竜龍はね、お義兄さんとパパが初代なのよ」

「え、そうなの!?」

「ええ。名前は竜也と龍也から取ったんですって」

な、なるほど、そうだったんだ……。

「初めはお義兄さんが総長で、パパが副総長だったんだけどね、お義兄さんは留学に行くことになったから、パパが総長になったの」

あ、留学の話は聞いたことがある。

伯父さんは留学先で世界を見て、いろんなことを学んだらしい。

そこでおじいちゃんに、聖堂財閥はパパに任せて自分はやりたい事業をするって言って、自分で会社を立ち上げ

たって言ってた。
　その背景に、まさか竜龍まで絡んでいたとは……。
「私はすぐにでもやめて欲しかったのに、今度は『姫になれ』って言われて。ほんと、婚約解消しようかと思ったわよ」
　そう言ってため息をついたママに、苦笑いしか出ない。
　なんだか、ママも大変だったみたいだな。
　随分パパに振り回されてたっていうか。
「それでも……そうね、姫だったときの私は本当に幸せだったと思うわ。みんな優しくて、よくしてくれて。毎日がとても楽しかった」
　ふと遠い目をしたママに、私も竜龍に想いを馳せる。
　たしかに、初めはすごく怖がってたけど、今はかけがえのない存在になってる。
　お兄ちゃんが亡くなったのも竜龍でだったけど、そこで幹部のみんなと出会って、憐斗くんと恋人同士になって。
　みんなを繋ぐ、とても大切な場所なんだな。
「パパもすごくかっこよかったしね」
「そ、そう……」
　突然惚気られた……。
　やれやれと思いながら、クリームをすくってケーキにコーティングしていると、
「ママはパパと結婚をしたけれど、それを言うのはまだ早いかしら？」
　突然の言葉に、ガチャン！とスプーンを落とす。

「け、け、結婚なんて……！　まだ高校生だよ？」
「そうかしら？　まあでもそうね、焦ることでもないわよね」
　そ、そうだよ、結婚なんて……！
　結婚……。
　ふと未来を想像してしまう。
　憐斗くんと一緒に家庭を築けたら幸せだろうな……。
　ぼんやりとそんなことを考えていると、ママがパンッと手を叩いて、慌てて現実に戻る。
「でーきたっ！　多分そろそろディナーの準備も終わってるはずだわ。さ、パパたちをダイニングに呼んできて？」
　ママに言われてまだ顔が赤いままパパたちを呼びに行った。
「ディナーだよ」
　そう言うと、パパが嬉しそうに立ち上がる。
「そうかそうか。じゃあ行こうか、憐斗くん」
「はい……」
　あれ？　憐斗くん、なんだか顔が赤い……。
「どうしたの？」
「い、いや……なんでもねぇ……」
　なんだか、私が声をかけたせいで余計に赤くなったような気が……。
「じゃあ、私たちも行こう？」
「ああ」
　そうして私たちは揃って席に座った。

「メリークリスマス！」
　そう言って乾杯して、おいしいディナーを食べた。
　さっきのママの話で頭がいっぱいで、メニューの記憶はあいまいだけど……。
　夕食を終えて、私とママで作ったケーキも食べ、食後のコーヒーを飲みながらふと時計を見ると7時を指している。
「玲、憐斗くんとイルミネーション見に行ってきたらどう？」
　ママの言葉に思い出す。
　今年はとくにすごいって聞いたな……。
　行ってみたいけど、憐斗くんはいいのかな？
　憐斗くんを見ると、目が合って微笑んでくれた。
「行くか」
　そう言って手を差し出した憐斗くんに、私は迷わず手を取った。
「じゃあ、いってきます」
「気をつけてね」
　ママの声に頷いて、ふたりで部屋を出た。イルミネーションは街中の大通りの真ん中で見ることができるので、近くまで車で送ってもらうことにした。
　そうして車を降りると思ったよりも寒くて、さっきまでは降っていなかった、雪まで散らついている。
　ホワイトクリスマスだ……。
「ホワイトクリスマスだな」

あ、同じこと考えてた……。
　そんなちょっとしたことが嬉しくて、思わずふふっと笑みがこぼれる。
「どうした？」
「ううん、なんでも」
　そう言うと憐斗くんは私の髪についた雪を払い、スッと手を取った。
「今ね、気温２度しかないらしいよ」
「それは……寒いはずだな」
　そんなさりげない会話をしながら幸せを感じる。
　こんなふうに、いつの間にか隣にいることが当たり前になったことが嬉しくて。
　手袋越しに憐斗くんの温もりが伝わってきて、心までぽかぽかと温まってくる。
「点灯は8時だったよね？」
「ああ」
　楽しみだなあ……。
　着いてみるとすごい人だかり。
　憐斗くんは私が人混みに流されないように、なるべく人が少ないところに私を引いてくれた。
「ありがとう」
「ああ」
　微笑みながらそう言ってくれた憐斗くん。
　イルミネーション点灯まであと10分。
　私はドキドキしながら、鞄から包みを取り出した。

「憐斗くん、これ、クリスマスプレゼントなの。受け取って？」

そう言って手渡すと、憐斗くんは驚いた表情をして受け取ってくれた。

「ありがとな。開けていいか？」

「う、うん」

ちょっと緊張しながら、憐斗くんが包みを開けるのを見守る。

気に入ってもらえるといいけど……。

そうして出てきたのは。

「手編みのマフラーか」

憐斗くんが私に笑いかけてくれて、なんだかほっとする。

「大変だっただろ」

「ううん、そんなことないよ」

編み物なんてするのは初めてでちょっと手間取っちゃったけど、憐斗くんが着けるのを想像しながら編んだらすっごく楽しくて、すぐに完成した。

よかった、喜んでもらえて。

早速マフラーを首に巻いた憐斗くんに、なんだか私の心まで温かくなる。

「俺も、渡すものがある」

なんだろう？

そう思っていると、

「その前に目、つむってくれるか？」

「え？」

目をつむる？
　言われた通りに目を閉じて、なにが起きるのか待っていると、右手を取られて、冷たいものが指に当たった。
　ゆっくりと目を開けると。
「わあ……！　きれい……っ」
　右手の薬指に、小ぶりの青い石がついた指輪がはめてあった。
　その控えめだけれど美しい、キラキラとした輝きを見ていると、憐斗くんが口を開いた。
「……それ、サファイアのイミテーションリングなんだ。サファイアには、一途な想いって意味がある」
　ドキンっと胸が鳴った。
　一途な、想い……。
「玲」
　優しい声に呼ばれてそっと顔を上げると、真剣な瞳が私の目に映った。
「今はイミテーションリングだし右手だけど、いつか本物を左手につける。それでもいいか？」
　いつか……左手に……。
　その言葉が意味することを察して、涙が溢れそうになる。
「っ……嬉しいっ……」
　泣きそうになるのを堪えて笑顔を見せると、憐斗くんも微笑んでくれる。
「俺は、お前以外考えられない」
「私もだよ……大好きっ……」

好きが、あふれ出て。
『好き』『愛しい』
　　そんな特別な思いを、憐斗くんが教えてくれた。
　　世界で一番、好きな人……。
　　憐斗くんを好きになって、こんな幸せな気持ちになって。
　　これ以上望むことなんてなにもない。
　　幸せに浸っていると、その気持ちを彩るようにパッとイルミネーションが点灯した。
「綺麗……」
　　憐斗くんは私を見つめて、私も見つめ返す。
　　そして微笑み合うと……甘い甘いキスを交わした。
　　その後、どちらからともなく手を取り合う。
『いつまでも憐斗くんと一緒にいられますように』
　　キラリと光る指輪に、そんな思いを乗せて。

新学期と命日

新学期。
冬休みボケしている自分の顔を水で洗う。
ぱしゃっ……。
ううっ、冷たい……っ！
けど、シャキッと目が覚めた。
顔を拭きながら、ふと壁にかけてあるカレンダーを見る。
もう１月なんだ……。
……もうすぐお兄ちゃんの命日だ……。
「お嬢様、お嬢様？　どうかなさいましたか？」
　はっ、いけない、ぼーっとしちゃった。
「い、今行きます！」
　私は執事にそう答え、洗面所を出て慌てて支度をした。
　その日の放課後、いつも通り憐斗くんと溜まり場に行くと、宗くんと真くんはバイクの点検をしていて、奏くんは髪がカラフルな人たちと話している。
　なんだか忙しそう。
　今日、もしかしてなにかあるのかな？
　そんな疑問が表情に出ていたのか、憐斗くんが私の顔を見て口を開く。
「……もうすぐ蓮さんの命日だろ？その日は蓮さんのために暴走するって決めてる」
　あ……。
「そう、だったんだ……」
「……ああ」
　憐斗くんがそう言って私を幹部部屋まで連れていってく

れて、葵くんが紅茶を淹れてくれる。
「はい、どうぞ」
「ありがとう」
　葵くんのいつもと変わらない笑みに私も微笑み返して、紅茶を飲む。
　あれから３年か……。早いなあ。
　カップを手で包みながら、お兄ちゃんのことを考えてしまう。
　優しい眼差し、温かい手、無邪気な笑い声……。
　葵くんからお兄ちゃんの死を告げられた後、しばらく信じられなかった。
　こんなことあるわけない。
　またお兄ちゃんに会える、また話せるって。
　だけど、実際にもう動かなくなってしまったお兄ちゃんを見て、もう二度と笑い合うことはないんだと悟った時には、本当になにも考えられなくなって、泣くことすらできなかった。長い時間をかけて今、やっとお兄ちゃんの死を真正面から受け止めることができてる。
　時間の経過のせいもあるんだろうけど……。
　ゆっくりと幹部部屋を見回してみる。
　きっと、竜龍の存在を知ったからなんだろうな。
　ここに、お兄ちゃんの面影があって。
　そしてお兄ちゃんを慕い続ける人がいるということを知って、お兄ちゃんはみんなの心の中に生き続けてるんだって。

そんなありきたりな言葉でしか言えないけど、本当にそうなんだと思う。
　もちろん、さみしいことに変わりはない。
　いつまでも変わらずそばにいてほしかったし、いつまでも私に微笑みかけていてほしかった。
　お兄ちゃんのことを思い出すたびに泣きたくなるし、心から恋しく思う日だってたくさんある。
　それでも、いつまでも泣いているままじゃ、前に進めない。
　お兄ちゃんの死を受け入れて、ちゃんと乗り越えるべきなんだ。
　それに、あんまり私が泣いてたら、お兄ちゃんに天国から喝を入れられそうだしね。
　もしかしたら、私が憐斗くんと会えたのも、ただの偶然じゃなかったのかもしれないな。
　お兄ちゃんが、うじうじしている私を助けてくれたのかも。
「玲？」
「あ、ごめんね、少し考え込んじゃった」
　憐斗くんにそう言って、少しだけぬるくなった紅茶を一口飲む。
「命日の日、暴走はどうする？」
　一緒に来るかってことだよね。
「参加できるなら、一緒に行かせてほしい」
「……わかった」

憐斗くんの言葉に微笑みかけて、憐斗くんの肩に頭を預ける。
お兄ちゃんの命日。
今年は悲しむよりも、お兄ちゃんが惹かれた暴走族の姿を目に焼き付けて、みんなで祈ろう。
お兄ちゃんが天国でも幸せでありますように。
いつまでも、竜龍がみんなを繋いでくれますように。
そんな思いを胸にそっと目を閉じて、潤んできた涙を隠した。

そうしてお兄ちゃんの命日。朝からお墓参りに行って、その後憐斗くんがお屋敷に迎えに来てくれて、車で竜龍に向かった。
夜になり、竜龍のみんなが特攻服を着て下に集まる。
「今日は蓮さんの命日だ。蓮さんのことを胸に刻み込んで、蓮さんのために走れ。それが今日の暴走だ」
「「「「「はい！」」」」」
憐斗くんの言葉にみんなが頷き、中には涙ぐんでる人もいた。
みんな、お兄ちゃんのことをこんなに思ってくれてたんだ……。
あらためてそう気づかされて、なんだか胸があたたかくなるのを感じた。
私はいつものように車に乗り込み、忠さんの運転で発進。
憐斗くんがそっと肩に手を回してくれて、私はそれに寄

りかかる。それからライトの光でいっぱいになった窓の外を眺めた。
　やっぱり綺麗……。
　お兄ちゃん、天国から見てる？
　天国にいるよね？
　地獄にいるなんて言わないでよ？
　ちゃんと、お兄ちゃんの大好きだった竜龍のみんなを見て……？
　そう考えるだけで、再び涙が視界を覆う。
　ああ、今年は泣かないって決めてたのに。
「玲……」
　憐斗くんはそんな私を見て、優しく包み込んでくれた。
　それでもなかなか泣き止まない私に、静かに口を開く。
「前にも話したけど、俺は蓮さんに誘われてここに入ったんだ。虐待されてた時な？　あの人が俺にかけがえのない居場所をくれた……」
　憐斗くんは遠い目をして言った。
「あの人がいなきゃ今、たぶんもっとグレてると思うし、玲にも出会えなかった。俺は一生あの人を尊敬し続ける。絶対に忘れない」
　そう言って私を強く抱きしめた憐斗くんを抱きしめ返してもう一筋、涙を流した。
　憐斗くんの肩越しに、窓の外を見た。
　お兄ちゃん……？
　なんだか気配を感じて、パチパチと瞬きを繰り返す。

気のせいだったのかな。
　そう思い直して、なにげなく空を見た。
　夜空には、地上の星に負けない一番星がキラキラと輝いていた。

婚約

あれから月日が経って、日差しもぽかぽかと暖かくなってきた頃。
　学年も変わり、心機一転。
　クラスは持ち上がり制だから、相変わらずのクラスメイトを見てると高校2年になった自覚は芽生えなかったりする。
　そんなうららかな日にご機嫌で家に帰ると、なにやら不穏な雰囲気が漂っていた。
「なにかあったの？」
　執事にそう聞くと。
「お嬢様……応接間においでくださいますか？」
　応接間？　誰か来てるのかな？
　そう思って応接間に行くと、そこには、
「パパ？　……と、一ノ瀬さん！」
　どこか不満そうな顔をしたパパと、久しぶりに見る誠のお父さん。
　どうしたんだろう？
「玲ちゃん、久しぶりだね。見るたびにますます綺麗になって」
「いえいえ、そんな……」
　一ノ瀬さんにそう答えながら、パパを見る。
　なにかあったのは間違いないみたいだけど……。
「それよりどうだい、誠とは」
「はい？」
　どうって言われても……。

「相変わらず仲よくさせていただいています」
「そうかいそうかい。それはよかった」
　うん？
　こんな報告はいつものことだけど、なんだか違和感がある。
　そう思って眉を寄せていると。
「玲ちゃん、ひとつ相談があるんだけどね」
「は、はい」
　なんだろう？と一ノ瀬さんを見ると、
「誠と、婚約しないか？」
　……。
　……はい？
「一ノ瀬、さっきも言ったが玲には恋人がいるんだ」
　パパがそう口を挟んだけど、一ノ瀬さんはいやいや、と手を振る。
「これは玲ちゃんの将来を考えての提案でもあるんだ。高校生同士の恋なんて、どこまで続くんだい？　誠と結婚した方がいいに決まっているだろう？」
　にこにこしながらそう言う一ノ瀬さんに、悪気はまったくないみたいで。
　それがわかったから、私も引きつった笑いを返す。
「まあいきなり言われても困るだろうし、一度考えてみてほしい。この話は誠にも伝えておくよ」
　一ノ瀬さんはそう言うとソファから腰を上げた。
「聖堂も、よく考えてくれよ」

「……ああ」
　パパは気のない返事をして、一ノ瀬さんは肩をすくめて部屋を出ていった。
　バタンとドアが閉まってすぐ、パパがため息をついて私を見た。
「玲、パパはお前の憐斗くんに対する気持ち、ちゃんと理解してるからな。この件は断っておくから」
「う、うん……」
　でも一ノ瀬さん、なんだか本気っぽかったよね。
　それに、なんだかずっとそうなることを考えてたみたいな言い方だった。
　なんだか、不安だな……。
　私はそんな思いを胸に、窓から差し込む光を見ていた。

　翌日。
「……玲」
　教室で誠に声をかけられて振り向く。
「親父から……聞いたか？」
　あ、やっぱりその話……。
「……うん」
「悪いな、なんかから回ってるみたいで」
　どこか複雑そうな表情で髪をかきあげる誠に、私は少し微笑む。
「大丈夫だよ、パパが断ってくれるって言ってたし、誠も心配しないで？」

「……そっか、そうだよな」
　あれ……？
　誠、なんだか少し様子がおかしい？
「誠……」
「玲」
　声をかけようとすると、教室の入り口から声がかかった。
「あ、憐斗くんっ」
　大好きな人の姿を見て「ちょっと待って」と身振りで伝える。
「えと、誠、大丈夫？」
「……ああ。べつに」
　フイっと顔をそらした誠。
　なんだかやっぱり変な気がする……。
「なにかあったらまた言ってね？」
「……ああ」
　私はその返事を聞いて席を立ち、憐斗くんの元に向かう。
「どうかした？」
「いや、姿が見えたからな」
　そう言ってフッて微笑んだ憐斗くんに、胸がきゅーっと締めつけられる。
　この笑顔、反則だよ……。
「……まあ、正確には幼なじみのあいつと話してるお前を見たからだけど」
「え？」
　今なんて言ったんだろう？

「べつに。今日たまり場来るか？」
「うん、行かせてもらうね」
　そう言った私の頭を、憐斗くんがくしゃっとなでてくれる。
「じゃあ放課後、また迎えに来るから」
「うんっ」
　憐斗くんに笑顔でそう返した私を、誠が見つめているのには気づかなかった。

　金曜日。
　たまり場から別宅に帰ってゆっくりしていると。
　ふとスマホが鳴って、画面に表示されたのは誠の名前。
　どうしたんだろう？
　通話ボタンを押して、耳に当てる。
「もしもし、誠？」
『玲。今もう家か？』
「うん、そうだけど……」
　誠から電話がかかってくるなんて珍しい。
　なにかあったのかな？
『……ちょっとだけ出てこれるか。話がある』
　話？
「うん、いいよ」
『ん、じゃあ30分後にいつものカフェで』
　誠の言葉に頷いて、電話を切る。
　なんだか妙に深刻そうな声だったけど……。

なんの話だろう？
　そう思いながら、服を着替えてカバンを持ち、家を出た。

「玲、こっち」
　カフェに着くと、誠が片手を上げて合図してくれる。
「ごめんな、急に呼び出して」
「ううん、大丈夫だよ」
　そう返事をして誠の前に座り、メニューを開く。
　憐斗くんと恋人同士になってから、誠は私を気遣って家に来なくなり、なにか話がある時はこうして外で会うことにしている。
　カプチーノを頼むとしばらくして運ばれてきて、一口飲んでから口を開く。
「それで、何かあったの？」
　やっぱりどこか表情が硬いというか、なにか考え込んでるみたいだけど……。
「……玲」
「うん？」
　カップの中身を冷ましながらそう答えると、誠は真剣な表情を向けた。
「婚約の話だけど」
　その言葉に、私も顔を上げて誠を見る。
「う、うん」
　ご両親と話してくれたのかな？
　そう思っていると。

「……一度、考えてみてくれないか」
　……え？
「どういう、こと……？」
　誠は、私が憐斗くんと付き合ってることを知ってるよね？
　この前だって、この話はパパが断るって言ったら『そうだよな』って納得してくれたと思ったのに……。
　混乱したまま誠を見つめると、誠は静かな目で私を見ていた。
「お前が碓氷と付き合ってるのは知ってるし、あいつを好きなことだって知ってる」
「それならっ……」
「でも」
　私の言葉を遮ってカチャリとカップを置いた誠。
「お前の家のこととか、将来のこと考えてみろ。蓮くんが死んだ今、誰があの家を継ぐんだよ？」
　お兄ちゃんの名前を出されて、ぐっと押し黙る。
「そもそも碓氷のご両親ってなにしてる人なんだ？」
「そ、それは知らないけど……」
　聞いたこともないし……。
　誠は私の返事に、ため息をついて髪をかきあげた。
「……聖堂財閥の跡取りになりたくてお前を狙ってるヤツは沢山いる。この前もURRグループが聖堂財閥と提携したがってるって聞いた。そういうヤツらを黙らせるためにも、俺と婚約した方がいいんじゃないのか？」

たしかに誠の言葉通りかもしれない。でも……。
「私は憐斗くんが好きなの。だから誠とは婚約できない」
　はっきりそう答えて、薬指につけた指輪に触れる。
　憐斗くんとは、クリスマスの時に約束だってした。
　いつか、左手につけるって……。
「……いつまで恋愛ごっこしてるつもりなんだよ」
　誠の低い声にびくりとする。
「……なんで、そんなこと言うの」
　少しだけ震えた声で、なんとかそう答えると、誠はハッとしたような表情をした。
「……悪い」
　そう言うと、コーヒーをぐいっと一気に飲み干して立ち上がる誠。
「でも、よく考えてくれ。うちの財閥と縁を結べば、お前の家にとってもいいはずだろ。それに……」
　一度誠が言葉を止める。
　なんだろう？と次の言葉を待っていると、
「……愛がない政略結婚にはならない。俺も、お前が好きだから」
　えっ……？
　まっすぐに私を見つめる誠を、ただ見つめ返すことしかできない。
　嘘……でしょ？　誠が、私を……？
「……それだけ。わざわざ来てもらって悪かったな。これ払っておくから」

そう言って伝票を手に去っていった誠に、私は返事もできないまま、呆然としていた。

【誠side】
「おぼっちゃま、こちらへ」
「ああ」

　カフェを出ると、外では車が待っていてくれて俺はすばやく乗り込んだ。

　そんな俺の表情はいつもと変わらないはずだけど、心はこれでもかというほど荒れ狂っている。

　玲に……長年想いを隠し続けていた幼なじみに、告白してしまった。

　ドクンッ、ドクンッと胸が高鳴っていて、必死に冷静になろうとする。

　しかも相手は彼氏持ち。

　この前だって仲がいいところを見たばかりだってのに、なんだって告白なんかしてしまったんだっ……！

　今さら募ってくる後悔の念に押しつぶされそうになりながら、さっきの玲を思い出す。

　……驚いてたな。

　そんなの考えたこともなかった、って顔で。

　そりゃそうか、ずっとただの友人として接してきたんだもんな。

　自分の思いをひた隠しにして……。

　彼氏ができたと知ったときも、俺はなにもしなかった。

　玲が幸せならそれでいい。

　無理やりそう思い込もうとしたんだ。

　それでも、やっぱりどこかで玲を自分のものにしたいと

いう気持ちが抑えられていなかったんだろうな。

　この前親父に、玲との婚約の話をもちかけられて、俺はついチャンスだと思ってしまった。

　玲と碓氷を引き離す絶好の機会、そして……玲を俺のものにする絶好の機会だと。

　俺と玲が婚約するメリットはたくさんある。

　あとは玲の気持ちだけ。

　高校生の恋愛なんて、どうせ一時的なものだろ？

　つい最近出会って玲を知ったようなヤツを、幼い頃からずっと想ってきた俺と、一緒にするな。

　俺は固く目をつむってから、再び開ける。

　絶対、この機会を逃さない。

　窓ガラスに映った自分の顔は、そんな決意を込めた表情をしていた。

【玲side】

　悶々と誠のことや婚約のこと、そして憐斗くんのことを考えながら休日を過ごし、月曜日。
　放課後にはいつも通りたまり場に行ったけど、やっぱり悩みはぬぐいきれない。
　どうしよう、考えれば考えるほどごちゃごちゃになってしまって、全然まとまらない。
「玲ちゃん、今日どうかした？」
　紅茶を渡しながら葵くんがそう声をかけてくれて、ハッと顔を上げる。
「ど、どうして？」
「なんか顔色悪いなーって。ね、憐斗」
「ああ」
　葵くんの言葉に憐斗くんも頷く。
　憐斗くんにも気づかれてたんだ……。
「なにかあったのか？」
　心配そうな目を向けられて、心が揺らぐ。
　話した方が、いいのかな……？
　秘密にしとくのもなんだか悪い気がするもんね。
　でも、幹部全員の前で言うのはちょっと……。
　私の気持ちを察してくれたのか、憐斗くんは私の手を引いて立ち上がった。
「部屋、行くか」
「……うん」
　そうしてふたりで部屋に入り、並んでソファに腰掛ける。

「それで、どうした？」
　優しい声に安心して、ここ数日張り詰めていた息を吐き出した。
「……誠に、ね、告白されたの……」
「え？」
　憐斗くんの声に、今まであったことをすべて話す。
　婚約のこと、金曜日に誠が来たこと……。
　憐斗くんは私の話を静かに聞いてくれた。
　話し終わると、しばらく沈黙が続く。
　その静けさに耐えられなくて、慌てて口を開いた。
「あの、でもね、私が憐斗くんを好きな気持ちは変わりないの」
「ああ」
「私は誠と婚約する気もないし……」
　そう言いながら憐斗くんを見ると、憐斗くんはなにかを考え込んでいた。
　なんだか、その様子に不安を感じる。
　胸がざわざわして落ち着かない。
「憐斗くん……今、なに考えてるの？」
　私の言葉に、憐斗くんは顔を上げた。
　なにを言うのか待っていると。
「……一度、じっくり考えてみてほしい」
「え……？」
　憐斗くんの言葉を聞き返してしまう。
　考えてみてほしい、って……。

なんで、誠と同じ言葉……。
　なにも言えない私に、憐斗くんは言葉を続けた。
「これはお前だけの問題じゃない。聖堂家の問題でもある。一ノ瀬財閥は業界きっての大企業だろ」
　予想だにしていなかったセリフに、一瞬息が止まった。
「どういう……意味？」
　声が震える。いつもは私を安心させてくれる憐斗くんの言葉が、今は不安を煽り立てるようで。
　いつもは聞きたいその声を、今は聞きたくない。
「一ノ瀬と婚約しないことで、得ることができた利益を放ることになるかもしれないってことだ」
　冷静さを含んだ憐斗くんの声は、私の心を締めつける。
　それってつまり、私は誠と婚約した方がいいって言いたいの……？
　憐斗くんはそれでもいいってことなの？
「それでも、もしお前が……」
「っ……もういいよ」
　これ以上憐斗くんの言葉を聞きたくなくて、そう遮った。
　私が聞きたいのは、誠との婚約についてのことじゃない。
　憐斗くんの気持ちを知りたいのに。
　……ううん、それも違う。
　憐斗くんに『そんなのやめろ』『俺がいるから』って、きっとそう言ってほしかったんだ。
「私、今日は帰る」
「玲、話を……」

「もう十分だよっ……」
　私はそう言うと部屋を飛び出して、驚いたみんなの視線を感じながら階下に駆け下り、忠さんの車に飛び乗った。
　間もなく発進した車の中で、ぎゅっと膝の上で拳を握る。
　……最低だ、私。
　自分が欲しかった言葉を言ってもらえなかったからって、憐斗くんに八つ当たりして、部屋まで飛び出して。
　それでも、それでもっ……。
　次第に涙があふれてきて、私の頬を伝う。
　ひとことでいいから、私の望んでいる言葉をかけてほしかった。
　いろんなことがあって混乱した私の心を、少しでも落ち着かせてほしかった。
　だって私は、誠になんて言われたって、憐斗くんを好きな気持ちを止められないんだからっ……。
　私は頬を濡らす涙をぬぐいながら、いつまでも憐斗くんを想い続けていた。

　あれから数日、憐斗くんとも誠ともひとことも会話を交わさない日々が続き、たまり場にも行けていない。
「大丈夫？」
　教室で一緒にお弁当を食べながら、心配そうにそう声をかけてくれる美樹にも、頷き返すのが精一杯。
　自分が怒ってるのか、悲しんでいるのか……。
　それさえもはっきりしなくて、ひたすらモヤモヤした気

持ちが渦巻いている。
　結局、婚約のことだってなにも考えられていないまま。
　ため息をこぼしそうになっていると……。
「れーいちゃんっ」
「わっ……」
　明るい声がして、私の肩にポンっと手を乗せたのは。
「葵くんっ？」
　笑みを浮かべた葵くん。
　どうしたんだろう？
「今、ちょっといい？」
「うん」
　私は美樹に断ってから席を立ち、葵くんのあとについて屋上に向かった。
「あのね、憐斗のことだけど……」
　やっぱり、その話だよね。
「憐斗くん、怒ってる？」
　勝手にたまり場を飛び出して、そのままなにも言わない私のこと……。
「いや、すっごく落ち込んでる」
「えっ？」
　落ち込んでるって……。
「憐斗くんが？」
「そうだよ。気を紛らわせるために他の組の総長を３人も倒しちゃったんだから」
　き、気を紛らわせるのに総長を倒すって……。

すごいな……。
「なにがあったのか知らないけど、たぶんすれちがってるんだと思うよ」
　葵くんがそう言ったけど、
「……ううん、違うの。私が勝手に怒ってるだけ」
　しかも、身勝手な理由で……。
　うつむいている私に、葵くんは首をかしげた。
「そう？　でも憐斗もなにか玲ちゃんに言いたそうにしてるよ？」
　え？　私に言いたいこと……？
「なんにせよ、一回話し合った方がいいよ。ね？　じゃないと、僕たちだって玲ちゃんに会えなくてさみしいし」
　葵くんがさみしそうにそう言って、思わずきゅんとしてしまう。
　な、なんか捨てられた子犬みたいな目……。
「わかった、話し合ってみる」
「よかったー！　男ばっかりの部屋は耐えられないからね！」
　いやいや、葵くんがいるだけで十分だよ。
　そう思った気持ちは胸にしまっておいて、真っ青な空を見上げる。
　憐斗くんと話し合って、ごめんって伝えよう。
　話を遮って、部屋を出ていってしまってごめんって。
　それからちゃんと、憐斗くんの話も聞こう。
　私はそう決意して、葵くんと一緒に屋上をあとにした。

放課後、ホームルームが終わってすぐに憐斗くんの教室に行ったけど、そこに憐斗くんの姿はなく。
　明日、会えたらすぐに話そう。
　そう思って家に帰ると、またまた家には微妙な空気が漂っていた。
「お嬢様、お部屋に誠様がいらっしゃっています」
　えっ、誠？　慌てて部屋に行くと、誠はソファに座って本を読んでいた。
「……お帰り」
「た、ただいま。あの、どうしてここに？」
　扉を閉めながらそう聞く。
　だって、告白された時以来喋ってなかったし、どうして突然……。
「……この間の返事、聞きに来た」
　あ……。
「もう十分考えただろ？　どっちが自分の、そして家のためになるのか」
　誠はパタンと本を閉じて立ち上がり、私に向かって足を進めた。
「玲、俺と婚約してくれ」
　そう言った誠に、ぶんぶんと首を横に振る。
「私は憐斗くんがっ……」
「前にも話しただろ？　将来のことを考えて決断してくれ」
　好き、という言葉にかぶせてそう言った誠。
　誠は婚約するっていう方向にしか話を持っていこうとし

てない。焦りばかりが心を埋め尽くしていく。
　どうすればいいのか、もうわからない。
　……憐斗くん……。
　そっと心の中でその名前を呼んでハッとした。
　私、なにを迷ってるの？
　こんなに憐斗くんが好きなのに。
　こんなに想っているのに、なにを迷うことがあるんだろう？
　自分の中ではっきりと出た結論に顔を上げる。
「私、誠と婚約はできない」
　そう言い切って、誠を見つめると、誠の瞳が揺れた。
「誠の気持ちは嬉しかったよ。ずっと私のこと気にかけてくれて、そばで見守ってくれた誠が私も大好き。でも、恋愛の意味で好きになったのは憐斗くんなの」
　そう、この気持ちは絶対に揺らがない。
　憐斗くんを好きな気持ちは、どうやっても止められないんだ。
　誠は、そんな気持ちを込めた私の瞳を見てスッとそらす。
「そうだとしても、家の問題はどうするんだよ」
「それは……」
「問題ないよ、誠くん」
　突然声がして、扉の方を見ると、
「パパ……と、憐斗くんっ？」
　ふたりが並んで立っていて、目を見開く。
　なんで、憐斗くんがここに？

「聖堂さん、問題ないってどういうことですか？」
　誠がそう言ってパパに詰め寄ったけど、パパは余裕の笑みを浮かべた。私も疑問に思ってパパを見つめる。
　どういうことだろう？
「憐斗くん、そろそろ自己紹介したらどうだい？」
　自己紹介……？
　私と誠が見つめる中、憐斗くんは口を開いた。
「碓氷憐斗。……URRグループの御曹司だ」
　……え!?
「ど、どういうこと!?」
「そのままの意味だよ。彼はURRグループの社長、碓氷陵の息子なんだ」
　パパの言葉に、あっけにとられてなにも言えない。
「碓氷とは少し交流があってね、提携しようとも考えていたんだ。玲が憐斗くんと付き合ったことで、やっと決心がついたよ」
　パパは上機嫌な様子でそう言って、憐斗くんを見る。
「……誠くん、君には本当に申し訳ない。でも君には、もう婚約者がいるんだろう？」
　え？
　パパの言葉に誠を見ると、ふいっと顔をそらされる。
「……俺は認めてませんよ」
「ああ、そうらしいね。今回の騒ぎは、そのせいで引き起こされたらしいし」
　ぱ、パパってなんでも知ってるな……。

「……一ノ瀬」

　憐斗くんが誠に声をかけ、誠は憐斗くんを見返した。

「玲は、俺の恋人だ。一生幸せにすると誓う」

　誠に向けて発せられた、たったそれだけの言葉に胸が熱くなって。

　それはどんどん広がっていって、気持ちが抑えられなくなる。

「……玲、お前は幸せか？」

　うつむいてそう言った誠を見て、私は頷いた。

「うん。心から、幸せだよ」

　私の言葉に誠は少し微笑んで、黙って頷いた。

「誠くん、家まで送ろう」

「ありがとうございます」

　部屋を出るとき、誠は私を振り返る。

「玲、いろいろ言って悪かったな。ただの幼なじみに戻らせてくれるか？」

　そんな誠の言葉に、私は笑顔で頷いた。

「もちろんだよ！」

　私の返事を聞いて、誠はやっと笑って帰っていった。

　そうして、パパは会社へ行き、部屋には私と憐斗くんのふたりになる。

「玲」

　数日ぶりに名前を呼ばれて、それだけで心臓が音を立てた。

「な、なに……？」

「この前のこと、悪かった。イヤな気持ちにさせたな」
　憐斗くんが謝ることじゃない。
　イヤな気持ちにさせたのは私の方なのに。
「憐斗くん、私、ワガママだったの。憐斗くんに誠と婚約しろって言われてるみたいに感じちゃって……それであんなこと……」
　そう言うと、憐斗くんは私の髪をそっとなでた。
「……そんなわけないだろ。俺が、お前を誰かに渡すわけない」
　その言葉を聞いただけで、もう十分だと思える。
　誤解なんかして、本当に申し訳ない。
　憐斗くんは、こんなに私のことを思ってくれているのに。
「あの時、俺の家のことを話そうと思ってた」
　家のことって……。
「URRグループの話？」
「そう。今の父親がURRグループの社長なんだよ。俺は竜龍の人間だから、敵に噂が広まって父親に迷惑をかけないように、周りには隠してきたんだけどな」
　そうだったんだ……。
「URRグループと一ノ瀬財閥は方向性が違う。だから、そのことも考えてほしかったんだ」
　そっか、一ノ瀬財閥と縁を結んだ時の利益の話をしたのは、そういうことだったんだ。
　決して誠と婚約しろって言ってたわけじゃなかった。
　私が将来、後悔しないように……最初から憐斗くんは、

私にそう伝えていてくれたんだ。
　なのに、私は……。
「……玲」
　こぼれそうになる涙をなんとか抑えて、憐斗くんを見上げる。
「いつか、お前を嫁として迎えたい。さっき玲のお父さんにもそう話した」
　じわりと、一度引っ込んだものがまたあふれそうになった。
　だってこんなの、嬉しすぎるっ……。
「俺はもう、お前を誰にも渡す気はない。お前の気持ちを教えてくれ」
　憐斗くんの言葉に、私はあふれ出した涙を拭って声を絞り出した。
「私は、憐斗くんが好き。大好き。もう憐斗くん以外の人と結婚するのは、考えられない……」
　私がそう言い終わらないうちに、唇が重なった。
　おたがいのすべてを、分かち合うように。
　あらためて想いを伝え合うように。
　唇を離して、コツンと額を当てる。
「……まあ、数年先のことになるだろうけど」
「ふふっ……うん。楽しみに待とう？」
　私がそう言うと、憐斗くんは「そうだな」とつぶやいて、もう一度キスを落とした。

誕生日

そんな幸せな日があってから数ヶ月が経ち。
　ショッピングモールに出かけた私は、到着するなり、美樹と心踊らせていた。
「もうすぐなんだね～」
「うん、そうなの」
　そう言って微笑む。
　実は、もうすぐ憐斗くんの誕生日がくる。
　今日はそのプレゼントを買いに、美樹に付き合ってもらってここまで来た。
「なにを贈るかは決まってるの？」
「うーん、迷ってる」
「まあ、ショッピングならいくらでも付き合うよ」
「ありがとう！」
　そういうわけで、ふたりでお店を巡る。
「なににしよう？」
　いろんなものを見ながらついそうつぶやくと、美樹も腕を組んだ。
「うーん、碓氷くんは香水とかつけなさそうだしね」
　たしかに……。でも、
「なんかいい匂いするよね、憐斗くんって」
「いや、それは知らないけど……」
　そんな雑談をしながら店を回る。
　そして最後に、少し上品な文房具店に足を運んだ。
「あ、これとかは？」
　そう言って美樹が指したのは、ショーケースの中に入っ

た、名前が刻印できるボールペン。
　ボールペン……いいかもしれない。
　早速お店の人にショーケースから出してもらうと、やっぱりすごく素敵。
　うん、これにしよう。
「誕生日は竜龍のたまり場で祝うの？」
「うん、そうだよ」
　美樹にそう答えてから。少し目を伏せ、憐斗くんに言われたことを思い出していた。

　――数日前、いつも通りのたまり場。
　葵くんがお茶を淹れ、真くんが本を読み、宗くんがゲームをして奏くんがパソコンを見ている、日常になった光景を見ながら、私は憐斗くんの隣に腰掛けていた。
『そういえば、もうすぐ憐斗の誕生日だよね』
　葵くんがそう言いながら私に紅茶を渡してくれて、憐斗くんが頷く。
『もうそんな時期なんだな』
『うん』
　葵くんはどこかさみしそうにそう言って部屋を見回す。
『こんな日もあともうちょっと……そう思うと寂しいよね』
『そろそろ次期総長の候補も決めないとね』
　葵くんと奏くんの言葉に、私はひとり首をかしげる。
　どういうことだろう？
　もうちょっと、とか次期総長とかって……。

『……ああ、玲には言ってなかったか。竜龍は総長が17になったらその代の幹部は下りることになってるんだよ』
　……え？
『あ……そう、なんだ……』
　私は、混乱している中で何とかそう答えて紅茶のカップを包む手にキュッと力を込める。
『……悪いな、伝えるのが遅くなって』
『う、ううん……』
　そう答えたけれど、一度伏せてしまった顔を上げることができなかった。

　——この日々がいつまでも続くとは思ってなかった。
　でも心のどこかで、まだ先だって思ってたんだ。
　17歳で役目を終えるっていうのは、パパや伯父さんが決めた掟らしい。
　きちんと勉強に身を入れて将来に備えるために、17歳を節目にしたんだとか。
　大人になる第一歩として、竜龍の代わりの、社会での居場所を探せってことなのかもしれない。
　だから、もうすぐ……竜龍で過ごす生活は、終わりを告げる。
　姫としてみんなに守られて、幹部部屋で楽しく過ごす日々も……。
「玲？」
　美樹の声にハッと我にかえる。

「あ、ごめん、ぼーっとしちゃった」
　そう言って、また他愛のない話を続けたけれど、私はつい竜龍のことを考えてしまって、どこかさみしさを感じていた。

　それから数日経って、相変わらず竜龍のたまり場で楽しい日々を送っている。
　でもときどきふと、もうすぐこの場所にいられなくなることを考えてしまって、なんだかさみしい気持ちになってしまう。
　今日はみんな用事があるらしく、今、この幹部の部屋にいるのは宗くんと私だけで、宗くんが新しく買ったバトルゲームで対戦中。
「玲、最近元気ないな」
　宗くんにそう言われて、次の瞬間、私のキャラクターが倒れた。
　小さくため息をついて、口を開く。
「うん……。あの、もうすぐ憐斗くんの誕生日でしょ？」
「あー、プレゼント決まらないー！的なやつか。ったく、惚気るなよな〜」
「そ、そんなんじゃないよ！」
　うんざりしたような顔でコントローラーを操作する宗くんに慌ててそう言う。
「じゃあなんだよ」
「えっと、その……」

言いかけてからふと思う。

　もうすぐ竜龍での日々が終わることが悲しい、なんて、私が言っていいのかな。

　みんな、心のよりどころである竜龍から旅立とうとしてるっていうのに。

　そもそも宗くんは、私が言わなくても本当はわかってるんじゃないの？

「……宗くんは、不安とか感じてない？」

「不安？」

「うん。竜龍を卒業することに対する不安」

　私がそう言うと、宗くんは手を止めた。

　あ、もしかしてまずいこと言っちゃったかな……。

「そっか、憐斗の誕生日に俺ら卒業するんだもんな」

　ポツリと呟くようにそう言った宗くんを見つめていると、彼は少しの間考えてから口を開いた。

「……不安は、あるな」

　え？

「ってか、不安しかねぇよ。だって今まで毎日ここに来てたんだぜ？　信頼できる仲間もいるし、完全に安全地帯だろ」

　あ、安全地帯……。

　たしかにそうかも。

　ここではみんなが仲間で、みんなで助け合って、おたがいに高め合ってるもんね。

　敵なんかいないし、みんな仲がよくてすごく居心地がい

い。
「けどまあ、いつまでもここに縋(すが)ってるわけにもいかねぇじゃん？　中学とか高校だって、いくら楽しくても卒業するし。この場所もそれと変わんねぇよ」
　宗くんはそう言ってニッと笑う。
「それに、竜龍を卒業したって、みんなが仲間だってことに変わりはねぇだろ？」
　その言葉にハッとさせられる。
　あ……そっか。
　私はきっと、竜龍を卒業してみんなと疎遠になるのが怖いんだ。
　このたまり場という場所での繋がりをなくしたら、もう会わなくなるんじゃないか。
　もう笑いあったりしなくなるんじゃないかって。
　でも、そんなことあるはずないんだよね。
　ここで築いた絆は固くて、そう簡単になくなるものじゃない。
　恐れるもことなんて、なにもないんだ。
「……ありがと、宗くん」
　そう言って微笑みながら宗くんを見ると、宗くんは少し顔を赤くしてそっぽを向いた。
「べつに、特別なことはなにも言ってねーよ」
「そう？　珍しくいいこと言ってたと思うよ」
「珍しくとはなんだ、いつもだろ！」
　そう言った宗くんに、ふふっと笑いが溢れる。

するとそこで入口の扉が開き、幹部の４人が戻ってきた。
「え、もしかしてこれ修羅場っちゃうやつ？」
　葵くんが、私と宗くんを見てそう言って、憐斗くんが葵くんの頭を軽く小突く。
「いちいち修羅場になんかならねぇよ」
「えー？　でも前に僕と玲ちゃんがふたりで話してたらすっごい睨んでたでしょ。ってか、今も眉間にシワ寄ってるし」
　え、ほんと？
　憐斗くんの顔を見ると、そっぽを向いた彼に「見るな」なんて言われてしまった。
「あ、それ新しいやつか」
　憐斗くんがテレビのゲーム画面を見てそう言って、宗くんが頷く。
「そー。玲のヤツめっちゃ弱いんだぜ」
「そ、そんなことない！」
　私だって何回かプレイしたら上手になるはずだよ！
「へー、なら敵討ちとするか」
　くしゃっと私の髪をなでて、微笑みながらそう言った憐斗くんに、葵くんと真くんと宗くんはため息をついた。
「なんか、そういうのよくないよね」
「……よくない」
「だなー」
　ん？
　『よくない』って、なんのことだろう？

首を傾げていると、憐斗くんがコントローラーを手に取った。
「ほら、始めんぞ」
「はいはーい」
　——そうして始まったゲームは憐斗くんが圧勝して、幹部部屋には賑やかな声が響き渡る。
　未来のことを怖がるより、今を精一杯楽しもう。
　今しか味わえない気持ちが、きっとあるはずだから。
　私は笑い声を上げながら、みんなの楽しそうな表情を目に焼き付けた。

　そして、ついにやってきた憐斗くんの誕生日。
「「「「誕生日おめでとう！」」」」
　放課後のたまり場で、憐斗くんの誕生日パーティーが開かれている。
「これで17歳なんだね」
「そうだな。あと３年で成人か……」
　私の言葉に、しみじみとした様子でそう言った憐斗くん。
「竜龍で過ごした日も、あっという間だったな」
「ちょっとー、おじいさんみたいなセリフになってるよ」
　葵くんの言葉に、他の人たちも笑い声を上げる。
　その笑いがおさまった頃、憐斗くんがすっと顔を上げてみんなを見回した。
「今日、俺たちは竜龍を卒業する。新しい総長は、こいつに任せようと思ってる」

憐斗くんがそう言って、ひときわ目立つ金髪の子を呼び寄せた。
「俺は、ずっと憐斗さんに憧れてました。憐斗さんのような総長になれるよう、精一杯努めることを誓います」
　正直そうな、まっすぐな瞳でそう言ったその子に、憐斗くんがフッと微笑んで口を開く。
「ああ、頼んだ。みんなの居場所として、竜龍を守ってくれ」
「はい。絶対に守り抜いてみせます！」
　その言葉に「おおお！」と歓声が上がり、一気にお祝いムードに包まれた。
　みんなが喋って笑いあっている中で、少し疲れてしまった私は一度たまり場の外に出て夜風に当たる。
　心地いい風……。
　目を瞑ってそう考えていると、
「ひとりでこんなところにいたら、また攫われるぞ」
　聞き慣れた低い声に、微笑みながら振り返る。
「憐斗くん」
「大丈夫か？」
　そう言って私の隣に座る憐斗くんに「うん」と頷く。
「ちょっと疲れただけだよ。このあと暴走もするでしょ？そのための休憩」
「そうか」
　憐斗くんはそう言って、何気なく空を見上げる。
　あ、プレゼント今渡そうかな。
　さっきからずっと手に持ってたけど、人が多くてなかな

か渡せなかったもんね。
　そう思って、ボールペンの入った箱を憐斗くんの前に差し出す。憐斗くんはそれに気づいて、空から私に視線を移した。
「憐斗くん、あらためてお誕生日おめでとう。これ、プレゼントなの」
　そう言うと、憐斗くんは嬉しそうに微笑んで、箱を受け取ってくれる。
「それね、名前入りのボールペンなの。憐斗くんが私にくれた指輪も、内側に名前を入れてくれてたでしょ？　最初は私も指輪を贈ろうかと思ったんだけど、バイクに乗る憐斗くんにはこっちの方がいいかなと思って」
　喜んでもらえたかな？
　そう思って憐斗くんを見ると、柔らかい笑顔を向けてくれた。
「すげぇ嬉しい。いろいろ考えてくれてありがとな」
「うんっ」
　私もそう答えて微笑み返し、空を見上げる。
　今日はすごく晴れてるな。
　星も見えるし、三日月も煌々と輝いている。
「……綺麗だな」
「あ、同じこと考えてたよ。今日の夜空、綺麗に晴れてるよね」
「いや、そうじゃなくて、お前が」
　……はい!?

ぼっ!!と真っ赤になった顔を憐斗くんに向けると、優しく髪をなでられる。
「……玲、誕生日プレゼントに、もうひとつ欲しいものがある」
「え……な、なに？」
　ボールペン以外なにも用意してないんだけど……。
「……キスしていいか？」
「っ……」
　なっ……！
　いつもは確認なんかしないのにっ！
「……玲」
　答えを求めるように私の名前を呼ぶ憐斗くんに、ゆっくりと頷く。
「い……いい、よ？」
　うつむきながらそう言うと、憐斗くんはフッと笑って私の髪に指を通した。
　ふわっと憐斗くんの匂いが私を包んで、ゆっくりと顔が近づいていく。
　そっと目を閉じると、憐斗くんの長い睫毛が私の頬に当たるのを感じ、そのあと唇が重なる。
　幸せが全身を駆け巡って、胸がいっぱいになる。
　その後ゆっくりと唇が離れて、抱きしめられた。
「蓮さんと出会って、お前と出会って。どれも竜龍が繋いでくれた絆だな」
　心からの感謝を込めたような、そんな声。

その声と温かさに、私の心はなんだかとても穏やかになって、憐斗くんの背中をそっと抱きしめ返した。

　少ししてからまたパーティーに戻り、たくさん用意されていたごちそうがすっかりなくなると、みんなは特攻服を着て集まった。
「今日は、最後の暴走だ。みんな思いっきり楽しんでくれ！」
「「「「おぉー!!」」」」
　そうして最後の暴走に出た。
　今日は、私は憐斗くんのバイクのうしろに乗る。
「しっかりつかまっとけよ？」
「うんっ！」
　そうして走り出した竜龍。
　憐斗くんは先頭に回って誰よりも速く走っていく。
　みんなの前に出てうしろを振り返ると、いくつものきらめく星が……。
　車からは見えない美しさがあった。
　バイクのライト、みんなが心から楽しんでいるムード。
　間近に聞こえる爆音さえも、心地よく耳に響いてくる。
　……この光景、絶対忘れない。
　私は心の中でそっと誓って、憐斗くんの腰に回している手にぎゅっと力を入れた。
　ほんとにいろんなことがあった。
　けどやっぱり……高校生活の中で一番の宝物になるだろう。

——ひとしきり暴走を終えたあと。
「ねえ、みんなで写真撮ろう？」
　私の提案にみんな賛成してくれて、竜龍の全メンバーが集まる。
　髪色やピアス、タトゥーがすごくて、初めは怖かったみんな。
　幹部のみんな……。
　奏くん、宗くん、真くん。
　副総長の葵くん、そして……。
　総長で私の最高の恋人、憐斗くん。
　みんなが竜龍を卒業した。
「はい、チーズ！」
　パチッとフラッシュが光って、全員が笑顔で1枚の写真におさまった。

☆ ☆
☆ ☆

そして……

──10年後。
「ちょっと待って！　ダメダメ！」
「どうした？」
　相変わらず仲よくやっている私たち。
　そう、私たちは大学を卒業後に結婚した。
　でも、結婚だけじゃなく、もうひとつ大きな出来事があって……。
「美愛(みあ)！！」
　私たちの間に娘が生まれたこと。
　もう、生まれた時は号泣(ごうきゅう)してしまった。
　なによりも大切な、3歳の愛娘(まなむすめ)。
「美愛……」
　憐斗くんはそう言って美愛を抱き上げる。
「ダメだろ？」
　……か、カッコいい……。
　憐斗くんはやっぱり、何年経っても総長だったときの凛々しさが消えない。
　憐斗くんが注意すると、美愛もおとなしくなってちゃんと椅子に座った。
　……こんな時、ちょっとだけ美愛にヤキモチを妬いちゃうというのはもちろん、私だけの秘密。
「玲、今日は早く帰れるから」
「うん、わかった」
　憐斗くんはお義父さんのあとを継いで、今ではグループ会社の社長。

だけど毎日ちゃんと帰ってきてくれるし、ほんとに最高の旦那さんだな、なんてしょっちゅう思う。
　玄関に行って、美愛と一緒に憐斗くんをお見送り。
　そういえば、幹部のみんなもそれぞれ家を継いでるんだとか。
　誠は高校卒業後、新しく決まった婚約者と正式に政略結婚をすることになった。初めは毛嫌いしてたみたいだけど、婚約者の猛烈なアピールと素直な心に惹かれていって、今はとても仲がよい夫婦になっている。ふたりの間には４歳の男の子がいて、もうすぐふたり目が生まれると言っていた。
「じゃあな」
「うん、行ってらっしゃいっ」
　そうして憐斗くんが出ていって、また一日が始まる。
「今日も頑張ろう！」
　私はそう呟いて美愛と一緒にリビングに向かった。
「ただいま」
「お帰りなさい」
　夜になり、憐斗くんを笑顔で出迎えて鞄を受け取る。
「美愛は？」
「もう寝ちゃった」
　憐斗くんは私の言葉に「そうか」……と呟いて美愛の寝顔を見に行く。
　そうしてその後いつものようにリビングに行ってソファに腰掛けた。

「玲、おいで」
　高校生だったときと同じように言って私を抱き寄せる憐斗くん。
「ふふっ、なんかくすぐったいよ」
　そう言ってクスクス笑う。
　その時ふと、棚に飾ってある写真立てを見た。
　私たちの結婚式の写真が入ってる隣に、まだ高校生だったときの竜龍のみんなが笑顔で写ってる。
「……あの時とほんと、変わらないよね。私たち」
「……ああ」
「憐斗くんも変わってない？　私への気持ち」
「当然」
　憐斗くんはそう言うとフッと笑って私に囁くように言う。
「玲……いつまでも愛してる。大好きだ」
「私も……愛してるよ」
　そう言うと、高校生だった時と同じように甘いキスを交わした。

　　　　　　　　　　　　　　　　　　Fin.

特別書き下ろし番外編

美樹と奏

【美樹side】
　親友の玲に、彼氏ができた。
「憐斗くんって、すごく優しいの。この前もね……」
　そんなふうに、嬉しそうに惚気る玲が羨ましいなあとは思うけど、一方でよかったな、って心から思う。
　3年前にお兄さんである蓮くんを亡くして、ずっと心配だったから。
　幼なじみだし、私も蓮くんとは仲がよかったからあの時はかなりショックを受けたけど、玲は当然、もっと辛かったと思う。
　何日もなにも食べられない日が続いて、ずっとふさぎ込んで。
　かと思えば突然死ぬほど勉強をし始めて、私もなんとか元気づけようって必死だったっけ。
　そんな玲が、今はその時の面影なんてまったくないほど幸せそうに笑ってて、本当に嬉しい。
「そういえば、美樹はどうなの？　例の先輩」
「あ……」
　玲に無邪気な目を向けられて、ちょっとだけ動揺。
　先輩、か……。
　テニス部エースの五十嵐亮太先輩。
　五十嵐財閥の御曹司で、私の憧れの人。

「うん……相変わらず、かな」
「そっか……」
　曖昧(あいまい)にそう言うと、玲はいつもみたいになにかを考え込む。
　玲は先輩のことを、あんまり快く思ってないらしい。
　私の想いに対してなにか言ってきたりはしないけど、先輩の話をするとどこか心配そうな目を向けてくる。
　まあでも、たしかに……。
　昨日のことを思い出して、不安が胸を渦巻く。
「美樹？　どうしたの？」
「う、ううん、なんでもっ！　そろそろ授業始まるから、席戻るね」
「うん、また後でね」
　そう言ってかわいらしく手を振る玲に私も振り返して、席についた。
　──昨日、図書館で勉強してから下校しようとすると、部活が終わったところの先輩が見えた。
「あ、せんぱ……」
　いつもみたいに声をかけようとしてから、同じ部活の男の子たちと話しているのが見えて慌てて口をつぐむ。
　なにか楽しそうにしゃべってるし、もしこんなところで声をかけたりしたら先輩がからかわれそうだし。
　そう思って、声をかけるのは諦めようと踵を返した時。
「そういえば、佐藤財閥のお嬢様はどうなんだよ？」
　ピタッと足を止める。

私の話……？
「あー、あの子美人だよな」
「あの子もかなりレベル高いけど、俺は聖堂もめちゃくちゃかわいいと思う」
「けど聖堂は彼氏持ちだろ？　碓氷と付き合ってんじゃん」
　好き勝手しゃべり出す男子たち。
　……誰がかわいいだのなんだの、男子って本当そういう話好きだな……。
　っていうか、あんたたちに玲の魅力がわかるわけないでしょうが。なにが『かわいい』よ、性格まで知ったらもう愛くるしいってレベルになるんだからね。
　そんなことを考えていると。
「佐藤もかなりかわいいよ」
　——ドクンッ……。
　この声、先輩の……。
　思わず振り返る。
「へー、どこが？」
「簡単に落ちそうなところ」
　……え？
「素直なんだよ、やっぱお嬢様は落とすのが楽。世間知らずだから」
「お前、相変わらずだなー」
「手段も変わんねぇじゃん。パーティーで踊って、そこから落とすって」
　ドクンッ……ドクンッ……と心臓が鳴る。

さっきとは違う、イヤな音。
　先輩の言葉を信じたくない。
　でも、私が聞いて、見てしまった事実は変わらない。
　思わずぎゅっと胸元で拳を握る。
　先輩、私に声をかけてきたのはそういう理由だったの？
　私は今まで、こんな人に憧れてたの……？
「まあ、落としたら一躍有名人じゃん？　わりと人気あるし、なにしろ佐藤財閥令嬢だし」
「だろ？　そう思って狙ってんだよ。そろそろ告白かな」
　その言葉を聞いて、ダッと駆け出した。
　あんな人だったなんて。あんな人にまんまと騙されて、カッコいいだとか言って騒いでたなんて。悔しくなって、自分が情けなくて、いつのまにか涙が溢れ出てくる。
　その涙を拭う余裕もなく走っていると。
　――ドンッ……。
「っと、大丈夫？」
　優しい声が聞こえて、顔を上げる。
　あ……。
　この人、碓氷くんと仲がいい……そうだ、明野奏くん。
　玲がこの人も暴走族の幹部だって教えてくれた。
　そんなことを考えてから、目にたまっていた涙がスッと頬を伝ったのを感じて慌ててうつむく。
「だ、大丈夫、ごめんなさい」
「俺はいいけど、君もしかして泣いてない？　どこか打った？」

そう言って顔を覗き込んでくる明野くんに首を横に振る。
　人に涙を見せるなんて、絶対イヤだ。
「っ、大丈夫」
「……そう？　ならいいんだけど」
　そういうと、明野くんはフッと顔を横に向けた。
　もしかして、見てないふりしてくれてるのかな……？
　明野くんが違う方向を見ている間に、慌てて涙を拭う。
「君、玲と仲良い子でしょ」
「え……？」
　顔を上げると、聡明そうな瞳と目があった。
「もしなにかあったら言いなよ。玲の知り合いならなんでも力になるし」
　フッと優しく微笑んだ明野くんに、一瞬すべてを話したくなった。
　でもまさか初めてしゃべる人にこんな話言えないよね。
「……ありがとう」
「いいえ。気をつけてね」
　明野くんはそう言うと去っていき、取り残された私はぼーっとその背中を見つめていた。

　先輩たちが話してたのって、夢じゃなかったのかな？
　教室の窓の外を眺めながらそんなことを考える。
　自分が騙されてたって思いたくないっていうのと、やっぱり先輩に憧れてたし、カッコいいと思ってたから、そう

簡単に夢が壊れたことを認めたくない。
　一度、直接聞いてみる？
　それもありかもしれないな。
　ズバッと聞いて、もし本当だったらズバッと縁を切ればいいんだよ。
　うん、そうしよう。
　ふと前の方に座っている玲が窓の外を懸命に見ていることに気づいた。
　なにかあるのかな。
　同じように窓の外を見ると、体育をしているクラスが。
　種目はサッカーで、ボールがいろんなところに飛んで行っているのが見える。
　その中で、一段とプレーが上手な人がいた。
　……あー、碓氷くんか。
　玲が見入ってる理由に納得して、頬杖をつく。
　幸せそうな顔で見てるなあ……。
　そう思って、私もなにげなく外を見ていると、もうひとりかなりうまい人がいる。
　あれって……明野くんだ。
　昨日ぶつかった私に優しい瞳と、気遣いにあふれた声をかけてくれた明野くん。
　ボールをドリブルして、すかさず碓氷くんにパスすると見事ゴールが決まった。
　すごい……。
　この前の中間テストで全教科上位10位以内に入って

たって聞いたけど、運動神経もいいんだ。
　なんだか明野くんから目が離せなくて、つい窓の外に見入ってしまう。
　どうしてだろう？
　女子と交代してプレーをしてない時でさえ明野くんを見てしまう。
　なんだか、不思議な感じ。
　ずっと明野くんを見つめていると。
「佐藤さん、佐藤さん？」
「は、はい！」
　しまった、授業聞いてなかった……！
「どうしたんです、あなたがぼーっとするなんて珍しい。体調でも悪いんですか？」
　くいっとメガネをあげながらそう言う先生。
「す、すみません、大丈夫です」
「今後は気をつけるように。ではこの問題を解いてください」
　なんとか助かった……。
　私はもう一度ちらりと窓の外を見て、黒板に答えを書きに向かった。

　その日の放課後。
「佐藤、いるかな？」
　教室がざわっとして、いっせいにみんなが私を見る。
　聞き覚えのある声にゆっくりと入口を見ると。

「先輩……」
「今ちょっといい？」
　みんなの視線を感じながらゆっくりと頷くと、玲が少し心配そうな目を送る。
「じゃあ、バイバイ」
「うん……」
　そう言った玲に微笑んで、貼り付けたような笑みを浮かべた先輩についていった。
　中庭に到着して、先輩が足を止める。
「あのさ、佐藤とは仲がいい方だと思ってるし、すごくいい子だと思ってる。それに気が合うと思うんだ。だから、付き合わないかな？」
　そう言って私を見る先輩。
『そろそろ告白かな？』なんて言ってたもんね。
「先輩、昨日私、先輩がご友人と話しているのを偶然聞いてしまったんですけど」
　思い切ってそう言うと、先輩の顔色がみるみる青ざめていく。
　ああ、やっぱり夢じゃなかったんだ。
「私、先輩に憧れてました。カッコいいと思ってました。でもあれは全部、私を落とすためだったんですね」
　言いながら、またもや涙が溢れそうになったけどグッと堪える。
「い、いや、昨日のはさ、みんなでふざけてたんだよ」
　……はい？

「ふざけてたって……」
「やっぱり照れくさいじゃん？　好きな女の子のこと友達に話すとかさ」
　そう言って頭の後ろをわざとらしくかく先輩。
　なに言ってんの、この人。
　こんなことで、私のこと騙せると思ってるわけ？
　たしかに昨日までは完全に騙されてたけど、私だってそこまでバカじゃない。
「ね、佐藤。俺ほんとに君のこと好きだよ」
　……嘘ばっかり。
「先輩とは付き合えません」
　はっきりそう言って先輩を見る。
　あんなこと言われた今、正直顔をあわせるのだってイヤなくらいだよ。
　そう思っていると、
「……めんどくせぇな、簡単に落ちるかと思ったのによ」
　「はあ……」と大きくため息までついて、そんなことを言った先輩。
「なんでそっちから断るかな？　ねえ？」
　そこに、いつも優しくしてくれた先輩の面影はなくて。
　悔しさに、悲しさに負けないようにぎゅっと唇を噛む。
「俺だって本当は聖堂を狙いたかったし。かわいーし、素直そーだし？　なのにあの子、パーティーこねぇし碓氷と付き合うしで、しょうがなくお前にしたのにさ」
　なにっ、それ……。

怒りでカッとなったあまり、目頭まで熱くなる。
　泣きたくない。こんなしょうもないことで。
　こんな人のために泣くなんてもったいない。
　泣いてやるもんか。
　必死で唇を噛んでいると。
「……佐藤」
　澄んだ声。
　その声に、なにか引き寄せられるようにそっちを向くと。
「明野、くん……？」
　そこに立っていたのは明野くんだった。
「先輩、彼女と話があるんですけど、いいですか？」
「え？　い、いいけど……」
　戸惑ったようにそう言った先輩に、明野くんは微笑む。
「ありがとうございます。じゃあ行こうか、佐藤」
「えっ、ちょっ……！」
　有無を言わさずに私の手を引く明野くんに、なぜか一瞬胸がドキンッと音を立てた。
　なに……？　今の感じは……。
「あ、そうだ先輩」
　明野くんがふと足を止めて振り返る。
「玲のこと狙ってたとかなんとか言ってましたけど、全部憐斗に伝えときますね」
「はあ!?」
　明野くんの言葉に、さすがに焦り出す先輩。
　なにしろ碓氷くんって学校一の人気者だし。

もし睨まれたら女子はおろか、男子にも見向きもされなくなりそうだもんね……。
「ま、待てよ、なんで俺が碓氷に目ぇつけられないといけねぇんだよ！」
「……は？」
　低い声に思わず私までびくりとする。
「それくらい当たり前でしょう。ひとりの女の子をたぶらかして、心を傷つけたんだから」
　そう言って先輩を睨む明野くん。
「お望みなら俺が社会的に抹殺して差し上げますけど。ああ、俺がそんなことしなくても佐藤の家がしてくれそうですね」
「っ……調子乗りやがって、許さねえからな！」
　先輩はそう言うと、呼び止める間もなく去っていった。
「あ、明野くん、手……」
　ずっと掴まれたままで、なんだかドキドキして落ち着かない……！
「ああ、ごめん」
　明野くんはそう言ってパッと手を離す。
「あの、ありがとう」
「べつにいいよ、玲の名前が出たからつい飛び出しちゃっただけだし」
　チクリと一瞬胸が痛んだ。
「ね、ねえ、明野くんってもしかして、玲のことが好きなの？」

じくじくと痛む胸に気づかないふりをしてそう聞くと。
「いや、それはないかな」
　ホッ……。
　って私、なんでホッとしてるんだろう？
　親友が浮気することはなさそう、って思ったから？
　ううん、たぶんそういうわけじゃないと思う。
　じゃあなにかって言われたら答えられないけど。
「まあ、それだけじゃないんだけど」
「え？」
　今、なんて言ったんだろう？　聞き取れなかった。
「なんでもないよ」
　……？　まあ、いっか。
「それより、なにがあったとかは聞かないけど、男とふたりきりとか危ないよ？　しかもこんな人けの少ないとこで」
　あ、そういえば……。
　そういうことなにも考えてなかったけど、ここ人通り少ないんだよね。
「今後気をつけます」
「……まあ、言ってるそばから俺とふたりきりだけど」
　た、たしかに……。
「で、でも明野くんは私に下心なんてないでしょ？」
　さっきだって、玲の名前が出たから飛び出したって言ってたし……。
「さあ、わからないよ？」

「え?」
　顔を上げると、どこか不敵な笑みを浮かべた明野くんが目に映った。
「もしかしたら、先輩に言い寄られてることに嫉妬して出てきたのかもしれないし」
　えっ……? どういうこと?
　――トクン……トクン……。
　高鳴る鼓動、そらせない視線。
　それらを振り払うように、なんとか口を開いた。
「い、言い寄られてたわけじゃないよ。私と付き合うことで、佐藤財閥の令嬢を落としたって自慢できるらしいから」
　言いながらチクリと胸が痛む。
　結局、人ってそういう肩書きでしか物事をはかれないのかな。
　顔をうつむかせて、そう考えていると……。
「先輩ってよっぽど見る目ないんだね」
「え?」
　私が聞き返すと、明野くんはフッと微笑んだ。
「佐藤は、綺麗だよ」
　……。
　……!?
「あ、明野くっ……」
「さー、帰ろ帰ろ。下校時間も過ぎてるしね」
　私の声をさえぎってそう言った明野くんに、心臓はもうバックバク。顔は絶対に真っ赤だし、心臓はもう破裂しそ

う。
　とにかく落ち着かなくて、でも決して不快なわけじゃない。
　なんだかふわふわしたような、そんな気持ち。
　真っ赤な私を見て、明野くんはクスッと笑った。
「佐藤、大丈夫？」
「だだだ大丈夫！」
　私はそう言ってテンパる気持ちをなんとか沈め、明野くんと並んで歩いていった。

　翌日の昼休み。
　教室でお弁当を食べた後、玲に昨日の出来事を打ち明けると……。
「それって……奏くんに恋してる？」
　首をかしげてそう言った玲に、思わず「えっ」と声をあげる。
「でも私、ついこの間まで先輩のこと好きだったんだよ？」
「先輩には憧れてただけだよ。好きじゃなかったでしょ？」
　さっき買ってきたココアを飲みながらそう言った玲。
　たしかに言われてみれば……。
　先輩って、いわばアイドルみたいな存在だったのかもしれない。
　好きだったのは好きだったけど、恋愛の意味で好きだったってわけじゃ……。
「奏くんかあ、お似合いだね」

「まだ決まったわけじゃないよ」
　話したのだって、今回が数回目だったし。
「恋に時間は関係ないよ」
　きっぱりそう言った玲に思わず、うっと詰まる。
　彼氏持ちの人に言われると、なにも言えない……。
「まあゆっくり結論を出したらいいと思うよ？」
「うん……そうする」
「あ、でも奏くんって人気だし、早くしないと他の子に取られちゃうかも」
　それは……なんか、イヤだな……。
「玲」
「あ、憐斗くんっ」
　ちょっと待っててね、なんて言いながら嬉しそうに碓氷くんの元に駆け寄る玲。
　かわいいなあ。
　目を細めて玲を見ていると、碓氷くんと一緒に明野くんがいるのが見えた。
　玲が言った『恋』という単語が頭に浮かんで自然と顔が赤くなる。
　思わず見つめてしまっていると、明野くんが私の視線に気づいてばちっと目があった。
　かと思うと、フッと、あの優しいような、少しだけからかうような微笑みを見せる。
　かあああっ……。
　真っ赤になっていると、ふと、女の子が明野くんに声を

かけた。
　その途端、一気に私の心がしぼんでいく。
　よくわからないけど、あのふたりを見ていたくない。
　そう思って顔を背けると同時に玲が席に戻ってきた。
「ごめんね、お待たせ」
「いーえ。ほんとラブラブだね」
「も、もう、美樹ったら」
　真っ赤になった玲にふふっと笑う。
　けど、心までは晴れない。
　明野くんってやっぱり人気だよね。
　そりゃそうだよ、あんなに完璧な人を放っておく方がおかしいよね。
　きっと私も、あの完璧さに惹かれてるだけだ。
　私はそのあとも、明野くんの方を見ないようにして玲と話をして昼休みを過ごした。

　放課後、玲は碓氷くんと一緒に帰っていき、私は教室で車待ち。
　さっさと帰りたいと思ってたのに、こういう日に限って車の調子が悪いなんて、本当ついてない。
　途中でエンストしちゃったみたいで、今他の車で向かってるらしいけど今度は渋滞に巻き込まれているらしい。
　まあ、仕方ないよね。
　さんざん謝ってる執事たちを責めるわけにもいかないし、おとなしく待っておこう。

そう思って連絡を待っていると。
「佐藤？」
「あ、明野くん……」
　教室を覗き込んだのは明野くん。
　なんだかこの数日、すごく頻繁に会ってる気がする。
　今日の昼だって……。
　ふと女の子と仲よさそうにしゃべっていたのを思い出して、うつむいてしまう。
「帰らないの？」
「車を待ってるの。ただ渋滞がなかなか抜け出せないらしくて」
「ふうん、そっか」
「う、うん」
　なんだろう？
　明野くん、なにか考え込んでるみたいだけど。
「……よかったら、送っていこうか」
「……え？」
　送っていこうか、って……。
「えーと、車ってこと？」
「ううん、バイク」
　バイク!?
　あ、そっか、そういえば明野くんも碓氷くんたちと同じ暴走族なんだった……！
「あーいや、よければ、だけど。家のこともあるだろうし、無理にとは言わないよ」

バイク、か……。
　ちょっと乗ってみたいかも。
「家に連絡してみてもいい？」
「もちろん」
　明野くんの快い返事を聞いてから、早速執事たちに連絡。
「もしもし？　今日の迎えなんだけど、明野くんっていう同級生の人がバイクで送ってくれるって言ってくれてるんだけど……」
　少しドキドキしながらそう言ってみると、
『明野様……もしや、明野奏様でございますか？』
「うん、そうだけど……」
　あれ？
　奏くんのこと知ってるのかな？
『我々の不手際によってこのような事態となり申し訳ございません。どうぞ、くれぐれもお気をつけてお帰りくださいませ』
「う、うん、ありがとう」
　——ピッ……。
　す、すごくあっさり決まった。
　反対されるかなって思ってたのに。
「明野くん、いいって……」
「そっか、よかった。じゃあ行こうか」
「よろしくお願いします」
　そう答えると、明野くんは頷いて私の先を歩く。
　そういえば、明野くんも執事たちの返事は聞く前からわ

かってたって感じだったな。どうしてだろう？
「明野くんのおうちって、うちとなにか関わりがあったりする？」
　思い切ってそう聞いてみると。
「まあ、そうだね」
　あ、やっぱりそうだったんだ。
「ご両親、なにしてらっしゃるの？」
「茶道の家元」
　……。
　……え!?
「そうだったの!?」
「まあ、一応ね」
　いやいや、一応って……!!
　ママが以前お茶会に招かれて、その時からある茶道の家元と仲よくしているって言ってたけど、その家元の苗字は、たしか明野さんだった。
　ママは華道を嗜むし、茶道の家元である明野さんとは話が合ったんだろうと思う。
　それに、私と同い年のご子息がいらっしゃるって言ってたな。
　その人がまさか、明野くんだったなんて……。
　そんな衝撃を抱えながら学校を出て、しばらく歩くとバイクの専用駐車場があるところに到着した。
「すごい人だったんだね、明野くんって……」
「財閥の令嬢のほうがよっぽどすごいよ。はい、これヘル

メットね」
　ポンっと渡されて、荷物を置いてヘルメットを持つ。
「ちょっと失礼」
　明野くんがそう言ったかと思うと。
「わっ……」
　ふわりと体が持ち上がって、バイクに乗せられた。
　かあっと顔が熱くなる。
　わ、私、今体重どれくらいだっけ!?
　そんなことが気になってしまって、ますます赤くなるばかり。
「ん？　どうかした？」
　あ、明野くん……。絶対わかって言ってる！
「な、なんでもないよ、ありがとう」
「いいえ」
　なんとかそう言うと、明野くんはなんてことないようにヘルメットをかぶり、バイクに乗る。
「じゃ、行くね。ああ、俺の腰に捕まって」
「う、うんっ」
　そ、そっか、バイクに乗せられたくらいで赤くなってる場合じゃない！
　腰に手を回すなんてちょっと戸惑うけど、そうしないと落っこって死んじゃうもんね。
　それでもやっぱり戸惑ってしまう。
「どうしたの？」
　ううっ、恥ずかしがってたら余計に手を回しづらくな

る！
　思い切ってぎゅっと抱きつくと、自分の鼓動が速くなっているのがわかった。
　そんな私に、明野くんがフッと笑いをこぼした。
「な、なに？」
「ううん、照れ屋だなーと思って」
　照れ屋って、私が？
　いやいや、誰でもこうなるでしょ……。
　絶対私だけってわけじゃないよ。
　私が不満そうなのを察したのか、明野くんはもう一度フッと笑った。
「まあいいや。じゃあ、行くよ」
　そうして、バイクが走りだした。

　家について、バイクがゆっくりと止まる。
「どうだった？」
　私を降ろしてからそう聞く明野くんに思わず意気込む。
「すっごくよかったよ！　楽しかった！」
「そう思ってもらえてよかった。女子ってこういうの怖がるから、ちょっと心配だったんだよ」
　あ……。それってつまり。
「こんなふうに、女の子を乗せて走ることって多いの？」
　思わず明野くんをじっと見つめてしまう。
　おそるおそる聞いてるのはどうしてだろう。
　どこか胸がチクチクと痛むのはどうしてだろう。

それでも気になってしまうのは……。
　じっと明野くんの目を見つめていると、
「……乗せないよ」
　……え？
　明野くんの言葉にパッと顔を上げる。
「俺は、大切に思ってる子以外は乗せない」
　──ドクンっ……。
　心臓がひときわ、大きな音を立てた。
　大切に、思ってる子……。
「……じゃ、また明日学校でね」
「う、うん……っ」
　私の返事に、明野くんは微笑んでからヘルメットを被る。
「じゃあ」
　そう言うと爆音を響かせて去っていき、それでも私の胸はドキドキと鳴ったままだった。

　高鳴った胸はなかなかおさまることなく。
　そのまま数日持ち越して、私はとうとうこの気持ちの名前に気づいた。
　……明野くんが、好き。
　これは恋なんだ。
　優しい眼差し、声、体温。
　フッと笑うその微笑みを思い出すだけで、どこか胸の奥がきゅーっとなる。
　人を好きになるというこの気持ち。

ふわふわして、つかみどころがない。
　ときどき切なくて、だけどやっぱり幸せなこの気持ち。
　この気持ちを、明野くんに伝えたい。
　明野くんが私のことをどう思ってるかはわからないけど、それでも伝えたいと思う。
　まだ、この気持ちは誰にも言ってない。
　玲にさえも。
　初めて抱いたこの気持ちは、一番に明野くんに伝えたいと思ったから。

　……とはいうものの、そう思い始めてからは、なぜだか明野くんになかなか会えない。
　忙しいのかなんなのか、学校に来ているかどうかさえ怪しいくらい。
「美樹？　どうしたの？」
　ぼーっとしていると玲にそう声をかけられた。
　ダメダメ、しっかりしなきゃ。
「ううん、なんでも。玲、最近明野くんのこと見かける？」
「奏くん？　うん、たまり場には毎日来てるよ」
「そっか……」
　暴走族の用事で忙しいとかかな？
　なんにしろ、体調が悪いとかじゃなくてよかった。
「……あ、奏くんだ」
「えっ」
　玲の声に、慌ててそっちを見ると。

「っ……」
　女の子とふたりで歩いている明野くん。
　あの方向、中庭にでも行くのかな？
　もしかして告白だったりする……？
「……美樹」
　はっとして玲に向き直る。
「な、なに？」
「行かないの？」
　え？
「あれ絶対告白だよ。今行かないと、後悔するかもしれないよ」
　玲の真剣な眼差し。
　なんだか背中を押されているような、そんな気がした。
「……バレてたんだ」
「美樹って結構わかりやすいよ。いつも目で追ってるし、顔も真っ赤になってるし」
　う、嘘……。
「まあとにかく、行ってらっしゃい！」
　そう言った玲に「ありがとう」と言って駆け出す。
　気持ちに気づいてしまった今、明野くんを他の女の子に取られたくない。
　せめてきっぱり振られてからじゃないと、きっと一生この気持ちを抱えたままだ。
　中庭に続いている人けのない廊下を渡っていると。
「あっれー、佐藤だ」

私に呼びかけたのは大好きな声ではなく……。
「先輩……」
　私が振った、五十嵐先輩。
「どうしたんだよ？　そんなに急いで」
「先輩には関係ないですから、どいてください」
　なにしろ時間がないし、こうしている間にも、あの子が告白して、明野くんが……。
「えー、やだ」
　なっ……。
　通ろうとしても、先輩はまるでバスケでもしてるみたいに通せんぼしてくる。
　すごくイヤなのに、誰かに助けを求めることもできない。
「お願いですから、通してくださいっ」
　若干キレ気味でそういうと、先輩はニヤリと笑う。
「じゃ、キスしたら通そっかな」
　……はい？
「あのあとさー、佐藤を落とせなかったっつってみんなにいじられてんの。けどキスのひとつでもされたらカッコつくだろ？」
　なにそれ……。
「ほら、早くしろよ。じゃないと通さねぇけど。なんか急いでんだろ？」
　……わけわかんない。
　自分の名誉のために、私のファーストキスを無駄にしろって言うの？

そうしないと、明野くんのところには行かせないって？
　卑怯な言い方に唇を噛んでいると。
　ぐいっ……！
「わっ……!?」
　うしろから誰かに腕を強い力で引かれて、バランスを崩す。
　倒れるっ……！　そう思ってぎゅっと目をつむる。
　——ポスッ……。
　あれ？　痛く、ない……。
　なにかに包まれたような感触にそっと目を開けると。
「あ、明野くんっ……」
　いつもの穏やかさはなく、ギンっと光るような目で先輩を睨みつける明野くん。
「……またお前かよ。お前さ、こいつのなんなの？」
　先輩がそう言って私を顎でしゃくる。
「俺の彼女を、こいつ呼ばわりしないでもらえます？」
　えっ？　どういうこと？
「っ……なに、お前ら付き合ってんの？」
「だったら文句でも？」
　そう言って、わざと挑発的な態度をとり続ける明野くん。
「べつに、趣味悪りぃなーと」
　っ……。
「……はあ？」
　明野くんのその声に、私と先輩の肩がびくりと揺れた。
「それはあんたの方でしょ。うわべしか見なかったような

野郎になにがわかるんですか」
「っ……テメェっ……！」
　先輩はそう言うと殴りかかってきて、明野くんはそれをいともたやすく避けた。
「停学にはなりたくないので、これで失礼しますね」
　明野くんは私の肩を抱いたままそう言って歩き出す。
　と、思いきや。
「うわっ！」
「あ、すみません。足が滑って」
　思いっきり先輩の足を引っ掛けた。
　なんというか……。
　普段穏やかな人を怒らせると大変なことになるって、本当だったんだな……。
　なにも話さないまま、明野くんに背中を押されて中庭に着く。
　そっと背中を離されると、一気に温もりがなくなって少し寒くなるくらいに感じた。
「……なんであの先輩といたの？」
　な、なんかまだちょっと怒ってるような……。
「中庭に行こうとしたら偶然出会って……」
「中庭？」
　あっ、しまった……！
「え、えっと、あ、明野くんが女の子と歩いていくのが見えて、それでっ……」
　ま、まずい、パニック……!!

もっと考えながら、きちんとしゃべりたいのに……！
　頭の中がこんがらがってごちゃ混ぜになっていると。
「俺を追いかけて来たってこと？」
　冷静な声が聞こえてはっとする。
　そうだ。私はここに、想いを伝えに来たんだ。
「……そうだよ」
　次の言葉は落ち着いて響いた。
「明野くんが誰かの告白を受けるって思ったら、いてもたってもいられなかったの。だから、私の気持ちを伝えようって……」
　一度深呼吸をしてから、明野くんをまっすぐ見つめる。
「私、明野くんが好きです」
　初めて口にした言葉は、心の中でジーンといつまでも響いていて。
　胸がキュッと鷲掴みされたようで、それでいてどこか体が温まるような、不思議な感じ。
　気持ちは伝えられた。あとは返事を聞くだけ。
　明野くんの気持ちを知りたい。
　そう思って、ゆっくり顔を上げると、
「……えっ、真っ赤……」
「……そりゃ真っ赤にもなるでしょ。好きな子に告白されるとか……」
　えっ？
　戸惑った目を明野くんに向けると、明野くんも困ったような目を向けた。

「俺から告白したかったんだけどな。……俺も好きだよ」
　フッと、大好きな微笑みを浮かべながらそう言われて、なんだかもう天にものぼりそうな気分になる。
　幸せな気持ちが胸からあふれ出て、涙が出てしまいそう。
「っ……嬉しい」
「ん、俺も」
　そっと私を抱き寄せてくれるその手は、とても優しくて。
「好きですっ……」
　つい、もう一度そう伝えたくなった。
　だって、こんな幸せな瞬間は人生にそう何度もないはずだから。
　今はこうして抱き合って、幸せを胸いっぱいに感じていたい。

　それから恋人同士になって、玲や碓氷くんにも報告して。
　きっとこれからも、どんどん明野くんが好きになっていくんだと思う。
「あのさ、そろそろ名前で呼んでくれないかな」
「えっ……か、奏？」
「うん。美樹、好きだよ」
「わ、私も好きだよ、奏」
　ぎこちなくそう言った私にそっと微笑んでくれる奏。
　いつまでも幸せでいられますように。
　そんな願いを込めて、ふたりでそっとキスを交わした。

結婚と波乱万丈

【玲side】
「じゃあやっぱりこの式場だな」
「うんっ」
　笑顔でそう返事をして、胸が幸せで満たされていくのを感じる。
　今日は憐斗くんと一緒に式場巡り。
　前々から目をつけていたところを実際に見にいくと本当に素敵で、ついにやけてしまった私を見て憐斗くんがここに決めてくれた。
　プラン表やなんやらを見ていると、ついほうっとため息をついてしまう。
　とうとう私、憐斗くんと結婚するんだなあ……。
　数ヶ月前に無事大学を卒業して、憐斗くんはお父さんの会社に勤め始め、忙しい日々を送っている。
　そんな時、いつもみたいにデートに出かけた。
　場所は前にも連れてきてもらった海。
　夕日が沈みかけて海の水面を照らし、夜空を待っている時だった。
「……玲」
「うん？」
　優しい声で呼ばれて、海に向けていた顔を振り向かせる。
「俺はお前のことを愛してる」

「ど、どうしたの、突然……」
　真っ赤な顔でなんとかそう言うと、憐斗くんが私の前に立つ。
　あ……やっぱり背高いな……。
　ぼーっとそんなことを考えてしまうけど、そうでもして気を紛らわせていないと、本当に心臓が爆発してしまいそう……。
「……俺はお前を守りたい。これまでも、これからもその覚悟は変わらないし、一生大事にしたいって思ってる」
　——ドキン……ドキン……。
「玲」
　ゆっくりと膝をついて、澄んだ綺麗な目で私を見つめる。
「俺と結婚してくれ」
　そのひと言を聞いた瞬間、じんわりと温かいものが胸の中に広がっていく。
　憐斗くんをいつまでも見つめていたいのに、涙で前が見えない。
「っ……ひくっ……」
「……玲」
　優しく声をかけられて、涙はどんどん増していくばかり。
　これじゃ返事どころじゃない。
「ごめんなさっ……うれっ、しくて……」
「……ん」
　そう言ってフッと目を細めた憐斗くんに、一度涙を拭う。
　私も、ちゃんと返事をしないと……。

「憐斗くんのこと、大好きです。もし叶うなら一生一緒にいたいって思ってた。だから……」
　もう一度涙で見えなくなりそうになりながら、でも微笑みながら言った。
「よろしく、お願いします」
　次の瞬間、そっと唇が重なる。
　これ以上の幸せなんてきっとない。
　──出会った時から今までの思い出が頭の中を駆け巡る。
　ああ、本当に幸せ……。

「……い、玲」
「えっ？」
　はっ、ぼーっとしちゃってた！
「ご、ごめん！」
「いや……疲れたか？」
「ううん、そうじゃなくてね、プロポーズの時のこと思い出してたの」
　キラキラと輝くサファイアがついた婚約指輪を見つめながらそう言うと、憐斗くんは少し顔を赤くする。
　ふふっ……。
「私、幸せ者だな」
「……これからもっと幸せにしてやるよ」
　ちょっと照れながら、でもやっぱりいつもの憐斗くん。
　私はもう一度ふふっと笑って、式場を見上げた。

憐斗くんと結婚することを竜龍のみんなや美樹に言った時はみんなすごく祝福してくれて、結婚式にも来てくれるみたい。
　そんな幸せ絶好調なある日。
　お屋敷で花嫁修行としてママから料理を習っていて、少しだけママが席を外した時。
「玲さんっ！」
「ははははい！」
　キッチンに飛び込んできた声にびっくりして小麦粉があたり一面に……。
　や、やってしまった……。
　ガーンとショックを受けながら呼んだ人を見ると、
「あっ……」
　この人、坂下（さかした）グループのひとり息子の坂下聖（ひじり）さんだ。
　何度か会ったことがあるけど、なんだかちょっと苦手なんだよね……。
「こ、こんにちは」
「お久しぶりです。今日はお父様とお仕事の打ち合わせがあって参ったんです。ですから玲さんにも挨拶を、と思いまして」
　あ、そうだったんだ……。
「ところで玲さん。風の噂で聞いたのですが、この度ご結婚なさるとか……」
「は、はい、まあ……」
　あらためて言うとちょっと照れるな。

「なりません！」
「……へ？」
　思わず間抜けな声が出て、慌てて口を押さえる。
　け、けどなんで突然？
「玲さんは僕と結婚するんですよ！」
「え、えーと……」
　な、なに言ってるんだろう、この人……？
「そう言ってたじゃないですか！　もしや、碓氷とかいう輩(やから)に騙されているんじゃ……」
「そ、そんなことないです！」
　断じて！　断じてそれはない！
　っていうかそれより『そう言ってた』って……。
「あの、何度かお会いしただけだと思うんですけど……」
「けど一度お約束しませんでした？」
　はい？
「ほら、前にずっと一緒にいたいと言ったら頷いてくれたじゃないですか」
　え、そんなこと言ったっけ……？
　多分勘ちがいだと思うんだけどな。
「とにかく、あんな奴に玲さんをお渡しできません！また参ります！」
　それだけ言うと背を向けて去っていってしまった。
　な、なんだったの……。
　私は首を傾げてから、さっきぶちまけてしまった小麦粉をみてため息をついた。

「え、その人なんか変人だね」
「だよね……」
　憐斗くんに会うついでにうちへ遊びにきた葵くんに坂下さんの話をしてため息をつく。
「ごめんね、こんな話聞かせちゃって……」
「ううん、それは全然構わないよ。玲ちゃんのためだし！」
　そう言ってにこっと笑う葵くん。
　相変わらず鼻血が出そうなくらいかわいいな……。
　葵くんは大学で心理学を学んだ後、カウンセラーとして働いてる。聞いたときはピッタリって思ったな。
　すごく話しやすいし、今だってこうして気軽に相談できるし。
「この話、憐斗には言った？」
「ううん、まだ言えてないの」
　最近忙しいみたいで、今日これから会うのも１週間ぶりくらい。
「ただの変な人で片付くかもしれないし……」
「そうかなあ……僕は執念みたいなもの感じるけど」
　執念？
「まあ、なんにもないなら、それに越したことないんだけどね。警戒はしておいた方がいいと思うよ」
「うん、そうだよね」
　葵くんにそう頷いて、紅茶を口に運んだ。
　久しぶりの味に心がほわっとなる。
「やっぱり葵くんの紅茶って美味しいね」

「ええ？　執事さんが淹れた方が美味しいでしょ」
「そんなことないよ。なんか、高校時代を思い出すし」
　竜龍のたまり場のことがフッと頭に浮かんでくるもん。
　ほんと、懐かしいな……。
「真とか宗ともときどき会ったりするの？」
　そう聞く葵くんに頷く。
「うん、憐斗くんが会ってるからそのついでみたいな感じで会うよ」
「そうなんだ。……まあふたりは憐斗の方がついでだと思ってるだろうけど」
　ん？　どういう意味だろう？
「ふたりが結婚するって聞いた時は素直に祝福してたけど、本当のところどうかなんてわかんないもんね」
　……？
　よくわからないけど、どういうことかな？
「結婚といえば、美樹たちもそろそろかもしれないよね」
「たしかに。あのふたりも長いからなあ」
　のんびりそんな話をしていると、
「玲一!!!」
「えっ!?」
　飛び上がって返事をすると、美樹が突進してくる。
「佐藤さん!?」
「高野くん！　久しぶりだね、相変わらずかわいいまま！」
　美樹は絶賛した後に葵くんから視線を移して私を見る。
「もう最悪なの、もうほんと、最低最悪！」

すごい剣幕でそう言ったかと思えば、一息ついてソファに沈み込む美樹。
　な、なんか珍しく落ち込んでるみたい……？
「どうしたの？　あ、カウンセラーの葵くんもいることだし、話してみて？」
「そっか、高野くんカウンセラーになったんだ。似合うね」
「そう？」
　首をかしげた葵くんに美樹とふたりでうんうんと頷く。
「それで、なにがあったの？」
　美樹の目を見てそう聞くと、
「……奏が浮気した」
「「え!?」」
　思わず葵くんとハモる。
　う、浮気って、奏くんが!?
「え、えっと、状況説明してみてくれる？」
　葵くんも動転してるみたい……。
「……昨日ね、久しぶりにデートできないかなって思って明日空いてるかって聞いたの。そしたら仕事って答えたんだけど……」
　美樹の目にじわっと涙が浮かぶ。
「今日偶然奏の同僚の人に会ったら、今日デートじゃなかったんですね、って言われて、なんでですか？って聞いたらアクセサリーショップ見に行くって言ってたって……」
　思わず黙り込む。
　な、なんという偶然……。

「絶対他の女の子と行ってるんだよ。自分から行くなんてありえないし、私アクセサリーが欲しいって言ったことないし……」

　たしかに、美樹って高価なものもらうのは嫌いだもんね。

　奏くんもそれ知ってるはずだし、プレゼントはしないはず。

　ってことはほんとに浮気だったり？

　いやいや、でも奏くんだよ？

　あの奏くんが浮気なんてするわけない。

　うーん、でも……。

「もうやだ、奏なんか知らない」

「うーん……」

　どうなんだろう？

　何気なく葵くんを見ると、何か思案してる顔。

「僕、一回奏と話してみるよ。多分僕の予想どおりだと思うけど」

　え？　葵くん、なにかわかってるのかな？

「高野くん、仲よしだからって奏の肩持つようなことはしないでね、玲に誓って！」

　な、なんで私!?

「玲ちゃんには嘘つけないもんね。わかった、誓います！」

　葵くんがすっごく真面目な顔でそう言ったけど……。

　やっぱり心のどこかにある副総長の自分が、総長の姫には嘘つけないって思うのかな？

「よろしくお願いします！」

美樹も威勢よく答えちゃってるし……。
　なんだか結婚が決まってから坂下さんのこととか美樹のこととか、波乱万丈って感じだな。
　そう思っていると、
　──コンコン、ガチャ……。
　扉が開いて入ってきたのは、
「あ、憐斗くんっ」
「玲」
　そう名前を呼んで、私に微笑みかける憐斗くんに私の頬がつい緩む。
「憐斗、お疲れ〜」
「ああ、待たせて悪かったな」
　扉を閉めながらそう言った憐斗くんに、美樹も声をかける。
「碓氷くん、お邪魔してます」
「佐藤か。珍しいな、奏は一緒じゃないのか？」
　奏、という名前に美樹が憤怒の情をあらわにする。
　な、なんか背後に炎が見えそうな勢い。
「れ、憐斗くん、実はカクカクシカジカで……」
　手短に説明すると。
「奏が浮気？」
「そう！　碓氷くんも奏の肩持つようなことしないでね！」
　憐斗くんは美樹の剣幕に頷いたものの、葵くんを見てふたりでなにか目配せをする。
「……まあ、一度落ち着いて考えてみたらどうだ？　奏が

浮気とか、幼なじみとしても考えにくいからな……」
　そっか、憐斗くんにとっては幼なじみでもあるんだもんね。
「……まあ私も、心のどこかではそう思ってるの。一度頭冷やすね」
「それがいいよ、今日はうちに泊まって？」
　迷わずそう提案すると、美樹はこくりと頷く。
「そうさせてもらうね。碓氷くん、今日は玲借ります」
「ああ」
　憐斗くんが頷いて、葵くんがソファから立ち上がる。
「じゃあふたりとも、長居しちゃってごめんね？」
「こちらこそ！　いろいろ聞いてくれてありがとう」
　私がそう言うと、葵くんはにっこり笑って憐斗くんと一緒に部屋を出ていった。
「っていうかごめん、結婚間近でいちゃいちゃしたいところを……」
「い、いちゃいちゃって……！」
　もう、美樹ったら。
　顔が熱くなってるのを手で扇ぎながら、美樹がちょっとだけ笑ったことにホッとしていた。

【葵side】
「わかってるだろうけど、多分浮気じゃないんだよね」
　長い廊下を歩きながらそう憐斗に話す。
「まあ、俺もだいたい想像はついてる」
「だよね。あのふたりやっぱり鈍感すぎるよ」
　まあ、そこがかわいい、なんて絶対言わないけど。
　憐斗の婚約者となった玲ちゃんに今でも普通に接することができるのは、こういう言葉を全部飲み込んできたからなんだから。
「まあでも、不安にさせた部分は奏にも非があるんじゃないのか」
「そうだね。一番させちゃいけないことだって思うし」
　その点、憐斗は完璧だな、なんてつい思ってしまう。
　玲ちゃんはいつでも憐斗を心の底から信頼してるし、憐斗だってそれを裏切るような真似は絶対しない。
　……そもそも玲ちゃんにぞっこんだから、浮気だとかなんだとかするわけないんだけど。
　だからなんだろうな。
　……僕じゃダメなんだ。
「葵、お前結婚式には来れるんだろ？」
「えっ？　ああ、行くよ」
　ハッとなってそう答える。
「来月だったよね」
「ああ」
　憐斗め……。

こっちが悲しさに浸ってるときに幸せオーラ漂わせちゃって。
　一回僕の身になってほしいよね。
「こうなれたのはお前のおかげでもあると思ってる。ありがとな」
「え？」
　僕のおかげって……。
「今だから言うけど、玲に対するお前の気持ち知ってたんだよ。なのに潔く引いてくれただろ。……真とは違ってな」
　うわあ、根に持ってるなあ……。
　それでも仲いいことに変わりはないんだけど。
　高校の時にあったことなんか、今では思い出話か笑い話だし。
「それどころか玲のサポートまでしてくれてるし。ほんと、ありがとな」
　そう言った憐斗に、なぜか涙が出てきそうになって慌てて瞬きを繰り返す。
「別に、お礼なんていらないよ」
　そう、お礼なんていらない。
　僕が唯一玲ちゃんにできることを喜んで引き受けてるだけなんだから。
　逆に寛大な憐斗にお礼言いたいくらいだよ。
　……今もこの気持ちを抱いてることを知ってるか知らないかはわからないけど。
「……こっちこそ、ありがとう」

「……ん」
　憐斗はそれだけ言って足を進める。
　ほんと、わかりにくいんだから。
「じゃ、奏に話聞きに行きますか!」
「だな」
　僕たちはフッと笑いあって、総長と副総長だったあの時のように、肩を並べて屋敷を出た。

【玲side】
「落ち着いた？」
　ティーワゴンを押しながら部屋に入り、ソファでじっと携帯を見つめている美樹を見る。
「……うん、ちょっと落ち着いたと思う」
「そっか、よかった」
　あの剣幕のままだったら、いつか爆発しそうな勢いだったもんね……。
「今最高に幸せな玲に、こんな相談持ちかけちゃってごめんね」
「いいよ、そんなの。ちょっとくらい心配事でもないと空に飛んでいきそうだもん」
「あ〜あ、惚気られた」
　クスッと笑った美樹に、私も微笑み返してティーカップを渡す。
「玲はまったく不安になんかならなさそうだよね」
「うーん、今はそうかも……」
　考えてみたら、高校の時は美紅ちゃんに嫉妬したり真くんのことがあったりしたけれど、あとはこれといった不安はなかった気がする。
　もちろん、憐斗くんってすごくかっこいいから、女の子たちが寄ってきたりして焦る時もあるけど、その度に不安を取り除いてくれたし……。
「思うんだ、心配とか不安に思っちゃってるっていうのは信頼がないからじゃないかって」

美樹がそう言ってカップを見つめるけど。
「そんなことないよ、誰だって不安になるし、時には疑うよ」
「……そう？」
「もちろんだよ！　私だって憐斗くんと話す女の子に嫉妬するし、ちょっと不安になるもん」
　前だって、憐斗くんのお父様のすっごく美人な秘書さんが憐斗くんを迎えにきた時、つい袖引っ張っちゃったくらいで……。
「好きだから、不安になるんだよ」
　自分で言ってから、かあっと顔が火照っていく。
　わ、私今すごく恥ずかしいこと言っちゃった気がする！
「ふふっ、真っ赤になっちゃって」
「な、なってないよ」
　思わずそう言ったけど、美樹は笑ったまま。
　うう……。
「……でも、そっか。そうだよね。やっぱり好きなんだよね……」
　遠い目をしてそう言った美樹の横顔がすごく綺麗で思わずハッとさせられる。
「……けど」
　美樹の声のトーンが下がり、思わず肩をびくり。
　こ、これは美樹がマックスで怒ってる時の声じゃ……。
「かわいさ余って憎さ百倍！　絶対許さない！」
　や、やっぱり……！
　こうなったらしばらくしないと落ち着かないもんね。

一回落ち着いたと思ったのになあ……。
「もうムカムカしてきた！　今すぐ直談判したい！」
　さっきうちに来た時よりすごい剣幕。
　ま、まあ、落ち込んでるよりはマシ、かな？
「ほんっと、浮気だとしたらどんな相手なのよ、私以上の人ってどんな人なの!?」
　す、すごい自信をお持ちで……
　まあそこが美樹のいいところだけど。
　その後も、とにかく怒りまくる美樹をどう諫（いさ）めようか、あわあわしていると。
　——バーン！
「美樹！」
　ノックなしで部屋に飛び込んで来た人物が。
　その人は、
「か、奏くん？」
　そう、奏くん。
　珍しくというか、見たことないほど焦った様子で肩で息をして、いつも綺麗にセットされている髪も少し乱れている。
「……なんの用よ」
　美樹が冷たい声を出す。
「私知ってるんだから。今日仕事じゃなかったんでしょ？
　私とのデートすっぽかして、アクセサリーなんか見に言ったって聞いたわ」
　こ、怖い、怖すぎる……！

「美樹、ごめん。嘘ついたのは謝るよ」
「……っ……嘘ついただけじゃないでしょ」
　わずかに美樹の顔が歪んで、必死に涙を堪えているように見える。
「浮気するくらいなら別れてよ。惨めな思いするなんて堪えられない。私が、どんな気持ちでっ……」
　ついに涙をこぼした美樹に、私はどう立ち回ろうかおろおろするばかり。
　ど、どうしよう、ティッシュとか渡した方がいいんだろうけど、今動いたらなんかだめな気がするし……。
　若干パニックになって奏くんを見ると、
「……美樹」
　美樹の元に歩み寄り、そっとその涙をすくい上げる。
「……不安にさせてごめん」
「っ……もうなにも聞きたくない。帰ってよ」
　そう言って奏くんの手を払う美樹に、奏くんが意を決したような顔をした。
「美樹、俺は浮気なんかしてない」
「だったらなんで嘘ついたの。アクセサリーだって見に行く必要なんかなかったでしょ？」
「……あったよ。美樹に、これ渡すために」
　そう言った奏くんに初めて目をうつした美樹が見たのは。
「指……輪……？」
　中心にダイヤモンドがキラキラと輝いている指輪。

「……美樹、俺は誰よりも美樹を愛してる。その笑顔を守るのも、涙を拭うのも、全部俺の役目だと思ってる」
　じわり、と美樹の目にさっきとは違う涙が浮かんだ。
「不安にさせて、泣かせたあとでこんなこと言うのはなんだけど、その不安を拭うためにも言わせてほしい」
　そう言うと奏くんは美樹の目をまっすぐ見て言った。
「俺と、結婚してください」
　その言葉を聞いて、綺麗な涙が美樹の頬を濡らす。
「っ……ばか」
「……うん、ごめん」
「ばかっ……」
　美樹はもう一度そう言うと、奏くんの肩にそっと顔を埋めた。
「……愛してる」
　美樹の言葉を聞いて、私はスッと扉に手をかけて部屋を出て行く。
　奏くん、やっぱり浮気じゃなかったんだ。
　パタンと扉を閉めると、
「え!?　ふたりともなんでここにっ……」
　「しーっ」とふたり——憐斗くんと葵くんに言われて慌てて口を押さえる。
「俺らで連れてきたんだよ」
「そーそー、奏ったら美樹ちゃんに浮気だと思われてるよって言ったら血相変えてここまで来てさ……」
　そ、そうだったんだ……。

「プロポーズの準備だったんだね」
「ああ。うまくいったみたいでよかった」
　憐斗くんと葵くんがうんうん、と頷く。
　ってことは、
「盗み聞きしてたの？」
「……同じ場所で堂々と全部聞くよりマシじゃないか？」
　うっ……。
「出るタイミング逃しちゃって……」
「まあいいんじゃない？　人の家でプロポーズする方が悪いよ、リア充め」
　あ、葵くん、黒い笑みになってるよ……。
「あ、葵くん、葵くんにもすぐいい人が見つかるよ」
「……うん、そうだね」
　どこか寂しげに微笑みながらそう言った葵くんに「うん」と頷く。
　葵くんみたいにいい人、この世にふたりといないもんね。
　絶対すぐ見つかるはずだよ。
「で、いつまでお前の部屋占領されてるんだ？」
「い、いつまでだろう……」
　なんだか今はお互いの思いに浸ってそうだしなあ……。
　実際私だって、プロポーズされた後、どれくらいの間憐斗くんの腕の中で泣いてたかわからないくらいだし。
「まあ、今日くらいは一晩中貸してもいいと思っとくよ」
「いや、それは色々困るんじゃない？」
　葵くんの苦笑いにふふっと笑っていると、ガチャリと扉

が開く。
「玲、場所借りちゃってごめんな」
　奏くんがしっかりと美樹の肩を抱きながらそう言って、私たちを見る。
「ほーんと、いい迷惑だよ」
「葵……僻(ひが)むな」
「憐斗！　奏の肩持つの？」
「なんで修羅場みたいになるんだよ」
　そんな３人のやりとりに、ついふふっと笑ってしまう。
「美樹、おめでとう」
「ありがとう、玲」
　少しだけ腫れた目に反して、キラリと光る左の薬指。
　素敵だな……。
「あーあ、憐斗に続いて奏も結婚かあ……」
「なんだ、さみしいのか？」
「ちーがーう、ご祝儀吹っ飛んでいくんだよ」
　ははは……。
　申し訳ない……。
「まあ、いいけどね。おめでとう」
「おめでと」
「ん、ふたりともありがと」
　それから奏くんと美樹は仲よく連れ立って帰り、葵くんも「独り身のまま帰りまーす」なんて言いながら去っていった。
　そうして私と憐斗くんは部屋に帰ったわけだけど、

「やっとふたりか……」
「れ、憐斗くんっ……」
　ソファに座ってぎゅーっと私を抱きしめる憐斗くんに、心臓がドキドキと高鳴っていく。
　それでもそんな高鳴りもどこか心地よくて……。
　そっと抱きしめ返すと、憐斗くんはちょっとだけ驚いた顔で私を見た。
「……なんか、珍しいな」
「え、そうかな？」
　さっき奏くんと美樹の幸せそうな姿見たから……？
「なんかね、ほんとに幸せだなって思ったの。憐斗くんにそのこと伝えたくて……」
　言いながらだんだん顔が赤くなって、憐斗くんを見ていられなくなる。
「……かわいすぎ」
「えっ？　……んっ……」
　突然唇が重ねられて、ドキドキドキドキと胸がどんどん高鳴っていく。
「んっ……！　れ、憐斗くっ……」
　息が苦しくなってどんどん胸を叩くと、やっと離してくれた。
「はあっ……ふ、不意打ち……」
「いや、事前に言っても断られるかと思って」
　た、たしかに。
　だって、いいよって言うの恥ずかしいし……。

「そうすると不意打ちしかないだろ？」
「そ、そうだけど」
　心の準備というか、そういうのが欲しいというか……。
「まあ、結婚式ではそうじゃないし、安心しろ」
　あ、そっか。
　神父さんに『では花嫁にキスを』とか言われてするんだっけ。
　まあ打ち合わせとかまだだから、ドラマで見たイメージなんだけど。
「楽しみだなあ……」
「キスが、か？」
「もう、意地悪」
　からかうような笑みにちょっと頬を膨らませてそう言うと、憐斗くんはフッと笑って優しく私の髪を梳く。
「……俺も待ち遠しい」
「キスが、でしょ？」
　そう言って笑い合うと、私たちはもう一度そっとキスを交わした。

　その数日後。
　ハミングをしながら掃除をしていると。
　──バーン！
「玲さん！　どうしてまだ婚約解消しないんですか!?」
　またもや花嫁修業中に飛び込んできた坂下さん。
　そうだ、この人の問題が残ってたのに、美樹のことがあっ

て忘れてた！
「え、えっと、どうしてここに？」
「お父様に玲さんとの婚約を認めてもらおうと、直談判しに来たんです！　急用ができてしまったそうで、ご挨拶しかできなかったのですが……」
　それは、ご足労おかけしまして……。
「婚約を解消しないのは、やはりなにか弱みを握られているからでしょう？」
　はい!?
「あの、ほんとにちが……」
「安心してください！　僕がなんとかして救い出しますから！」
　救い出すって、なにから？
　っていうか話を聞いてほしい！
「それに、そもそもどうして玲さんのような方が掃除なんかなさってるんですか!?」
　え、どうしてって。
「花嫁修業ですけど……」
「花嫁修業!?」
　すっとんきょうな声を上げる坂下さんに、なんだか私がおかしいのかと思えてくる。
　結婚するんだから、花嫁修業をするのって当然だよね？
　私は働いてないわけだし。
「嫁ぎ先で働くつもりですか!?」
「働くっていうか、専業主婦になるので」

プロポーズされた時に、絶対に玲を働かせたりしないっていってくれたもんね。
　ずっと専業主婦になるのが夢だったから、ほんとに嬉しかったな。
「玲さんほどの方が家事など……僕だったら絶対させませんよ！」
　えっ。
「あの、これは私が望んだことなんです。あと、結婚も。私、憐斗くんのこと……あ、愛してるので」
　かあああ……。
　い、言っちゃった。
　こんなこと人に言ったの初めてかも……。
「本当に、そうなのですか」
「はい。高校の時からずっと好きで、付き合ってたんです。なので憐斗くんと結婚して、彼の妻になります」
　はっきりと言い切ることができて、ちょっとスッキリした。
　初めてこの人に自分の意思伝えられた気がする。
「……そうですか」
　坂下さんの低い声に一瞬びくりとする。
　次の瞬間キラリとその目が光った気がした。
　な、なんだろう？
「……じゃあ今日はこれで失礼しますよ」
　あ、思ったよりもあっさり引いてくれた。
　スッと坂下さんの手がなにかをポケットに入れたような

気がしたけど、とくに気にせず頭をさげる。
「気をつけて帰ってくださいね」
「やっぱり玲さんは優しいですね。では」
　それだけ言うと、どこか足取り軽く去っていった。
　もうなにか言われたりしなさそうかな？
　そうだといいけど……。
　そう思いながらどんどん掃除を進め、一通り終わってホッと一息つく。
　ふう、これで終わりっ！
　掃除用具を片付けて、さっき坂下さんと喋っていた部屋に戻ると。
「……あれ？」
　鏡台に置いてあった……指輪がない。
「えっ……どこ？」
　掃除してる時に汚れたり、万が一傷がついたりするのが嫌だったから外してここに置いたはず、なのに……。
　さあっと顔が青ざめていく。
　う、ううん、もしかしたら別の部屋に置いたかもしれないし、ちょっと探してみよう。
　焦る気持ちをなんとか抑えて、今日掃除した部屋を隅々まで全部見ていく。
　エプロンや服のポケットもひっくり返してみた。
　だけど。
「ない……」
　へなへなとその場に座り込んで、呆然と薬指を見つめる。

今日の朝までキラキラと美しく輝くものがそこで光っていたはずなのに、今はない。
　なくし、ちゃったの……？
　大切な大切な、憐斗くんからもらった婚約指輪……。
　ううん、まだ決めつけるわけにはいかない。
　とりあえず、もう一度探してみよう。
　私はそう決心して、指輪を探し求めた。

「玲、顔色が優れないようだけれど、どうかしたの？」
　夕食のとき、ママに心配そうな目を向けられてびくりとする。
　さ、さすがだ。
　そんなに表情に出してないつもりだったんだけど……。
　それでも、心配をかけたくなくてなんとか笑顔を見せる。
「大丈夫だよ、ちょっと疲れちゃったの」
　そう言うとパパが私の顔を見て「うーん」と考え込む。
「……マリッジブルーというやつか？」
　マリッジブルー!?
「ち、違うよ！　それは全然大丈夫！」
「そうか？」
「うんっ、慣れない家事して疲れちゃっただけなの」
　ママとパパはまだ納得してないみたいだけど、もう一度笑顔を見せる。
「心配かけてごめんなさい。でも本当に大丈夫だから。ごちそうさまでした」

何気なく薬指を隠しながら席を立ち、自分の部屋に向かった。
　けど、本当は不安と申し訳なさがぐるぐるしちゃってる。
　パパとママにまで嘘ついちゃった……。
　部屋に戻って、少し気分を落ち着かせようとお風呂に入ったり、
　大好きな本を手に取っても、お風呂ではリラックスするどころじゃなくて、本だって内容が全然頭に入ってこない。
　どこで外したかもう一度ゆっくり思い出してみよう。
　でも、たしかにあの鏡台に置いたはず……。
　落ちてないか床を見たけどなかったし、でももしかしたら見落としてるところがあるかもしれない。
　明日もう一度探してみよう。
　ううん、なんなら今から……。
　悶々と考えていると、
　コンコン。
「は、はいっ」
　ちらっと時計を見て驚く。
　もう11時だったの!?
　こんな夜に訪ねてくるって、もしかしてママかな？
　そう思って扉を開けると。
「えっ……」
　そこにいたのは。
「憐斗くん……」
　仕事帰りなのか、スーツを着てネクタイを締めた憐斗く

ん。
　……今一番会いたくて、一番会いたくなかった人。
「悪い、寝てたか？」
「う、ううん。でもどうしたの？　こんな夜更けに……」
　部屋に招いて、いつものように並んでソファに座りながらそう質問。
　いつも来る前は連絡してくれたりするのに、私が気づかなかっただけかな？
「……玲のご両親に呼ばれてな」
　パパとママに？
「玲が元気ないって、マリッジブルーじゃないかとかいろいろ言われたけど……」
「そ、そうじゃないよ！」
　パパったら！
　私に言ったことそのまま言うなんて。
　そもそも私、全否定したのに！
「……そうか、ならよかった」
「う、うん」
　私を優しく見つめるその目を見て、スッと左の薬指を隠す。
　憐斗くんに申し訳なくて、あんな大切なものをなくしてしまった自分が情けなくて……。
「……なにかあったのか？」
「え……？」
　そう聞かれてパッと顔を上げる。

「たしかに顔色悪いな……」
「そ、そんなことないよ。ごめんね、疲れてるのに呼び出しなんて……」

　仕事終わりで来たみたいだし、突然呼ばれて迷惑だよね。
「俺は平気。お前がなにか抱えてるって思ったら、その方が心配だからな」

　ああ、優しいな……。

　けど今は、その優しさが私の胸を痛ませる。

　こんなに私を心配してくれる憐斗くんに、自分の不注意のせいで婚約指輪をなくしたなんて絶対に言えない。
「っ……本当に、なにもないの」

　声が震えてるのがわかったけど、なんとか笑顔を作って憐斗くんを見る。
「玲……」
「ちょっと疲れただけなの。パパとママったら大げさだよね。ほんとにごめん」

　こんな夜更けに呼び出されて、いい迷惑だよ。

　なんとか笑いかけると、憐斗くんは私を見て、少しの間を取ってから口を開いた。
「……玲。俺たち、1ヶ月後には夫婦だろ？」
「え……？」

　突然どうしたんだろう？
「夫婦ってのはお互いの幸せも、悩みも不安も全部分かち合うものだと思ってる」
「っ……」

「だからもし今なにか抱えてるなら、俺はできる限りそれを取り除くようにしたいし、お前を守りたい」

静かな声が、私の胸にトンっと響いて。

その優しさや、温かさにすべてを委ねたくなる。

「……玲」

憐斗くんを見上げた時、その姿がぼやけて目頭が熱くなった。

「……なにがあった？」

そう言われた途端、堰を切ったように涙が溢れ出してしまった。

「っ……ごめんなさいっ……ごめんなさい……」

なにに謝ってるのかわからないほど、私の口から何回も謝る言葉が出て来て。

その度に憐斗くんは「大丈夫だ」と言うように背中をなでてくれる。

そんな憐斗くんに、本当にいろんな気持ちが湧き上がってきて。

疲れてる中で呼び出されても駆けつけてくれるところに。

なにも言わない私の不安を取り除こうとしてくれるところに。

……すべてを受け止めてくれようとする寛容な心に。

憐斗くんの全部に感謝と愛しさが溢れ出て、どうしようもなく切ない気持ちになる。

それに比べて私は、指輪はなくしてしまうし、憐斗くん

に心配をかけてしまうしで、本当に……。
「ごめんっ……」
　何度もそう言って、憐斗くんの胸に顔を埋めた。

【憐斗side】
 何度も謝りながら綺麗な涙を落としていく玲に、今はなにも言わずに背中をトントン、とさする。
 ……なんでもひとりで抱え込もうとするんだよな。
 玲のご両親に呼ばれて、仕事終わりに駆けつけてみれば、たしかに顔色が悪く、俺と目を合わせようとしない。
 なにかあったのか聞いても「なにもない」の一点張り。
 昔からだけど、結構頑固というか。
 心配かけたくないとか思ってるんだろうな。
 もっと頼ってもらいたいくらいだっていうのに。
 それにしても、ここまで泣いて謝るようなことって、いったいなにがあったんだ？
 そう考えながら玲を見つめているとふと気づく。
 ……左手に、婚約指輪がない。
 プロポーズした日に渡してから、ずっと嬉しそうに着けたままにして、お風呂に入るときだけ外す、なんて言ってたな。
 それがなんで今……。
 そう考えていてピンときた。
 なるほど。
 それで悩んで、俺と目を合わせなかったのか。
 理由がわかって、少し肩の力を抜く。
 もしかしたら本当にマリッジブルーじゃないかと思ってたから、なんかすげぇ力抜けた……。
 それから少し経つと、玲がしゃくりあげながらそっと俺

から離れた。
「……っ……ごめん」
「……いや、いい」
　むしろもっと甘えてくれって思うくらいなんだから。
　玲は手の甲で涙を拭いてから、すぐにはっとした顔をして左手を隠す。
　ああ……やっぱりな。
「……玲」
「……」
「指輪のこと、気にしなくていい」
　再び涙が浮かんだ目を俺に向ける玲を見て、きゅっと胸が締め付けられるような感覚になる。
「気づいてたの……？」
「さっき、な」
　そう言うと肩を震わせて、大きな目から涙がこぼれ落ちた。
「っ……ほんとに、ほんとにごめん」
「……いい。気にするな」
「けどせっかくもらったのに、私の不注意でっ……。憐斗くんに申し訳ないっ……」
　そう言って流す何粒もの涙を、その数だけ何回もすくう。
「俺はお前が泣いてる方が辛い。だからあんまり気に病むな。きっと見つかる」
「っ……怒って、ない？」
　怒る？

「怒るわけないだろ。誰だってなくしものくらいするしな」
「け、けど、私がなくしたのは婚約指輪だよ？」
「指輪だろうとなんだろうと、なくしものに変わりはねぇよ。俺も昔、奏が自分の命並みに大切にしてたミニカー持ち出してなくした経験がある」

　あの時はまあ、怒られたな。
　久しぶりに帰ってきた親父さんからもらった、日本には売ってないものだとかで……。
　当然、1ヶ月くらい口聞いてくれなかった。
「ふふっ……」
　そう言ってやっと口元に笑みを浮かべた玲。
　ああ、やっぱり玲には笑顔が似合う。
「明日、もう一回探してみるか」
「うんっ……」
　そう言って泣き笑いのようになった玲の涙を拭い、そっと微笑んだ。

【玲side】

　やっぱり憐斗くんのことが大好きで、愛しい。

　フッと微笑む憐斗くんに、もう涙は出てこない。

「それにしても、そんなに探して出てこないのか。そもそもお前がなくしものって珍しいな」

「ごめん……」

　そう言うと、憐斗くんが安心させるように私の髪をなでてくれる。

「言い方が悪かったな、別に責めてるわけじゃない。ちょっと不思議に思ったんだよ」

　たしかに、言われてみれば……。

　今日は外出せずにお屋敷の中でずっと掃除してただけなのに、こんなに見つからないことってあるのかな？

　お屋敷の中には絶対にあるはずなのに。

　ふと今日坂下さんと会ったときのことが頭に浮かぶ。

　そういえば、帰るときになにかをポケットに入れてたような……？

「玲？」

「あっ……ううん、なんでも……」

　根拠もないのに人のこと疑っちゃダメだよね。

　けどあの人、憐斗くんとの結婚を認めないとか言ってたし……。

「……玲」

「は、はいっ」

　さっきより数倍低い声。

お、思わず敬語で答えちゃった……。
　憐斗くんはそんな私にひとつため息をつく。
「お前はなんでもひとりで溜め込みすぎる。なにか思うことがあるなら言ってみろ」
　あ……。
「……うん。あのね、実は……」
　そうして坂下さんのことを説明すると、
「へー……」
　究極に低い声で、一言そう言った憐斗くん。
　そ、相当怒ってるみたい……。
「坂下、か。絶対そいつだな」
「えっ、そうかな？」
「確実だろ。よくわかんねぇけど勝手にお前と結婚する気満々みたいだしな……」
　憐斗くんの拳からボキィッ‼と凄まじい音が立つ。
　も、元総長の貫禄……。
　すごすぎる……！
　けど、そっか。
　まだ確証はないけど、一回坂下さんに聞いてみよう。
　憐斗くんに迷惑かけちゃったし、それくらいは自分でしないとね。
　そう決心した時、部屋にかけてある時計から12時を知らせる音楽が鳴り出す。
「悪い、遅くなった。そろそろ帰るな」
「えっ、あの、もう夜遅いし、今夜は泊まっていって？」

私が泣いてなかなか話し出さなかったせいで遅くなったんだし。
「いや、玲のお父さんから言われてるから」
「え？」
　パパから……なにを？
「呼び出しておいて悪いが泊まりは許さないって」
　ぱ、パパ……。
　それはちょっと酷すぎるんじゃ？
「まあ気持ちもわかるけどな。嫁入り前の娘を大事にしたいんだろ」
　そう言ってくしゃっと髪をなでられたけど、どういう意味だろう？
「じゃあ、また明日」
「う、うん」
　廊下まで見送ると、憐斗くんがふと私に向き直る。
　……？
「玲」
　なに？と答えようとすると、そっとキスが落とされた。
「っ……！　れれ、憐斗くんっ……！」
「おやすみ」
　テンパる私に、憐斗くんはフッと笑うとそう言って去っていき、残された私の顔はもう真っ赤。
　は、反則だよ……。
　後ろ姿を見つめながらそんなことを思ったけど、なんだか心からほっとして笑みがこぼれた。

「……おやすみなさい」
　憐斗くんの背中に向かってそう呟いてから部屋に入り、その日はぐっすりと眠った。

　翌日。
「玲さんっ、まさかあなたの方からお呼び出しいただけるとは、感激です！」
「あはは……ど、どうぞ……」
　お茶を渡しながらなんとかそう言う。
　さっきからずっとこの調子の坂下さん。
　前から思ってたけど、ほんとに変わった人だな……。
「やはり碓氷なんて輩には耐えられないですよね！　ね！」
　や、輩って……。
「あの、今日お呼びしたのはそういうことではなくてですね……」
「な！　違うのですか!?」
　そう言って「チッ……！」と悔しそうに舌打ちまでする始末。
「なら、いったいどのようなご用件で？」
　そう言った坂下さんに、すうっと息を吸った。
「……私の指輪がどこにあるのか、ご存知ないですか？」
　ビクッと一瞬坂下さんの肩が揺れる。
「ゆ、指輪？」
「はい、婚約指輪です。とても大切なものなんですが、昨日から見当たらなくて」

「そ、そうなのですね、それで、なぜ私にそのようなことを?」

　明らかに動揺した様子の坂下さん。
「昨日坂下さんとお会いしたので、念のために聞いておこうと思ったんです。ちょうど坂下さんがいらしたところに置いていたので」

　話しながら坂下さんをじっくり観察。

　この人、さっきから全然目線合わせない。

　それに、なんだかそわそわしてるような……。

　これって、確信してもいいかな?
「坂下さん、お願いです。もし持ってるなら返してください。本当に大切なものなんです」

　じっと坂下さんを見つめると、
「玲さんがそこまで言うなら……わかりました」

　ほっ……。
「ありがとうございます。あの、このことは誰にも言いませんから」
「本当に、どこまでもお優しいのですね」

　坂下さんはそう言いながら、ジャケットのポケットの中からキラキラと光るものを取り出した。

　昨日ずっとずっと探し続けて見つけられなかったもの。

　正直坂下さんのことをちょっと恨んでしまうけど、指輪が帰ってくるのならもうどうだっていい。
「……どうぞ」
「ありがとうございます、本当によかった……」

そう言って受け取ろうとすると、
「っ……！　さ、坂下さんっ……！」
　突然腕を強く掴まれて、ソファに押し倒される。
「離してくださいっ……！」
「……イヤですよ」
　びくりとするほど低い声。
「玲さん、そこまであいつが好きなんですか、そんなに必死になるほど……」
　ぎりっと私の腕を掴む手に力が込められる。
「いたっ……」
「そうでしょうね、けど私の心の方が何百倍も痛いはずだ」
　そ、そんなこと言われたって！
「碓氷なんて、いったいどこがいいんですか。聞けばあいつ、元暴走族らしいですよ」
　し、知ってます。
　っていうか、それが私たちが付き合うことになったきっかけだし……。
「そんな輩に玲さんを渡せない。そう思って指輪を奪ったというのに、玲さんから返してほしいと言われてしまうとはね……」
　低くて、悔しさや怒りが滲んだ声。
　その剣幕に、いつのまにか身体がガタガタと震えだす。
　外には執事がいるから、叫べば聞こえるはず。
　なのに、坂下さんに見下ろされて、恐怖で声が出ない。
　どうしよう、どうしよう……!?

「玲さんにはあんなやつ似合いませんよ。僕がこの手で奪って差し上げます」

そういうとどんどん顔を近づけてきた。

「っ……！」

やだやだやだ……！

恐怖で頭が真っ白になる中、ただひとり憐斗くんが浮かぶ。

「憐斗くんっ……！」

絞り出したような声しか出なくて、これじゃ外には聞こえない。

「まだその名前を呼ぶんですか。そんな口、塞いでやる」

そう言った坂下さんとの距離がなくなりそうになり、ぎゅっと目を瞑った時。

――バーンッ……!!!

「ちっ……邪魔が入ったかっ！」

坂下さんのその声に答えたのは。

「ああ？」

ギラギラと怒りに燃えた目が坂下さんを捉え、地響きのような声を出す。

「憐斗くんっ……」

涙声でそう呼びかけると、憐斗くんは坂下さんを張り倒した。

「ぐっ……！」

「てめぇ、なに人の婚約者に手ェ出してんだ？」

胸ぐらを掴んだ憐斗くんに、坂下さんが震えながら声を

出す。
「や、やっぱり野蛮だな！　暴力的で、玲さんにはふさわしくない……！」
「ああ？　愛する女を守るのにひ弱でなんかいられねぇよ」
「ひっ……」
　坂下さんを掴む手に力が入り、足が床から離れていく。
　だんだん坂下さんの顔が赤くなっていき、
　それでも憐斗くんの目は怒りに満ちたまま、低い声を出す。
「二度と玲に近づくな。次なにかあったら……殺す」
「ひぃ……！」
　憐斗くんが力を緩めてばっと下ろすと、坂下さんは振り返ることなく、一目散に去っていった。
　バタンッ！と勢いよく閉まった扉に、緊張の糸がほどけてふらっとなったところを憐斗くんが抱きとめてくれる。
「れん……と、く……」
　次の瞬間力強く抱きしめられて、ツーッと涙が流れる。
「っ……憐斗くんっ……」
「……玲」
　さっきとは違う、ほっとしたような、どこか切なげな声に安心してぎゅっと抱きしめ返す。
「ごめん。ひとりで解決できると思ったのに、かえって迷惑かけちゃって……」
「……迷惑とか思ってねぇよ。お前が無事でよかった」
　トントン、と優しく背中をなでられて、収まりかけてい

た涙がまた溢れ出てくる。
　ほんと……なんでこんなにほっとするんだろう。
　愛しさがこみ上げてきて、どうしようもなく胸が苦しい。
「それにしても、なんであいつと会ってたんだ？」
「坂下さんが指輪を持ってるかもしれないと思って……」
　ふと言葉を止める。
　ちょっと待って、結局返してもらえてない……！
「指輪……ここにあるけど」
　え？
　憐斗くんを見ると、手に持っているのはキラリと輝く婚約指輪。
「えっ、いつのまに⁉」
「さっき掴み上げたとき。あいつ手に持ってたから、落とされたら堪んねぇだろ」
　な、なるほど。
　私が納得していると、憐斗くんはスッと私の手を取った。
「……あらためて、つけさせてくれるか？」
「……うん」
　そう言うと、サファイアのついた指輪をそっとはめてくれる。
「っ……よかった」
　キラキラした輝きを見ていると、見つかって本当によかったと思えて。
　憐斗くんが私をぎゅっと抱きしめてくれるこの感触も、心の底から愛おしく感じる。

「憐斗くん、助けてくれてありがとう」
「……ああ」
　お互いに微笑みあって、幸せを分かち合って。
　私たちはとうとう数日後に、結婚式を迎える。

　そうして結婚式当日。
「玲、綺麗っ……」
　ママが泣きそうになりながら私の花嫁姿を見る。
　何枚ものドレスを試着してやっと決めた一枚。
　長いヴェールが特徴の、美しいウェディングドレス。
「本当に、大きくなってっ……」
「ママ、泣くのはまだ早いよ。式も始まってないんだよ？」
　必死になだめるけど、ママは号泣したまま。
　その時。
　──コンコン。
「玲、入ってもいいか？」
　聞き慣れた、憐斗くんの声。
「うんっ」
　そう答えると、扉が開き……。
　い、イケメンすぎる。
　思わずポカンとしてしまいそうなくらい、カッコよく決まってる。
「玲、綺麗だ」
「っ……ありがとう」
　憐斗くんのストレートな言葉に、胸がくすぐったくなる。

「れ、憐斗くんもかっこいいよ……」
　消え入りそうな声でそう言うと、憐斗くんはフッと笑った。
「ありがとな」
　きゅーん……。
「そういえば、葵たちも着いてるらしい」
「そうなの？」
「ああ、けど……」
　憐斗くんが私の髪にそっと触れる。
「……他の奴に、見せたくねぇな」
　──ドキンっ……ドキンっ……。
「そ、そんなこと言ったって、みんなの前で愛を誓わなきゃいけないんだよ？」
「……だな。ここは耐えるか」
　ま、真顔でこういうこと言うんだからっ……！
　憐斗くんの言動、行動、ひとつひとつにドキドキして真っ赤になってしまう。
　いつか慣れるかも、なんて思ってたけど、何年経っても胸の高鳴りを抑えられない。
　──コンコンっ。
「玲ちゃん！」
「葵くん！　真くん、宗くんも奏くんも！」
　わあ、みんなが揃うの久しぶり……！
　と思ったら、
「みんな？　あれ、どうしたの？」

なんか、反応がないというか……。
「……やっばい、鼻血出る」
「……」
「若かりし頃の思い出が蘇（よみがえ）ったわ……」
　葵くんと真くんと宗くんが、それぞれ違う変わったリアクション。み、みんな大丈夫かな？
　そう思って少し心配していると、
「あんまり見るな」
　憐斗くんがそう言って私を背中に隠す。
「あ、ケチー！　いいじゃん、これから毎日、一生玲ちゃんのこと見られるんだよ!?」
「……花嫁姿は今日しか見られないけど」
「それは俺たちも一緒だろ？」
　３人のそんなやりとりを見ていると、自然と笑いがこみ上げてきて。
「ふふっ……やっぱりみんな、全然変わらないね」
　そう言うと、みんな笑顔で笑い合った。

　みんなが一度部屋を出ていき、部屋にはひとりになる。
　鏡台の横に置いてある、お兄ちゃんの遺影を見た。
　お兄ちゃん、見てくれてる？
　私ね、花嫁になったんだよ。
　今日憐斗くんと結婚するの。
　どれだけ幸せか、お兄ちゃんにもわからないくらい幸せかも。

そっと写真をなでていると。
　——コンコン。
「はーい」
　ママかな？と思って振り返ると、
「っ……なん、で……」
　そこに立っていたのは、
「坂下さん……っ」
　招待状は送らなかったのに……！
「玲さん、やっぱり諦められませんよ……」
　ゆっくりとドアを閉めて近づいてくる坂下さんに恐怖が芽生える。
「ああ、あなたのウェディングドレス姿……やはり美しい！」
「っ……どうやってここに来たんですか」
　警備だって厳重なはずなのに！
「簡単なことです。ここのスタッフに化けたんですよ」
　ニヤリと笑った坂下さんに悪寒がする。
　なんなの、この人っ……。
「出ていってくださいっ！」
「イヤですよ、せっかくみんないないんですから」
　ガタッと席を立つと、お兄ちゃんの遺影がガターン！という音を立てて床に落ちた。
「玲さん……あなたはお美しい……」
「やめてっ、来ないでっ……！」
　とうとう壁に追いやられて腕を掴まれる。

グローブ越しに触られたその感触に吐き気さえした。
「玲さん……」
「やっ……！」
　そう叫んだとき。
　バンっ！
「玲ちゃん！　……おい、お前誰だ。触るな!!」
「……絞め殺す」
「誰に手ェ出してんだコラ」
　3人の姿にほっと心が静まる。
「葵くん、真くん……宗くん」
　みんなの名前を呼ぶと、いっせいに坂下さんに殴りかかる。
「玲に触れてんじゃねーよ！」
　そう言った宗くんのストレートパンチが命中し。
「……うせろ」
　いつもの面影ゼロの、もはやガチ切れした葵くんの回し蹴りが決まり。
「……」
　相変わらずなにを考えてるかよくわからない真くんが何回か蹴った後に外に引きずっていく。
　す、すごかった……。
　へなへなとその場に座り込むと、坂下さんが叫ぶように喋る。
「玲さんにふさわしいのは僕だ！　絶対に間違いない!!」
　そう言って逃げようとした坂下さんを、真くんが無表情

で見下ろした。
「……バカじゃないの」
　真くんの言葉に、すっと坂下さんが黙り込んだ。
「俺らは、お前みたいなやつに玲を譲ったんじゃない。憐斗だから身を引いた」
　どこか絞り出すようにそう言った真くんに、葵くんや宗くんも少し俯いた。
　そうして坂下さんは警備員に引き渡され、私は崩れた衣装を直してもらう。
「玲、大丈夫か？」
　綺麗に直してもらった後、駆けつけてくれた憐斗くんにうん、と微笑む。
「大丈夫だよ、心配かけてごめん」
「そんなのはいい。……お前が無事でよかった」
　心からほっとしたようにそう言った憐斗くんに、私もなんだか少し肩の力が抜けた。
「そういえば、３人はどうして部屋に飛び込んできてくれたの？」
　ナイスタイミングだったけど……。
「ああ、ちょうどあいつら３人ともこの部屋の下で暇してたんだよ。佐藤が来てリア充が増えたのなんだの言ってたところで、上からなにか音がしたって言ってたけど」
　音……。
　もしかして、お兄ちゃんの遺影が落ちたときの？
「こ、これが落ちたの」

そういえば、なんで落ちたんだろう?
ぶつかったわけでもなかったように思うんだけど……。
「……蓮さんが、助けてくれたんじゃないか?」
憐斗くんの声にハッと顔を上げる。
「妹の結婚式を、あんなやつにぶち壊されてたまるかって」
なんだかその言葉は、憐斗くんの口から出たはずなのに本当にお兄ちゃんが言ったような気がして。
じわり、と涙が滲んできた。
もしかしたら、単に私がぶつかっちゃっただけかもしれない。
でもそれでも、お兄ちゃんが見守ってくれていて、私を助けてくれたって思ってもいいんじゃないかな?
憐斗くんは私の頭をポンポン、となでて、そこで外から呼ばれる。
「そろそろだな。玲、涙ぐんでるお前を抱きしめるのも好きだけど、笑顔のお前はもっと好きだ。だから今は……笑ってくれ」
フッと優しく笑いながらそう言った憐斗くんに、私はそっと涙を拭った。
「うん……っ」
そう返事をすると憐斗くんと微笑み合い、式場へと向かった。

みんなの前で愛を誓い合う私たち。
壇上からみんなを見ると絶えず拍手をしていて、心から

祝福してくれていた。

　ほんと、こんなの奇跡じゃないかって思う。

　お互いが好き合って、付き合って、結婚するなんて。

　愛してるなんて、そんな一言で伝えきれない憐斗くんへの想いに、ブワッと涙が溢れそうになった。

　今日は笑顔でいるって決めたから、決して泣いたりはしなかったけど。

　幸せが溢れて、天に昇りそうな気持ちになって。

　そんな私を、憐斗くんは優しい微笑みで包み込んでくれる。

「憐斗くん」

　誓いのキスをする前、憐斗くんを見上げてそう声をかけた。

「ん？」

「私ね、憐斗くんのこと大好きだよ」

　思えば初恋だって憐斗くんで、これは最初で最後の恋なんだ。

　憐斗くんのことを、一生愛し続ける。

　愛し続けられる自信がある。

　だってこんなにも『好き』という気持ちで満ち溢れてるんだから。

「俺も、愛してるよ」

　憐斗くんが囁くようにそう言うから、私はますます惹かれていくんだ。

　30代になっても、40代になっても、おじいさん、おば

あさんになっても、ずっと憐斗くんと、隣で笑いあっていたい。
「では、誓いのキスを」
　神父様の声がして、スッと目を閉じた。
　ベールがそっとあげられる。
　ドキン……ドキン……。
　いつだって、この瞬間は私の鼓動を高鳴らせる。
　私の頬に触れた憐斗くんの手の温もりが、どんどん私の体に伝わってきて。
「……愛してる」
　憐斗くんはもう一度そう言って、そっとキスを落とした。

　　　　　　　　　　　　　　　　　　　　　　　　Fin.

あとがき

はじめまして、こんにちは。
このたびは『総長に恋したお嬢様』を手に取っていただき誠にありがとうございます。作者のMoonstoneです。

今回この作品を書籍化させていただく機会に恵まれて、とても嬉しく思っています。
野いちごのサイトでは『総長に恋したお嬢様』『総長に恋したお嬢様Ⅱ』と分けていたのですが、今回、その両方をまとめて1冊の本とさせていただきました。
また、大きく加筆、修正を行い、真や美紅の過去、また誠と玲が婚約しそうになる話などは新たに追加させていただきました。
また、書き下ろし番外編も書かせていただきました。
久しぶりに玲や憐斗の話を書くことができてとても楽しかったです。

さて、この作品は私が中学生の時に書いた処女作で、今まで書いた小説の中でもとくに思い入れの深いものです。
本作を書き始めて小説を書くことの楽しさを知り、いつしか私の心のよりどころとなりました。
ある意味、私にとってのケータイ小説は、玲や憐斗たちの世界で言う竜龍のようなものなのかもしれません。

書くことの楽しさもそうですが、一番私の心の支えとなったのは、読者様のあたたかい応援の声だと思います。
　今回書籍化という貴重な機会を得ることができたのも、応援してくださった読者様のおかげです。心より感謝しております。
　本当に、ありがとうございました。

　玲と憐斗の話はさみしくもこれでおしまいになりますが、玲と憐斗の娘である美愛と、奏と美樹の息子である冬夜(とうや)の話を野いちごのサイト上で公開中ですので、そちらも覗いていただけると幸いです。

　最後になりましたが、素敵なイラストを書いてくださったやもり四季。様、この作品に携わってくださったすべての方に厚くお礼申し上げます。

　そして読者の皆様、最後までお付き合いいただき、ありがとうございました。
　これからも、どうぞよろしくお願いいたします！

2019.1.25　Moonstone

この物語はフィクションです。
実在の人物、団体等とは一切関係がありません。

Moonstone先生への
ファンレターのあて先

〒104-0031
東京都中央区京橋1-3-1
八重洲口大栄ビル7F

スターツ出版(株) 書籍編集部 気付

Moonstone先生

KEITAI SHOUSETSU BUNKO
野いちご SINCE 2009

総長に恋したお嬢様

2019年 1月25日　初版第1刷発行
2020年11月12日　　第3刷発行

著　者　Moonstone
　　　　©Moonstone 2019

発行人　菊地修一

デザイン　カバー　金子歩未（hive&co., ltd.）
　　　　　フォーマット　黒門ビリー＆フラミンゴスタジオ

ＤＴＰ　朝日メディアインターナショナル株式会社

編　集　若海瞳

発行所　スターツ出版株式会社
　　　　〒104-0031 東京都中央区京橋1-3-1　八重洲口大栄ビル7F
　　　　出版マーケティンググループ　TEL03-6202-0386
　　　　（ご注文等に関するお問い合わせ）
　　　　https://starts-pub.jp/
印刷所　共同印刷株式会社
　　　　Printed in Japan

乱丁・落丁などの不良品はお取り替えいたします。上記出版マーケティンググループまでお問い合わせください。
本書を無断で複写することは、著作権法により禁じられています。
定価はカバーに記載されています。

ISBN 978-4-8137-0611-3　C0193

ケータイ小説文庫　2019年1月発売

『今すぐぎゅっと、だきしめて。』Mai・著

中学最後の夏休み前夜、目を覚ますとそこには…なんと、超イケメンのユーレイが！ヒロと名乗る彼に突然キスされ、彼の死の謎を解く契約を結んでしまったユイ。最初はうんざりしながらも、一緒に過ごすうちに意外な優しさをみせるヒロにキュンとして…。ユーレイと人間、そんなふたりの恋の結末は⁉

ISBN978-4-8137-0613-7
定価：本体590円+税

ピンクレーベル

『総長に恋したお嬢様』Moonstone(ムーンストーン)・著

玲は財閥令嬢で、お金持ち学校に通う高校生。ある日、街で不良に絡まれていたところを通りすがりのイケメン男子・憐斗に助けられるが、彼はなんと暴走族の総長だった。最初は怯える玲だったけれど、仲間思いで優しい彼に惹かれていって……。独占欲強めな総長とのじれ甘ラブにドキドキ！！

ISBN978-4-8137-0611-3
定価：本体640円+税

ピンクレーベル

『クールな生徒会長は私だけにとびきり甘い。』＊あいら＊・著

高1の莉子は、女嫌いで有名なイケメン生徒会長・湊先輩に突然告白されてビックリ！　成績優秀でサッカー部のエースでもある彼は、莉子にだけ優しくて、家まで送ってくれたり、困ったときに助けてくれたり。初めは戸惑う莉子だったけど、先輩と一緒にいるだけで胸がドキドキしてしまい…？

ISBN978-4-8137-0612-0
定価：本体590円+税

ピンクレーベル

『キミに捧ぐ愛』miNato(ミナト)・著

美少女の結愛はその容姿のせいで女子から妬まれ、孤独な日々を過ごしていた。心の支えだった彼氏も浮気をしていると知り、絶望していたとき、街でヒロトに出会う。自分のことを「欠陥人間」と言う彼に、結愛と似たものを感じ惹かれていく。そんな中、結愛は隠されていた家族の秘密を知り…。

ISBN978-4-8137-0614-4
定価：本体590円+税

ブルーレーベル

ケータイ小説文庫　好評の既刊

『クールな同級生と、秘密の婚約!?』　SELEN・著

高2の亜瑚は、実家の工場を救ってもらう代わりに大企業の御曹司と婚約することに。相手はなんと、クールな学校一のモテ男子・湊だった。婚約と同時に同居が始まり戸惑う亜瑚。でも、眠れない夜は一緒に寝てくれたり、学校で困った時に助けてくれたり、本当は優しい彼に惹かれていき…?

ISBN978-4-8137-0588-8
定価：本体590円+税

ピンクレーベル

『天ヶ瀬くんは甘やかしてくれない。』　みゅーな**・著

高2のももは、同じクラスのイケメン・天ヶ瀬くんのことが好きだけど、話しかけることすらできずにいた。なのにある日突然、天ヶ瀬くんに「今日からオレの彼女ね」と宣言されて。からかわれているだけだと思っていたけれど、「ももは俺だけのものでしょ?」と独り占めしようとしてきて…。

ISBN978-4-8137-0589-5
定価：本体590円+税

ピンクレーベル

『オオカミ系幼なじみと同居中。』　Mai・著

16歳の未央はひょんなことから父の友人宅に居候することに。そこにはマイペースで強引だけどイケメンな、同い年の要が住んでいた。初対面のはずなのに、愛おしそうに未央のことを見つめる要にキスされ戸惑う未央。でも、実はふたりは以前会っていたようで…?　運命的な同居ラブにドキドキ！

ISBN978-4-8137-0569-7
定価：本体610円+税

ピンクレーベル

『キミが可愛くてたまらない。』　*あいら*・著

高2の真由は隣に住む幼なじみ・煌貴と仲良し。彼はなんでもできちゃうイケメンで女子に大人気だけど、"冷血王子"と呼ばれるほど無愛想。そんな煌貴に突然「俺のものになって」とキスされて…。お兄ちゃんみたいな存在だったのに、ドキドキが止まらない!!　甘々120%な溺愛シリーズ第1弾！

ISBN978-4-8137-0570-3
定価：本体590円+税

ピンクレーベル

ケータイ小説文庫　好評の既刊

『無気力王子とじれ甘同居。』雨乃めこ・著

高2の祐実はひとり暮らし中。ある日突然、大家さんの手違いで、授業中居眠りばかりだけど学年一イケメンな無気力男子・松下くんと同居することになってしまう。マイペースな彼に振り回される祐実だけど、勝手に添い寝をして甘えてきたり、普段とは違う一面を見せる彼に惹かれていって…？

ISBN978-4-8137-0550-5
定価:本体590円+税

ピンクレーベル

『俺の愛も絆も、全部お前にくれてやる。』晴虹・著

全国でNo.1の不良少女、通称"黄金の桜"である泉は、ある理由から男装して中学に入学する。そこは不良の集まる学校で、涼をはじめとする仲間に出会い、タイマンや新入生VS在校生の"戦争"を通して仲良くなる。涼の優しさに泉は惹かれはじめるものの、泉は自分を偽り続けていて…？

ISBN978-4-8137-0551-2
定価:本体590円+税

ピンクレーベル

『暴走族の総長様に、恋をしました。』Hoku*・著

人を信じられず、誰にも心を開かない孤独な美少女・冷夏は高校1年生。ある晩、予期せぬ出来事で、幼い子供を連れた見知らぬイケメンと出会う。のちに、彼こそが同じ高校の2年生にして、全国No.1暴走族「龍皇」の総長・秋と知る冷夏。そして冷夏は「龍皇」の姫として迎え入れられるのだが…。

ISBN978-4-8137-0541-3
定価:本体570円+税

ピンクレーベル

『恋する君の可愛いつよがり。』綺世ゆいの・著

高1の六花は、同じバスケ部で学校イチのモテ男・佐久間が好き。ある日、試合に負けた罰ゲームとして「1ヶ月限定恋人ごっこ」を先輩に命じられる。しかも相手に選ばれたのは佐久間！　ニセカレなのに、2人きりになるとドキドキすることばかりしてきて…？　俺様男子とのじれ恋にきゅん♡

ISBN978-4-8137-0530-7
定価:本体590円+税

ピンクレーベル

ケータイ小説文庫 好評の既刊

『甘すぎてずるいキミの溺愛。』みゅーな**・著

高2の千湖は、旧校舎で偶然会ったイケメン・尊くんに一目惚れ。実は同じクラスだった彼は普段イジワルばかりしてくるのに、ふたりきりの時だけ甘々に！ 抱きしめてきたりキスしてきたり、毎日ドキドキ。「千湖は僕のもの」と独占してくるけれど、尊くんには忘れられない人がいるようで…？

ISBN978-4-8137-0511-6
定価：本体580円+税

ピンクレーベル

『幼なじみのフキゲンなかくしごと』柊乃・著

高2のあさひは大企業の御曹司でイケメンな瑞季と幼なじみ。昔は仲がよかったのに、高校入学を境に接点をもつことを禁止されている。そんな関係が2年続いたある日、突然瑞季から話しかけられたあさひは久しぶりに優しくしてくれる瑞季にドキドキするけど、彼はなにかを隠しているようで……？

ISBN978-4-8137-0512-3
定価：本体580円+税

ピンクレーベル

『みんなには、内緒だよ?』嶺央・著

高校生のなごみは、大人気モデルの七瀬の大ファン。そんな彼が、同じクラスに転校してきた。ある日、見た目も性格も抜群な彼の、無気力でワガママな本性を知ってしまう。さらに、七瀬に「言うことを聞け」とドキドキな命令をされてしまい…。第2回野いちご大賞りぼん賞受賞作！

ISBN978-4-8137-0494-2
定価：本体590円+税

ピンクレーベル

『俺が愛してやるよ。』SEA・著

複雑な家庭環境や学校での嫌がらせ…。家にも学校にも居場所がない高2の結実は、街をさまよっているところを暴走族の少年・統牙に助けられ、2人は一緒に暮らしはじめる。やがて2人は付き合いはじめ、ラブラブな毎日を過ごすはずが、統牙と敵対するチームに結実も狙われるようになり…。

ISBN978-4-8137-0495-9
定価：本体570円+税

ピンクレーベル

読むたび何度でも恋をする…全力恋宣言！
毎月25日はケータイ小説文庫の日♥

心に沁みるピュアラブやキラキラの青春小説、
「野いちご」ならではの胸キュン小説など、注目作が続々登場！

ケータイ小説文庫　2019年2月発売

『ふたりは幼なじみ。』青山そらら・著

梨々香は名門・西園寺家の一人娘。同い年で専属執事の神楽は、小さい時からいつも一緒にいて必ず梨々香を守ってくれる頼れる存在だ。お嬢様と執事の関係だけど、「りぃ」「かーくん」って呼び合う仲のいい幼なじみ。ある日、梨々香にお見合いの話がくるけど…。ピュアで一途な幼なじみラブ！
ISBN978-4-8137-0629-8
予価：本体500円+税

ピンクレーベル

『新装版　特等席はアナタの隣。』香乃子・著

学校一のモテ男・黒崎と、純情天然少女モカは、放課後の図書室で親密になり付き合うことになる。ふたりきりの時は学校でも甘いキスをしてくるなど、黒崎の溺愛に戸惑うモカ。黒崎のファンや、モカに恋する高橋などの邪魔が入ってふたりの想いはすれ違ってしまうが…。気になる恋の行方は!?
ISBN978-4-8137-0628-1
予価：本体500円+税

ピンクレーベル

『月がキレイな夜に、きみと会いたい。(仮)』涙鳴・著

蕾は無痛症を患い、心配性な親から行動を制限されていた。もっと高校生らしく遊びたい――そんな自由への憧れは誰にも言えないでいたära。ある晩、バルコニーに傷だらけの男子・夜斗が現れる。暴走族のメンバーだと言う彼は『お前の願いを叶えたい』と、蕾を外の世界に連れ出してくれて…？
ISBN978-4-8137-0630-4
予価：本体500円+税

ブルーレーベル

書店店頭にご希望の本がない場合は、
書店にてご注文いただけます。